VERLAG
WORTREICH

Bernadette Németh

Der Rest der Zeit

Roman

VERLAG
WORTREICH

Umschlagmotiv:
MANN IM KOPF, 2016, *Öl auf Malplatte,*
© Alice Haring

1. Auflage 2017

Satz: Christian Cvancara
Umschlaggestaltung: Judith Nicolussi
Lektorat: Johann Auer
Druck und Bindung: CPI books GmbH, Leck
Printed in Germany
ISBN 978-3-903091-23-8

Informationen über das Verlagsprogramm und Veranstaltungen
www.verlag-wortreich.at
facebook.com/verlagwortreich

Mit Unterstützung des Bundeskanzleramts Österreich KUNST
und der Kulturabteilung der Stadt Wien.

BUNDESKANZLERAMT ÖSTERREICH
KUNST

WIEN KULTUR

Der Rest der Zeit

Das Leben ist lang und macht viele Schleifen.

Isabel Allende, »Das Geisterhaus«

Für Nina

Kapitel 1

Wie schmal ist der Grat zwischen Leben und Tod? Ist er ein Zaun, eine Mauer, ein Fluss? Für Tünde scheint er ein dünnes Band zu sein, zart und glitzernd wie ein Spinnwebfaden, und sie denkt an den Herbst, während ihr Mann sie über den Krankenhausflur schiebt. Sie sitzt im Rollstuhl; noch kann sie die Beine bewegen, doch sie werden auch schon taub, der rechte Arm ist es bereits.

»Bleib stehen«, sagt sie zu ihm, »bitte«, obwohl er laufen soll, und er bleibt stehen, mitten am Gang, von dessen Decke Kabel hängen wie herausgerissene Nerven.

»Hör zu«, flüstert sie, »wenn ich nach der Operation querschnittgelähmt bin, oder nur noch die Augen bewegen kann, wenn ich nur noch an Maschinen hänge, versprich mir, dass du mir hilfst, sie abzudrehen…« – er tut, als ob er nichts gehört hätte – »versprich es mir, bitte«, ruft sie, er schüttelt den Kopf, antwortet nicht, schiebt ihren Rollstuhl im Laufschritt über den Gang und sie ist froh, dass er nicht antwortet.

Vor einer Viertelstunde sind die Worte des Arztes über sie hereingebrochen wie ein Gewitter. »Fahren Sie rasch zur Tomographie, Ihr Mann soll Sie schieben, und wir halten uns bereit für eine Operation.«

Das Wort hing bedrohlich in der Luft, es konnte nicht sein, er musste sich irren, sie war doch erst zweiunddreißig, da wurde man nicht an der Halswirbelsäule operiert. Jetzt sind sie auf dem Weg zurück von der Tomographie, Tünde möchte davonlaufen, doch sie kann nicht, ihr eigener Körper hält sie gefangen. »Großer medianer Bandscheibenvorfall«, sagt der Arzt, als er sie wieder in der Ambulanz empfängt, und die Angst stülpt einen Glassturz über ihr Bewusstsein; gedämpft sieht sie, wie er auf die Bilder zeigt. Ist das wirklich ihre Wirbelsäule? Sie sieht aus wie ein Hochhaus, dessen oberes Stockwerk gerade einbricht. Der dunkle Streifen ist das Rückenmark, quer hindurch läuft ein bedrohlicher Knick, es ist stark gequetscht; sie weiß, wenn es durchtrennt ist, ist man querschnittgelähmt.

»Wir operieren noch heute«, sagt er; seine Worte dringen nicht ganz zu ihr durch. Sie will hier nicht bleiben, bloß keine Operation an solch einer heiklen Stelle, und als würde ihr Hirn nach kuriosen Ausreden suchen, fällt ihr ein, dass sie keine Zahnbürste mithat. Fieberhaft überlegt sie, welche Möglichkeiten sie hat, der Operation zu entkommen; lähmt sie noch die Angst oder schon das gequetschte Rückenmark? Ist es nur noch die Schutzspannung der Muskeln, die sie aufrecht sitzen lässt, weil lebenswichtige Körperteile bedroht sind? Wie schnell das Leben die Seiten wechseln kann; vor wenigen Stunden hat sie noch ihr schwarzes Kleid für Silvester aus dem Schrank gehängt; was wird sie jetzt anziehen, das bleiche gemusterte OP-Hemd, fahl wie der Tod, zu dem man auch nichts mitnehmen kann? Die Angst lähmt ihre Gedanken. »Nicht schon wieder Tod.« Sie dachte, sie hätte genug von ihm gehabt dieses Jahr, doch das Leben fragt einen nicht, das Finale furioso steht noch aus.

Fassungslos starrt sie auf ihre rechte Hand, die ihr nicht mehr gehorcht.

Der Chirurg spricht in sein Telefon, offenbar trommelt er gerade sein Operationsteam zusammen, während sie weinend vor seinem Schreibtisch zusammenbricht. Ihre Gedanken überschlagen sich. Sind Teile des Rückenmarks schon zerstört, und welche? Wie viele Stunden, Minuten hat sie noch Zeit? Wird sie morgen noch gehen können, essen; worauf wird sie verzichten müssen, sie beginnt, mit einem unbestimmten Gegenüber zu handeln. Was würde sie als erstes hergeben, wenn sie es sich aussuchen könnte: Die Fähigkeit zu laufen, nein, bitte die nicht; den rechten kleinen Finger, das Gefühl für die große Zehe? »Lieber etwas Unnötiges wie Klavier spielen, wenn ich nur das Gehen nicht verliere«, denkt Tünde; »oder essen, bitte nicht essen«, sie müsste gefüttert werden bis an ihr Lebensende; obwohl, die Gefahr ist da, als Ärztin weiß sie, es würde sich um eine hohe Querschnittslähmung handeln, vom fünften Halswirbel abwärts. Wie ein Damoklesschwert hängt das Wissen über ihr, Atemlähmung, Harn- und Stuhlverlust, so steht es in den

Lehrbüchern; können Worte beschreiben, was das bedeutet? Wird sie noch Kinder haben können – oder nein, eigentlich möchte sie wissen, ob der ganze Körper gefühllos werden wird wie ihre Arme und Beine, wirklich der ganze, taub wie ein Stück Holz – welche Fasern fühlen einen Höhepunkt? Sie fragt es nicht, weil sie eine Frau ist. Ist es anmaßend, sich aussuchen zu wollen, was man hergibt? Wie oft hat sie Menschen gesehen, die schuldlos gelähmt waren, doch was ist Schuld, kann man jeden Unfall verhindern, wenn man jung ist und sich unsterblich fühlt? Die Stürze vom Pferd fallen ihr ein, sie sind lange her, dennoch, wie hat sie es genossen, über eine Wiese zu galoppieren, blind und taub für alles außer die Kraft des großen Tieres unter ihr. Oder war es die Welle gewesen, die sie im Meer zu Boden gerissen hatte, sie war eine gute Schwimmerin, dennoch, dieses eine Mal hätte sie nicht ins Wasser gehen sollen, doch wie konnte man das vorher wissen; oder doch der Einrenkversuch des Orthopäden? »Ein künstlerischer Knacks«, hatte er gesagt, »sanfte Manualtherapie nach Fischer«, bevor er ihr den Kopf herumriss, dass es knackte, »Sie werden nie wieder Schmerzen haben.« Er hatte es gesagt und sie hatte ihm vertraut – wieso weiß man immer erst im Nachhinein, wem man vertrauen kann? Ihr scheint, als sei das ganze Leben ein gefährlicher Abgrund; als balancierten wir mit dem Stab der Intuition über das dünne Seil des Urvertrauens.

Ganz kurz nur scheint ihre Schwangerschaft zurückzuliegen, wie eine Luftspiegelung des Sommers auf heißem Asphalt, die sich beim Näherkommen auflöst. Sie hatten sich so gefreut, Raoul und sie, drei Monate lang; Tünde arbeitete im Spital und sah jeden Tag die hohläugigen Frauen nach den Fehlgeburten; »egal, mir kann das nicht passieren, ich bin selbst Ärztin«, hatte sie gedacht. Bis sie die Ahnung streifte; leise, wie der Flügelschlag des Todes. »Es ist so still, als sei eine Funkverbindung gekappt«, sagte sie zur Hebamme, die ihr riet, sich keine Sorgen zu machen, »in dieser Zeit gibt es noch keine Verbindung, das ist alles psychisch.« Eine Woche später dann im Ultraschall der Beweis; der Arzt, der hektisch in der Fruchtblase nach Leben suchte, wo keines mehr war, der Herzschlag musste schon vor Wochen versiegt sein. Nach dem Tod ihres Vaters war dies der zweite Schlag in diesem Jahr, und als der Embryo gemeinsam mit ihrer Lebensfreude aus ihr herausgekratzt wurde, fühlte sie sich ausgehöhlt wie die Oktoberkürbisse, die in den Vorgärten standen. Damals dachte sie, ihr könne nichts Schlimmeres passieren – wie sehr hatte sie sich geirrt.

Tünde wird auf die Station geschoben, zur Operationsvorbereitung, starr wie ein verschrecktes Tier. Mittlerweile sind auch schon ihre Beine taub, schlafen sie nur ein oder sterben sie schon ab? Sie kann nur noch »ja« sagen, »einatmen«, »ja«, »ausatmen«, »ja«, »wir fahren jetzt auf die Station«, »ja«, »ich mache das Aufnahmegespräch vor der Operation.« Die Stimme, die das sagt, stammt von einer jungen Ärztin, die sie an ihre Freundin Mariella erinnert. Ihre dunklen Haare sind dekorativ hochgesteckt, sogar die Stimme ist gleich.

»Was hatten Sie für Krankheiten, was hatten Ihre Eltern«, fragt die Ärztin, und Tünde erzählt ihr von der Hirnblutung ihres Vaters vor einem Jahr, vor ziemlich genau einem Jahr, es war sogar gleich warm gewesen wie heute. Das seltsame Gefühl als sie ihm gesagt hatte, »pass auf«, und sie weiß sogar noch, in welchem Winkel die Sonne durchs Fenster schien, als sie es sagte. Sie stand am Krankenhausflur und hatte ein paar Minuten Zeit gestohlen, um mit ihm zu telefonieren. »Du musst noch mal zum Arzt gehen«, hatte sie ihm gesagt, »lass dir auch den Kopf anschauen«, und er hatte nicht hören wollen.

»Was soll das heißen?«, brauste er auf, »mit meinem Kopf ist alles in Ordnung, ich bin am Herzen operiert worden, du weißt, dass ich die Neurologen nicht mag.«

»Aber Herz und Kopf gehören zusammen«, hatte Tünde ihn angefleht und vor Wut auf das Fensterbrett gehämmert in ihrem weißen Ärztekittel, der so sinnlos war, weil man die wirklich wichtigen Dinge, wie die eigenen Eltern zu überzeugen, ohnehin nicht lernt. Sie wusste gar nicht, ob ihr Vater sie verstand; seit seiner Herzoperation fand er sich im Leben nicht mehr zurecht. Jede Nacht hatte er Angst, in den Abgrund zu stürzen, er träumte wieder von seiner Flucht, von schießenden Polizisten an der Grenze. »Sie haben mich zurückgeholt«, sagte er, »doch ich hatte die Grenze schon überschritten« – welche Grenze, ein Zaun, eine Mauer, ein Fluss? »Es war so schön drüben, und sie haben mich zurückgeholt« – und Tünde wollte es nicht hören, weil man nie hören will, wenn der eigene Vater so etwas sagt.

»Pass bloß auf, sonst wirst du meine Hochzeit nicht mehr erleben«, hatte sie gesagt – hätte sie geahnt, dass es einer der letzten Sätze sein würde, hätte sie ihn eingefangen und in ihren Mund zurückgestopft.

Tünde wusste von klein auf, dass ihr Vater ein Flüchtling gewesen war, und sie hatte immer geahnt, dass es einiges gab, das er verschwieg. Schon früh hatte er ihr erzählt, wie er mit siebzehn über die Grenze geflüchtet war, in den Oktobertagen des Ungarnaufstandes, an einer sumpfigen Stelle in der Nähe des Einserkanals bei Pamhagen. Sie hatte ihn oft gebeten, ihr die Stelle zu zeigen, und irgendwann waren sie tatsächlich losmarschiert, an einem regnerischen Tag, und waren beinahe im sumpfigen Gebiet rund um den Neusiedlersee versunken. Damals waren sie auf halbem Wege umgekehrt, da er so kurzatmig war. »Ein andermal, ich zeige dir die Stelle ein andermal, mein Herzchen«, hatte er gesagt, nicht ahnend, dass es kein andermal mehr geben würde.

Zwei Tage, nachdem sie ihren Vater beschworen hatte, sich den Kopf ansehen zu lassen, war er plötzlich verschwunden. Am Abend dann der Anruf vom Krankenhaus, »die Polizei hat ihn gefunden, kommen Sie bitte rasch«, sagte der Arzt, und Tünde erkannte an seiner Stimme, dass etwas passiert war. Im Taxi schüttelte sie die Gewissheit, »mein Vater ist tot, ich weiß es, ich weiß es, ich habe ihn noch gewarnt und jetzt ist er tot.« Ein Vorhang legte sich um ihr Bewusstsein, sanft und schützend wie Schneefall. Sie betrat die Notaufnahme und sah all die piepsenden Geräte rundherum, dies war der Beweis, er musste noch leben, sonst hätten sie ihn nicht hierher gelegt. Der Arzt mit der Nickelbrille bat sie in einen winzigen abgetrennten Raum, durch den man auf den Kahlenberg sah.

»Ihr Vater konnte nicht mehr sprechen, als er zu uns gebracht wurde«, sagte er. »Wir haben uns zuerst nicht ausgekannt. Sein Führerschein zeigte ein altes Foto eines jungen Priesters, aber auf seinem Finger steckte ein Ehering.« Tünde hob an, etwas zu sagen, aber ihre Mutter legte ihr die Hand auf den Arm. »Er ist auf der Straße gestürzt«, sagte der Arzt. »Er hat eine Hirnblutung erlitten, weil er vor Kurzem operiert worden ist und Blutverdünner nahm.« Die Worte rauschten an Tünde vorbei, sie fragte, ob sie ihn besuchen könne. »Subarachnoidalblutung«, der Arzt sah ihr in die Augen, doch sie verstand immer noch nicht, bis er die schlimmsten Worte sagte, die sie jemals gehört hatte: »Es ist infaust.« Die Worte warfen sie nieder, drückten sie zusammen wie die Welle damals am Strand, sie wusste nicht, wo sie den Schmerz stärker fühlte, in der Seele oder im Körper. »Das kann nicht sein«, sagte sie, »unmöglich, Sie müssen sich irren.«

»Die Neurochirurgen waren schon da. Sie können nichts mehr für ihn tun«, sagte der Arzt, und Tünde bestand darauf, ihren Vater zu sehen. Irgendjemand führte sie durch die Intensivstation wie eine Schlafwandlerin. Er lag hinter einem Vorhang und sah aus, als schliefe er friedlich, bis auf den zersplitterten Schädel. Sie starrte darauf, ihr Gehirn konnte den Anblick nicht in Einklang bringen mit ihren Erinnerungen an ihn, seiner Berührung, seinem Geruch, seiner

Stimme, die sie noch im Ohr hatte. Das Schlimmste war, dass sie sich nicht hatte verabschieden können, im Gegenteil, sie hatte ihn mit Warnungen belästigt, und jetzt fühlte sie sich schuldig, auch wenn der Arzt sagte, es sei der Wille ihres Vaters gewesen, nicht mehr zu den Untersuchungen zu gehen.

»Doch«, schluchzte Tünde, »ich bin schuld, er hat mir die Stelle nicht mehr zeigen können, wo er geflüchtet ist, und jetzt ist es zu spät.« Sie war schuld, weil sie es ausgesprochen hatte, wieder einmal war sie diejenige gewesen, die etwas ausgesprochen hatte. Es würde ihr eine Lehre sein, bis an ihr Lebensende gar nichts mehr zu sagen, denn man konnte nie wissen, ob der andere nicht plötzlich umfällt und stirbt.

Während die Geräte seinen Tod bewiesen, saß sie still in einer Ecke, sie wollte dabei sein, bei der Hirntoddiagnose, auch wenn es quälte; Stunde um Stunde saß sie einfach nur da; spürte seine Anwesenheit und nicht sein Fehlen und das ist bis heute so; sie vergisst ständig, dass er am Friedhof liegt und hat das Gefühl, als sei er nur in einem anderen Raum.

Bevor das Gerät abgeschaltet wurde, legte sie ihm ein Kuvert in die Hand, mit einer ihrer Geschichten, die sie als Kind für ihn geschrieben hatte.

»Geben Sie ihm das mit«, sagte sie zum Pfleger, »bis ganz zum Schluss, verstehen Sie«, – sie konnte es nicht aussprechen, obwohl sie wusste, was nach der Organspende auf ihn wartete; es ist der Fluch der Wissenden, der gemeinsam mit dem Wissen übergeben wird. Verständnis in den Augen des Pflegers; es hat schon immer Grabbeigaben gegeben. »Sie können sein Gewand mitnehmen«, sagte er, und sie erinnert sich noch an die leere Jacke, in die sie ihr Gesicht presste, weinend wie ein Kind.

Es ist fast ein Jahr her, doch als Tünde selbst im Krankenhausbett liegt, fühlt es sich an, als sei es erst gestern gewesen. Sie dachte, sie sei darüber hinweggekommen, doch jetzt, wo sie selbst bei den Neurochirurgen ist, ruft ihre eigene Todesangst die Erinnerung hervor. Zuerst stirbt ihr Vater, dann ihr Kind, dann sie selbst. »Ich will nicht sterben, ich will noch nicht ins Grab«, sie weiß gar nicht, was sie noch alles sagt, die Worte scheinen von selbst aus ihrem Stammhirn zu kommen; geduldig klebt die Turnusärztin EKG-Elektroden auf ihre Brust.

Und plötzlich verspürt Tünde das Bedürfnis auszupacken, wenn man dem Tod ins Auge blickt, soll nichts ungesagt bleiben.

»Wissen Sie, was mir am meisten leidtut«, sagt sie. »Dass ich keine gute Ärztin war.«

»Nun – dass Sie hierhergekommen sind, war schon mal ziemlich gut«, erwidert die Kollegin trocken, doch Tünde schluchzt, »nein, nein, ich habe es nicht gerne gemacht, ich habe eigentlich nicht das getan, was ich immer wollte –«, und sie erschrickt über die Kürze dieses Satzes, der ihr bisheriges Leben zusammenfasst.

»Was wollten Sie denn machen?«, fragt die Ärztin und Tünde gesteht stockend, dass sie Schriftstellerin werden wollte, ein von vornherein zum Scheitern verurteilter Plan.

Während die Ärztin den EKG-Streifen aus dem Gerät zieht, sieht sich Tünde in Gedanken als Achtjährige über eine ihrer Geschichten gebeugt, sie kritzelte sie in Zeichenblöcke und die ungelenk beschriebenen Zettel verteilten sich in der ganzen Wohnung, rutschten unter den Teppich und blieben dort konserviert. Viel später, nach dem Tod ihres Vaters, tauchten die meisten von ihnen nach und nach in seinen Dokumentenmappen, seinem Arbeitskoffer, zwischen uralten Rechnungen auf, wie tröstliche Botschaften aus einer anderen Welt.

Tündes Mutter Erika hatte immer gehofft, dass das mit dem Geschichtenschreiben nur eine Phase war. Als sie selbst in Tündes Alter gewesen war, hatte sie Gedichte von Väterchen Stalin auswendig lernen müssen und dementsprechend war ihr diese Kunstform suspekt. Sie mochte die leisen Künste, meißelte stumme Schönheiten aus Granit, die nicht sprechen konnten, denn dafür konnte man nicht bestraft werden. Wie viele Menschen aus totalitären Regimen hatte sie das Bei-sich-Behalten ihrer Meinung bis hin zur Meisterschaft perfektioniert. Bei Tündes Vater war dies ähnlich. Sie hatte immer gemerkt, wie seine Gesten hektisch wurden, wenn er die Nachrichten sah; dann stieg sein Blutdruck und er musste sich niederlegen. Tünde und ihre Geschwister hatten gelernt, ihre Eltern zu verschonen; nicht nur vor schlechten Noten und Politik, sondern auch vor Brisantem wie Popmusik oder Theater. Für die falschen Worte konnte man bestraft werden, für Geschriebenes erst recht. Schon allein deshalb hätte sie es nicht gewagt, ihren wahren

Berufswunsch zu verraten, sondern hielt ihn heimlich am Leben. Ein zweites Standbein schien ihr lebensnotwendig; schließlich konnte man nie wissen, wann das erste erlahmt.

Während die Turnusärztin an ihren Armen und Beinen hantiert, erzählt ihr Tünde, wie sie unter der Last des Spitals zusammenzubrechen drohte; sie kam mit dem Kasernenton nicht zurecht, mit den Intrigen und der ständigen Konfrontation mit dem Tod, der stets im Schatten wartet. Immer hatte sie das Gefühl, die zehn, zwölf Stockwerke des Krankenhauses würden auf ihrem Genick lasten wie ein Joch; sie begann, alle Krankheiten am eigenen Leib zu spüren, sobald sie es betrat. »Klassisches Helfersyndrom«, nannte es die Psychologin; »Sie müssen lernen, sich abzugrenzen, sonst gehen Sie daran zugrunde.« Tünde hat es zu spät gelernt. Bei jedem Angeschrienwerden von einem Oberarzt ist sie innerlich eingeknickt, die Freude an der Arbeit zerbröselte zu Staub.

Die guten Turnusärzte gewöhnen sich daran, also gehört sie zu den schlechten. Sie hat keine Vorbilder, hat schlichtweg keine gefunden unter all den weißkitteligen Oberärzten, die ihr hohl erscheinen und von Zynismus überzogen wie Schokoladennikoläuse auf der Fensterbank, um die sich im Frühjahr eine weiße Schicht legt.

Wie sie sich geärgert hatte, erst vor einer Woche, als einer Patientin mit Krebs die rettende Bestrahlung einfach bis nach den Feiertagen verschoben worden war. »An den Feiertagen haben die Institute zu«, hatte der Primarius gesagt, »dann verliert sie drei Wochen, aber wir geben ihr ein Antidepressivum. Man darf in Österreich eben nicht an den falschen Tagen krank werden, ganz blöd ist es zwischen Weihnachten und Neujahr, da haben alle zu und feiern.«

Nie hätte sie gedacht, dass sie so kurz danach selbst in der Situation sein würde, eine Kapriole des Schicksals, das ein Taschenspieler ist.

Dabei war sie bereits in einem anderen Spital gewesen, an diesem sonnigen Silvestermorgen in einem Außenbezirk von Wien. »Bitte helfen Sie mir«, hatte sie gesagt, »ich habe fürchterliche Schmerzen, meine Arme sind taub und – was neu hinzugekommen ist – wenn ich den Kopf nach hinten drehe, spüre ich einen Stromschlag bis in den Rücken hinunter.« Sie hatte seit Wochen nicht geschlafen, an ihrem Arbeitsplatz hatte die Taubheit, die in ihren Fingern begonnen hatte, niemanden beunruhigt; klar, sie arbeitete in einem Spital.

Nachdem sie die ganze Nacht mit sich selbst gerungen hatte, war sie an diesem Feiertag zum zweiten Mal in das Vorstadtspital gefahren, wo der Arzt nett war, wie auch die anderen davor.

»Machen Sie sich nicht so viele Sorgen«, hatte er gesagt. »Sie haben in diesem Jahr viel Schlimmes erlebt, das geht auf die Psyche. Können Sie den Kopf noch bewegen?«

Er drehte ihn herum wie einen Schaltknüppel, die Bewegung nach hinten ließ er aus. »Sehen Sie, Sie können ihn gut bewegen«, sagte er.

Er beugte Tündes Arme.

»Leichte Lähmungen, gewiss«, sagte er, – »es könnte natürlich ein Bandscheibenvorfall sein, aber die meisten werden ohnehin nicht operiert. Gehen Sie nach Hause und nehmen Sie ein Schmerzmittel.«

»Ich nehme bereits die alle«, sagte Tünde und kramte zitternd nach dem Jausensäckchen mit den Pillen, »sie wirken nicht, bitte helfen Sie mir, ich glaube, eine Computertomographie könnte Klarheit…« – Der Orthopäde nahm den Rezeptblock zur Hand und verschrieb ihr Schmerztropfen. »Leider, unser Institut hat am Feiertag geschlossen, Sie wissen ja«, sagte er. »Warten Sie die Feiertage ab und wenn es nicht besser wird, kommen Sie wieder.«

Natürlich verstand Tünde, sie war ja vom Fach, zumindest ein kleines bisschen, eine dumpfe Erinnerung schlug in ihrem Kopf Alarm, immerhin war er Oberarzt, und Oberärzte haben immer recht. Seltsam nur, dass sie ihm nicht glauben konnte; wieso hatte sie solche Angst, es fühlte sich an als sei in ihrem Kopf ein Alarmknopf gedrückt, der nicht aufhören konnte zu feuern. Doch sie wollte ihm nicht widersprechen, und so taumelte sie auf die Straße und lehnte sich an eine Laterne. Mit steifen Fingern kramte sie die Liste mit den Instituten hervor und ihr Telefon; immer diese widerspenstigen Patienten, die sich selbst helfen wollen, jetzt gehörte sie auch schon dazu. Natürlich waren alle Institute geschlossen, klar, es war Feiertag, wie hatte ihr Primarius gesagt, »man darf in Österreich nicht an den falschen Tagen krank werden.« Hektisch überlegte sie, was sie tun solle. Sie dachte nicht daran, in ein Akutspital zu fahren, immerhin sei es ja nichts Ernstes, nur psychisch, und sie wollte keine lästige Hypochonderin sein, doch aus irgendeinem Grund konnte sie nicht nach Hause fahren, sie konnte einfach nicht, bevor sie nicht irgendjemand untersucht hatte. Auf einmal kam ihr Mariella in den Sinn, ihre Freundin, die in der Christophklinik arbeitete, in dessen Nähe sie aufgewachsen war, und mit dem Gefühl, ihre letzte Chance zu verspielen, stieg sie in die Straßenbahn.

»Bitte nehmen Sie Platz, wir informieren den Neurochirurgen«, sagte die Dame hinter der Glasscheibe der Ambulanz.

Tünde erschrak. »Wieso Neurochirurg?«, fragte sie, das Wort erinnerte sie an zerbrochene Schädel und Tod. Als der Arzt um die Ecke bog, war sie überrascht. Sie hatte eine graue Eminenz erwartet, die schimpfen würde, dass sie sie am Feiertag störte, doch sie war weder alt noch grau und wischte ihre Entschuldigung mit einer Handbewegung beiseite. »Geben Sie der Armen eine Spritze«, sagte er zu den Schwestern und sein Mitgefühl beunruhigte Tünde am meisten, immerhin war er Chirurg, »Sie fahren gleich zur Tomographie«, sagte er, »und wir halten uns für eine Operation bereit.«

›Das kommt überhaupt nicht in Frage‹, dachte Tünde.

In einem Grab, es war wie in einem Grab, fand sie in der Abgeschlossenheit der hämmernden Röhre. Die Angst überflutete sie mit der Erinnerung an den schlimmsten Moment des Begräbnisses, als der Sarg ihres Vaters in der Erde versenkt worden war und ihre Hand Erde darauf rieseln ließ, während ihr Bewusstsein schon woanders war. Was war noch von ihm übrig, und was würde einmal von ihr übrig bleiben – etwas Flüssiges tropfte über ihre Schläfen, doch sie durfte sich nicht bewegen, und sie wusste nicht, ob sie wegen ihres Vaters weinte oder wegen sich selbst, wegen des Todes des Körpers oder der Träume – was würde einmal von ihr übrigbleiben, kein Gedicht, kein Buch, nur das Implantat, von dem der Arzt gesprochen hatte, das ihre Wirbelsäule stabilisieren würde, und sie stellte sich vor, wie einmal ein Bauer in seinem Feld eine kleine Carbonscheibe finden und ratlos in der Hand herumdrehen würde, auf der Erde, in der sie verrottet war.

Wie verschreckte Vögel schienen ihre Gedanken gegen die Wände der engen Röhre zu flattern. Vielleicht war sie einfach nicht für das Leben geschaffen, immerhin war sie schon tot auf die Welt gekommen, schon ihre eigene Geburt hatte sie nur geschafft, weil sie schnell genug wiederbelebt worden war, und nun würden die Ärzte ihr Leben beenden und den Kreis schließen.

Und seltsamerweise begann sie zu beten, nie hätte sie gedacht, dass sie beten würde, doch der Psalm vom Begräbnis ihres Vaters durchbrach die Schleifen ihrer Gedanken in endloser Litanei, ›und muss ich auch wandern in finsterer Schlucht, ich fürchte kein Unheil, denn du bist bei mir‹; doch auch wenn das Aneinanderreihen der Wörter ihre Gedanken beschäftigte, so fühlte sie keinen Empfänger.

»Sie können nicht mehr gehen«, sagte der Neurochirurg, der schon vor den MR-Bildern eine Diagnose in seinem Kopf zu stellen schien, und jetzt Wörter sagte, die sie aus dem Neurologiebuch kannte, Lhermitte-Zeichen, Querschnittgefahr, und mit wilder Entschlossenheit machte sie ein paar Schritte, doch schon mit geschlossenen Augen gehorchten ihr die Beine nicht und sie taumelte wie eine Gliederpuppe an zerrissenen Schnüren.

»Sehen Sie«, sagte er sanft. »Sie können nicht mehr gehen. Sie gleichen nur mit den Augen aus, was von den Füßen nicht mehr ins Gehirn dringt, weil die Leitung dazwischen nicht mehr funktioniert.«

Tünde sank auf die Liege, ihre Zähne schlugen aufeinander, sie war einmal Reiterin gewesen und jetzt konnte sie sich nicht einmal mehr auf den Füßen halten, wie ein Flugzeug, bei dem ein Steuerungssystem nach dem anderen ausfällt, und wenn das letzte erlischt, gehen die Lichter aus.

Fieberhaft überlegte sie, wie sie von hier verschwinden könnte, es musste einen Fluchtweg geben, vielleicht die Rampe mit den Rettungsautos, sie überlegte, wie schnell es auffallen würde, dass sie weg wäre, doch sie konnte es Raoul nicht antun, der, inzwischen verständigt und draußen wartend, glaubte der Zuversicht des Chirurgen, sie selbst glaubte niemandem mehr.

Während die Turnusärztin die Elektroden wieder von ihrer Brust entfernt, blickt Tünde aus den Augenwinkeln zur Uhr, in einer Stunde wird sie am Operationstisch liegen, das gequetschte Rückenmark freigelegt und die Wirbelsäule mit dem Implantat stabilisiert, das statt ihrer zerfetzten Bandscheibe in die Wirbelsäule geschoben wird. Kann das gut gehen, die Zukunft erscheint ihr wie ein dunkler Abgrund, in den sie springen muss.

»Hören Sie«, sagt sie, »ich will den Arzt noch einmal sprechen, vielleicht überlegt er es sich doch noch anders«, und in diesem Moment ist es ihr egal, dass sie das Ungünstigste macht, nämlich den, der ihr in Kürze den Hals aufschneiden wird, zu nerven, im Spital gibt es keine Zeit, schon gar nicht für Todesangst.

Doch zu ihrem Erstaunen steht der Neurochirurg kurz danach tatsächlich nochmal neben ihrem Bett, sie weiß nur nicht, ob das ein gutes oder ein schlechtes Zeichen ist. »Hören Sie«, sagt sie, während sie fühlt, dass der Strom in den Armen nun auch schon in ihre Beine fließt und die Schwere gemeinsam mit der Funktion davongespült wird. »Ich habe noch Kraft in den Fingern, sehen Sie, ich kann es Ihnen beweisen, ich wollte eigentlich nur eine Tomographie, und jetzt sitze ich hier in der Falle und komme nie wieder raus«, und sie bricht in Tränen aus. »Ich habe solche Angst, dass Sie mein Rückenmark zerschneiden und ich nachher vom Hals abwärts gelähmt bin.« Die Worte fallen in die Stille, sie weiß, Ärzte mögen keine Ängste, doch er sagt, »es braucht Ihnen nicht leidzutun, es ist wichtig für die Operation, dass Sie selbst hinter der Entscheidung stehen«, und Tünde fragt sich, wieso sie so etwas noch nie einen Kollegen sagen gehört hat. Erst jetzt wird ihr bewusst, dass das Ringen eines Patienten nicht nur Misstrauen ist, sondern ein verzweifelter Versuch, das Gewicht des Wissens um das eigene Schicksal zu teilen.

Schon steht der Träger in der Tür, um Tünde in den Operationssaal zu bringen. Sie zieht ihre Ringe vom Finger, den silbernen Verlobungs- und den goldenen Ehering, und gibt sie ihrem Mann zurück, bei ihm sind sie besser aufgehoben als im Safe, falls sie nicht wiederkommen sollte. Als sei es gestern gewesen, erinnert sie sich an diesen Moment der Wehmut bei der Hochzeit vergangenen Sommer. Nicht, als sie mit raschelndem Kleid zum Altar schritt, auch nicht während der Schiffsfahrt, die ein Vorschlag ihres Vaters gewesen war. Sie hatte Angst gehabt, bei ihrer Hochzeit zu viel weinen zu müssen, weil sie an ihn denken musste; doch als der Tag dann da war, hatte sie das Gefühl gehabt, er wäre dabei; und als sie einzog, war er da, und als sie in die Kutsche stieg, war er da, er winkte ihr vom Straßenrand aus zu, und als sie an Deck gingen, war er da, und als das Schiff in der Abendsonne aus dem Hafen glitt, war er auch da und sie spürte solch einen Trost, als habe er das alles extra arrangiert, damit sie nicht traurig war. Erst am Abend, in Gesellschaft der hundertsechzig Gäste, hatte sie plötzlich diese unerklärliche Einsamkeit befallen, ein Gefühl, das sie nicht benennen konnte; als müssten sie die Zeit nützen, bevor die Uhr des Lebens stehenbleibt.

Das Bett rollt an, Raoul geht im Laufschritt nebenher, Tünde kann kaum sprechen, die Angst schnürt ihr die Kehle zu. Sie weiß nicht mehr, was sie sagt, die Worte galoppieren davon, die Kontrolle ist ihr entglitten.

»Ich habe dich geliebt«, sagt sie, ihr fällt auf, dass sie schon in der Vergangenheit spricht, es ist egal; »verzeih mir alles, was ich falsch gemacht habe, wenn ich nicht mehr wiederkomme, möchte ich, dass du…« … »…und weißt du noch, was am schönsten war…« …und ihr ist völlig egal, wer sie hört, wie viele Minuten bleiben noch bis zum ersten Stock? Der Lift fährt unerbittlich weiter, das Öffnen und Schließen der Türen, fremde Menschen rundherum, draußen krachen die ersten Probeböller des baldigen Jahres zweitausendneun, für die meisten ist es ein normaler Silvestertag, das nächste Jahr wartet, für Tünde vielleicht nicht. Sie spult im Zeitraffer ihre Gedanken zurück, was muss noch gesagt werden, wie viele Sekunden hat sie noch Zeit? Sie nähern sich der großen silbernen Tür zum Operationstrakt, »jetzt dürfen Sie nicht mehr mit«, sagt der Träger zu Raoul vor der letzten Tür. Er versucht sie zu umarmen, eine stockende Geste, da sie sich nicht mehr aufsetzen kann, stattdessen versucht sie sich das Gefühl einzuprägen, falls es das letzte Mal ist. Und dann winkt sie und winkt, hält seinen Anblick fest, während sich die Tür schließt.

Es ist bereits wie ein kleines Sterben, man weiß nicht, was auf der anderen Seite wartet, das Bett rollt unerbittlich weiter wie in einen unbekannten Bahnhof. Die Angst verengt das Bewusstsein, es gibt keinen Ausweg mehr. Und in dieser Situation wird ihr bewusst, dass sie, wenn sie nicht überleben sollte, nur eine einzige Sache wirklich bereuen würde.

Nicht einmal, dass sie keine Kinder hatte – im Gegenteil, die Fehlgeburt erscheint ihr angesichts der Bedrohung wie eine glückliche Fügung – es ist einzig ihre ungenützte Bestimmung, die in Trauer versinkt, die Tatsache, dass sie in ihrem Leben nicht das getan hat, was sie wollte, weil sie immer gedacht hat, sie könne dies später noch tun.

Wie im Zeitraffer ziehen die letzten Jahre an ihr vorüber, die Plackerei im Studium, dann die Jahre in diesem seltsamen Klosterspital, in dem sie sich nie heimisch gefühlt hatte, zuletzt im Spital an der Wien, wo sie zusammengebrochen war; hatte ihr Dasein für irgendjemanden eine Bedeutung gehabt, hatte sie jemanden kennengelernt, der ihm einen Sinn verliehen hätte?

Und jetzt erst wird ihr klar, dass sie sie unwiderruflich verspielt hat, die Chance auf den Rest der Zeit.

Geschäftiges Treiben im Operationssaal, Tünde kennt es von der anderen Seite, wie oft war sie bei Operationen dabei, hatte sie jemals die Gefühle der Patienten wirklich begriffen? Sie hat sie erahnt; doch wirklich begreift sie sie erst jetzt, wo das Leben die Seiten wechselt. Schon sieht sie aus den Augenwinkeln, wie das Narkosemittel gespritzt wird. Plötzlich ist die Turnusärztin wieder neben ihr; grüner Mundschutz, doch Tünde erkennt ihre Stimme, ›Gott sei Dank, ich bin nicht alleine‹, denkt sie, die Kollegin nimmt ihre Hand. Nie war ihr bewusst, was ein letzter Händedruck für einen Patienten bedeutet, es ist der letzte Kontakt zum Leben davor.

Und in diesem Augenblick tritt ein einziger Wunsch mit aller Kraft hervor und trennt sich vom Rauschen ihres schwindenden Bewusstseins: ›Wenn ich das überlebe‹, denkt sie, ›wenn ich nachher nicht im Rollstuhl sitze, werde ich schreiben‹ – und sie spürt noch, wie die Turnusärztin ihre Hand drückt, dann reißt der Film.

***

Melindas Blick fällt auf Roberts schlafenden Körper, und wieder erstaunt sie die Fremdheit zwischen ihnen. Sie hat immer gedacht, sie seien gegen das Auseinanderdriften immun, das aus der Kluft zwischen Wünschen und Sehnsüchten entsteht, bis man einander nicht mehr berührt. Plötzlich ist sich Melinda nicht mehr sicher, ob es nicht auch ein Auseinanderdriften aufgrund von Verschiedenheit gibt, in einem viel früheren Stadium; denn verschieden waren sie immer und würden es immer sein.

Sie löst sich von Robert und starrt in die Dämmerung des gemieteten Zimmers. Es riecht nach Sperma und Schweiß; einer Mischung, mit der sie vor einem Jahr ihre kleine Tochter gezeugt hatten; ein Ereignis, von dem sie sich wünscht, es sei nie geschehen; ein Wunsch, der ihr Versagen beweist.

Während sich Melinda auf die Seite rollt, zum Fußende des Bettes kriecht und aufsetzt, spürt sie wieder den Stich im Rücken, eine Art Kollateralschaden aus der Schwangerschaft, und leise fluchend steht sie auf und öffnet das Fenster.

Die Nachmittagsluft schmerzt in ihren Lungen. Soeben geht die Sonne hinter dem Hügel unter und wirft orangefarbene Strahlen auf den jungfräulichen Schnee, als Versprechen eines schönen Silvestertags; eines Tages, an dem funktionierende Familien mit ihren Kindern Schlitten fahren gehen oder Schneemänner bauen. Sie hätten den Tag in der

Therme verbringen sollen, im warmen Wasser oder in der Sauna, ihre Füße heimlich in Roberts Schoß, endlich hatten sie die Gelegenheit dazu gehabt, doch stattdessen waren sie erschöpft im Hotelzimmer eingeschlafen, nicht mehr Arm in Arm, sondern auseinandergerollt wie ein Paar, das sich nichts mehr zu sagen hat.

Auf einmal packt sie eine solche Sehnsucht davonzulaufen, hinaus in den frischen Schnee und immer weiter und weiter, dass sie aufschluchzt; und vielleicht würde der Schnee vor ihr sich teilen wie das Rote Meer sich vor den Israeliten teilte. Sie erinnert sich genau an die Geschichten, die sie immer in der Kinderbibel gelesen hat. Sie würde laufen und laufen, und irgendwo würde sie ihn in einem Schneeloch treffen, ihn, an den sie ständig denken musste, obwohl der nicht ihr Verlobter war; und er würde sie vor ihren Verfolgern in eine kleine Holzhütte ziehen, wo ein Feuer brannte und sie sich gegenseitig ausziehen mussten, um nicht krank zu werden. Vor Schreck, dass Robert ihre Gedanken lesen könnte, dreht sie sich um; doch er liegt in die Decke gewickelt und schnarcht leise vor sich hin. Sie betrachtet seinen breiten, sommersprossigen Brustkorb, die kurz geschnittenen, rötlichen Haare, und sehnt sich nach der Zeit zurück, in der sie einander gerade erst kennengelernt hatten – nicht ahnend, wie schnell die Zweifel über sie hereinbrechen würden.

Melinda hätte nie gedacht, dass sie sich so kurz nach ihrer verhinderten Hochzeit in einen anderen Mann verlieben könne. Wenn Freundinnen ihr erzählt hatten, dass es irgendjemandem passiert war, dachte sie immer, es sei eine Frage von Disziplin. Man gibt einem Menschen ein Versprechen und hält es, das ganze Leben lang, egal, was dazwischenkommt; man kann Gedanken nicht verhindern, aber sehr wohl die Reaktion darauf; man kann seine Hände festhalten, jemanden nie wieder treffen und mit der Zeit vergessen, so wie eine Wolke vorüberzieht, die den Himmel kurz verdunkelt hat. Dass sich der Andere in ihre Gedanken drängt, findet sie erschöpfend, als müsse sie ständig ein Hindernis beiseiteschieben, das zwischen ihr und Robert liegt, sogar jetzt, auf dem Heimweg von ihrem Kurzurlaub, einem Geschenk ihrer Geschwister Tünde und Adam. Sie hätte ihn genießen sollen, den ersten Urlaub ohne Baby, doch stattdessen hatte sie Nathalie mit ihrem glucksenden Lachen, die ihr sonst so leicht auf die Nerven ging, ständig nur vermisst wie einen amputierten Körperteil. Vielleicht war da etwas in ihr, etwas Zerstörerisches, das sie immer etwas anderes wünschen ließ als das, was sie mühevoll erreicht hatte. Eine intakte Beziehung lässt sich nicht so einfach zerstören, doch vielleicht war ihre ja gar nicht mehr intakt, sah nur von außen so aus, während sie in Wirklichkeit bröckelte und faulte.

Sie sind auf dem Weg zurück vom Kurzurlaub; ihrem ersten Urlaub seit Nathalies Geburt. Es dämmert; vereinzelte Probe-Feuerwerke zieren bereits den Großstadthimmel, den man von der Autobahn aus sieht, auf der sie sich gerade befinden und zurück nach Wien fahren und beim Gedanken an die schlafwarme Nathalie spürt Melinda eine schmerzhafte

Sehnsucht. Vielleicht sollten Robert und sie Silvester einfach verschlafen, das wäre wohl das Vernünftigste; vielleicht sollten sie alle ein paar Wochen schlafen und dann würde im Frühling alles gut.

Das Handy in ihrer Handtasche vibriert mit einem leisen Knarren.

»Heb ab, sonst wissen sie nicht, dass wir auf dem Heimweg sind und glauben, wir sind dortgeblieben«, sagt Robert mit einem hintergründigen Lächeln, und sie denkt, wenn er nur wüsste, wie gern, nur nicht mit ihm.

»Es ist Raoul«, raunt sie, gleichzeitig ärgert sie sich, ihr Schwager ruft immer im unpassendsten Moment an. Sie hebt ab und ihre Miene verfinstert sich.

»Tünde wird operiert, wieso?«, fragt sie. »Ist es ernst?«, und dann erstirbt ihre Stimme.

»Was ist los?«, fragt Robert ungeduldig, während seine Hände das Lenkrad umklammern.

»Meine Schwester ist in der Christophklinik, sie wird gleich operiert«, sagt Melinda. »Es ist irgendetwas mit der Halswirbelsäule, von dort ziehen die Nerven in die Arme und Beine, und drohen gerade, kaputtzugehen. Es könnte schnell gehen, wenn sie nicht operieren.« Langsam klappt sie das Handy zu und schüttelt den Kopf.

»Sie klagte immer über solche Schmerzen, aber ich dachte, es läge am Stress.«

»Aber sie ist doch von Ärzten umgeben«, sagt Robert ärgerlich, »wieso konnte ihr denn da keiner helfen? Wo ist sie jetzt?«

»Auf der Neurochirurgie«, flüstert Melinda.

Das Wort ruft die Erinnerung an den Tag vor einem Jahr hervor, als aus heiterem Himmel der Anruf gekommen war – »komm schnell, Papa ist gestorben« – nur war es damals Tündes Stimme gewesen, die aus dem Hörer klang.

»Sie müssen durch den ganzen Hals durch, bis nach hinten zur Wirbelsäule, hat sie gesagt. Sie kann sich nicht vorstellen, dass das gut gehen kann. Und sie will vorher unbedingt noch mit mir sprechen.«

»Ach du meine Güte«, sagt Robert und blickt nach vorne zum Laaerbergtunnel, stellt ihn sich voller Blut vor und irgendwo hinten versteckt die Wirbelsäule. Er deutet auf das Meer aus Bremslichtern vor ihnen. »Vergiss es«, sagt er. »Wir stecken im Stau.«

»Verdammt«, seufzt Melinda und schlägt mit der Faust auf ihr Knie. »War das Jahr nicht schon beschissen genug?«

Robert nickt, und sie weiß, dass er an ihre vereitelte Hochzeit denkt, die ihr heimlich wie ein Segen erscheint. Er legt seine Hand auf ihren Oberschenkel, sie lässt sie dort, jetzt ist nicht der richtige Zeitpunkt, ihm zu sagen, dass sie ihn nicht mehr liebt. Falls es einen solchen überhaupt gibt. Ihre Familie scheint den richtigen Zeitpunkt immer zu verpassen. Seit ihrer Verlobung vor eineinhalb Jahren hat Melinda ihn stets verpasst, bei ihrem Vater haben sie ihn verpasst, vielleicht verpasst ihn jetzt ihre Schwester, als sei das ein unentrinnbares Schicksal, das an ihrer Familie klebt wie Kaugummi auf einem verlassenen Schulhof.

Während die Felder im Schritttempo an ihr vorbeiziehen, erinnert sie sich an den Tag ihrer Hochzeit vor drei Jahren und an die Aufgewühltheit, mit der sie damals aufgewacht war. Ihr Blick war auf den Kleiderschrank gefallen, in dem ihr weißes Kleid hing, die Corsage mit den gewölbten Körbchen und den Strümpfen. Kurz hatte sie sich vorgestellt, wie Robert sie ihr langsam ausziehen würde, plötzlich kam ihr der Gedanke lächerlich vor, als würde sie in einer Sprache sprechen, die er nicht verstand.

»Ihr Bouquet wird in zehn Minuten geliefert«, hatte die Dame von der Rezeption gesagt, und der Duft nach Lilien, von denen ihr übel wurde, hatte ihre Zweifel zerstreut.

Ihr Vater hatte sie vor dem Brautauto empfangen und sich den Schweiß von der Stirn gewischt, bevor er sie, auffallend rot im Gesicht, umarmte.

»Nicht zu fassen, mein Küken heiratet«, hatte er auf Ungarisch gesagt, »du bist doch glücklich«, es klang wie eine Bitte, und Melinda nickte stumm. Und als sie das Läuten der Glocken in der Ferne hörte, war der Augenblick vorbei, in dem sie etwas hätte sagen können, denn ihre Schwester Tünde, die als Trauzeugin fungierte, lief mit rudernden Armen und Beinen auf das Auto zu.

Umständlich faltete Tamás seine Beine hinter das Steuer und Melinda stopfte mit Hilfe ihrer Schwester die aufgetürmten Kleiderschichten auf den Rücksitz. Als die Umgebung an ihr vorüberglitt, bemerkte sie zu ihrer Bestürzung, dass sie keine Kontrolle über ihre Lungen hatte; sie saugten die Luft ein, ohne wieder etwas herauszulassen, und sie fühlte sich, als würde sie sich langsam aus Zeit und Raum entfernen.

Am Rande der Straße, die zur Kirche führte, parkte bereits der Autokonvoi und Melinda erkannte ihren Bruder an seinem gebeugten Rücken; er hob etwas Schweres aus dem Auto, vermutlich Jan, den älteren. Daneben ihre zukünftige Schwiegermutter Gertrude, in wallendem Hellblau, mit gewohnt starrem Blick in Richtung des Brautautos blickend, als befürchte sie, dass die Braut kneifen würde, so wie sie sich bislang auch vor dem Kinderkriegen gedrückt hatte. Daneben ihre eigene Mutter in einem geblümten Chiffonkleid; erwartungsvoll, als habe sie das ganze Leben nur für diesen Moment gelebt, und Melinda wusste, dass ihre Hochzeit eine Art Triumph bedeutete; ein Zeichen nach außen, dass mit den Éneks alles in Ordnung war, dass sie Mustereltern waren und Musterkinder hatten, seht her, jetzt heiratet die ältere, nächstes Jahr vielleicht die jüngere, genau wie es sich gehört. Melinda wusste zudem, dass sie nicht so schnell wieder einen Mann wie Robert finden würde, der sie zwar nicht ordentlich vögelte, aber sie liebte und ihre Luftschlösser tolerierte, an denen schon ihre Mutter gescheitert war.

Tamás Ének schnaufte, als er aus dem Auto kletterte, und quittierte Tündes Frage, ob er seine Medikamente genommen habe, mit einem verärgerten Zungenschnalzen. Dann stieg er versehentlich auf Melindas Schleppe und kippte fast vornüber; die Braut konnte ihn gerade noch auffangen, bevor sie sich ihrer Schwester zuwandte.

»Ich fühle mich, als würde ich zur Schlachtbank geführt«, flüsterte sie.

Tünde hatte sie verzweifelt angeblickt, mit ihren vom

Nachtdienst geröteten Augen, die noch tiefer in den Höhlen verschwanden als sonst.

»Bitte«, zischte Tünde, »kannst du dich nicht einmal im Leben für etwas entscheiden?«

Melinda bemühte sich, ihre Gedanken zu ordnen; ›ich weiß nicht mehr, weshalb ich ihn heiraten wollte‹, dachte sie, ›ein Puzzlestein fehlt, vielleicht der wichtigste für mein weiteres Leben.‹

Mit ihren Absätzen, die immer wieder im Kopfsteinpflaster hängen blieben, bemühte sich Melinda, einen Fuß vor den anderen zu setzen, sie hätte üben sollen, mit den hohen Absätzen zu gehen, wie es die Frau in dem Brautgeschäft geraten hatte, während diese ihre halterlosen Strümpfe in Seidenpapier wickelte, aber sie hatte keine Kraft mehr gehabt oder keine Lust, letztendlich war es dasselbe. Inzwischen ragte der Kirchturm vor ihnen auf wie eine Ermahnung zu ewiger Treue. Der Platz, auf dem sich soeben noch die Gäste versammelt hatten – lila, hellblaue und türkisfarbene Punkte – war leergefegt, und Melinda wusste, wo sie waren. Sie saßen in den Kirchenbänken und starrten erwartungsvoll auf die Eingangstür. Gleich würde sie am Arm ihres Vaters hinein schreiten, der inzwischen bedrohlich schnaufte.

»Papa«, flüsterte sie, »ist alles okay?«

Tamás Ének hatte keine Zeit zum Antworten. Aus dem schwarzen Rechteck der Kirchentür löste sich eine fliederfarbene Gestalt mit Hut, die ihnen aufgeregt winkte und auf ihr rechtes Handgelenk deutete. Sie mussten mittlerweile mindestens eine halbe Stunde zu spät sein, ihre

Schwiegermutter war vermutlich schon der Ohnmacht nahe und Melinda dachte an die Worte ihrer Schwester, auf den Brautmarsch der Organistin zu warten.

Sie nickte ihrem Vater zu als würde sie sagen, »komm, jetzt mache ich alles wieder gut«, und dann marschierten sie los, und sei es nur, damit sie es sich nicht mehr anders überlegen konnte. Unter ohrenbetäubendem Orgelspiel betraten sie das Kirchenportal, Tamás Ének hing schwer an ihrem Arm. Die Menge erhob sich mit einem Rauschen, aus den Augenwinkeln erkannte sie ihre Volksschulfreundin Ruth mit vor Aufregung geröteten Wangen. Ganz vorne beim Altar entdeckte sie Robert, er trug den Hochzeitsanzug, der ihr schon beim Anprobieren nicht gefallen hatte. Sie versuchte, sich an den flimmernden Punkten zu orientieren, zu denen sein Gesicht zerrann, als sie bemerkte, dass die Orgel noch gar keinen Brautmarsch spielte, sondern erst das Präludium von Bach.

»Mist«, flüsterte sie, »bleib stehen, wir sind zu früh«, doch ihr Vater schien nichts zu bemerken, er stolperte vorwärts wie ein eigensinniges Kutschpferd. Melinda schossen Tränen in die Augen; hier war der Moment, auf den sie sich gefreut hatte, seitdem sie ein kleines Mädchen war; und nun war alles falsch, vom Anzug bis zum Einmarsch, nicht einmal die Musik passte, sie hatte den richtigen Zeitpunkt verpasst, wie immer.

»Halt, wir müssen zurück«, zischte sie und mühte sich, ihren Schritt zu verlangsamen, die Menge starrte sie erwartungsvoll an, und plötzlich verstummten die Musikschleifen der

Orgel, als habe die Organistin gemerkt, dass sich die Braut bereits auf halbem Wege zum Altar befand. Und genau in diesem Moment, als sie weder vor noch zurück konnte, fing die Verzweiflung sie ein; sie sah sich wie im Film auf den Altar zuschreiten, zum falschen Mann, in der falschen Kirche, mit der falschen Familie, zur falschen Musik, und als sie fieberhaft überlegte, wie sie hier wieder herauskommen konnte, wie sie sich in Luft auflösen und einfach verschwinden könne, war ihr Körper gnädig; es schien, als würde sie jemand zu Boden reißen, ihre Beine festhalten, sie taumelte und sah den roten Teppich plötzlich ganz nah vor ihren Augen und das letzte, was sie sah, war der Gesichtsausdruck ihres Vaters.

Aufgewühlt starrt Melinda auf die roten Bremslichter vor ihnen. Bald würden sich Nathalies Arme um sie schlingen als ob sie sagen wolle, »wo wart ihr, Mama, habt ihr mich vergessen«, und sie würde sagen, »ich lasse dich nie alleine.«

Sie hatte ihr Kind von Anfang an süß gefunden, vor allem wenn es schlief, aber diese allumfassende Liebe, von der alle sprachen, hatte sich bei ihr erst sehr spät eingestellt. Sie langweilte sich bei den Spielen auf dem Fußboden, das Spazierengehen ödete sie an, diese endlosen Runden, bis die Kleine endlich eingeschlafen war, die Arme in die Luft gereckt nach dem Fläschchen. Dann war sie so schnell wie möglich nach Hause geeilt, hatte den Kinderwagen auf den Balkon gestellt und einen Pinsel in die Hand genommen, doch kaum setzte sie ein paar Striche aufs Papier, begann schon wieder Nathalies Gequake und sie hatte gewusst, es würde wieder nichts werden mit dem Bild. Dennoch war es sicherer, über ihre Gedanken zu schweigen. Schon bei ihrer Hochzeit hatte die Taktik gewirkt, niemand fragte nach, nicht die schockierten Verwandten, auch nicht die Rettungsmänner, die mit einer Bahre hereingestürmt waren, um ihren Vater abzutransportieren, der sie zu Boden gerissen hatte. Zum Glück hatte niemand gefragt, denn sonst hätte vielleicht irgendjemand bemerkt, dass sich in die Trauer über die vereitelte Hochzeit stille Dankbarkeit mischte. »Wir machen eine neue, es ist kein Problem«, hatte sie gesagt, »Hauptsache, Papa wird wieder gesund«, und nur ihre Schwester Tünde hatte sie sehr lange angesehen.

Und während der Stau sich vor ihnen langsam auflöst, bricht es aus Melinda heraus, »immer hören wir auf die anderen, immer glauben wir, dass alle anderen recht haben, es ist wie ein Krebsgeschwür in der Familie, ich möchte wissen, wann es angefangen hat«, und Robert sagt verwundert, »was meinst du damit, du bist doch gar nicht so.«

»Ihr habt zu wenig Ordnung«, hatte schon Pali-bácsi, der Freund ihres Vaters, diagnostiziert, der Internist in der Christophklinik gewesen war, wo Tamás ihn manchmal im Dienst besucht hatte, um mit ihm Schach zu spielen. »Ordnung ist die Seele von allem.« Als Beweis hatte er Tündes Vater einen alten Wandteppich verkauft, den er einem dementen Patienten abgeluchst hatte und den die Éneks gut sichtbar in ihrer Wohnung aufhängen mussten. »Seht her, wie ordentlich das Muster geknüpft ist«, hatte Pali-bácsi immer wieder gesagt, wenn er bei ihnen zu Besuch gewesen war. »Das ist das Muster des Lebens.«

Dabei hatte ihre Mutter die Ordnung gewählt, da die Leidenschaft zu schwer zu leben war. Erika Ének war in Budapest eine begabte Bildhauerin gewesen, die kurz davor stand, berühmt zu werden. Bevor sie im Woodstockjahr nach Wien gekommen war, hatte sie in Budapest Engel hergestellt für Grabsteine und Skulpturen für Brunnen; sie war berühmt für ihre Putten, die stets ein hauchzartes Tuch über ihre Hüften hielten. In Wien angekommen, hatte sie gehofft, auch hier als Künstlerin Fuß zu fassen. Doch dafür brauchte man Beziehungen, gute Sprachkenntnisse und vor allem viel Kraft; Kraft, die nach dem Tod der ersten Tochter für immer verschwunden war. So war Erika Handarbeitslehrerin geworden, in derselben Schule wie ihr Mann; mit mäßigem Interesse; ihr Beruf war eine Last, doch es schien, als müsse sie sich zwischen Pflicht und Leidenschaft entscheiden, da das Leben nur eines davon vorsah. Das Unterrichten fiel ihr schwer, ihre Schüler tobten herum, machten sich gar nicht erst die Mühe, ihr Desinteresse zu verbergen, und machten sich über ihren ungarischen Akzent lustig. Erika verstand die Schimpfwörter nicht, die die Schüler sagten, sie fragte ihre Kinder nach deren Bedeutung, und zur Zeugnisverteilung korrigierte Tünde ihre Protokolle auf Fehler. Am Wochenende verschwand sie, um an ihren Ytong-Steinen zu hämmern, und obwohl die Kinder dann sich selbst überlassen waren, war dies Melinda viel lieber als die Traurigkeit ihrer Mutter, wenn diese sich der nie endenden Hausarbeit widmete. Melinda und ihre Schwester hatten geschworen, selbst einmal einen anderen Beruf zu ergreifen; einen, bei dem ihnen niemand dreinreden konnte, und für Tünde stimmte das auch, denn mit Medizin kannte sich in der Familie niemand aus. Das Körperliche war nicht wichtig, der Körper war ein Vehikel für den Geist, so dass sich anfangs jeder gewundert hatte, wieso Tünde Medizin studieren wollte. Melinda selbst hatte den einfacheren Weg gewählt und wollte nur Kunst machen, aber erfolgreich; sie träumte von einem hübschen Atelier mit Flügeltüren. Auch ein paar Kinder würden helfen, denn dann hätte sie einen Grund, nicht mehr einem öden Beruf nachzugehen, sondern zu Hause zu bleiben und sich der Malerei zu widmen. Sie rechnete fest damit, eines Tages reich zu werden, denn sie besaß Talent und wartete nur auf ihr Publikum; und das war es, was sie veranlasst hatte, die Sparkassenbank aufzusuchen an jenem sonnigen Herbsttag, kurz nachdem sie sich mit Robert verlobt hatte.

Melinda öffnet ihre Augen und starrt in die trübe Landschaft neben der Autobahn, die vom ewigen Licht der Shopping City Süd beleuchtet wird.

Und wieder einmal stellt sie sich vor, mit dem anderen Mann in einer Höhle eingeschneit zu sein; er würde Feuer machen und sie würden ihre Kleider zum Trocknen aufhängen, wissend, dass es mehrere Tage dauern würde, bis man sie fände, und dann würden sie sich ganz nah ans Feuer setzen, im vergeblichen Versuch, einander nicht anzusehen, bis ihre Rücken ganz langsam beginnen würden, einander zu berühren. ›Hör auf mit den Kleinmädchenträumen‹, denkt sie plötzlich, ›während deine Schwester in Lebensgefahr schwebt und dein Mann nur eine Armeslänge von dir entfernt ist. Schämst du dich nicht, ihn zu betrügen, denn in Gedanken tust du es bereits‹, denn was war der Unterschied, wenn sie an jemand anderen dachte, während sie mit Robert schlief?

Früher hatte sie gedacht, dass nur Männer solche Gedanken hegten und auch von denen nur die bösen, aber keine Mutter, die glücklich verheiratet war – zumindest fast, wenn die Hochzeit nicht im letzten Moment schiefgegangen wäre. Doch seitdem sie vor einem Jahr den kleinen roten Strich auf dem Schwangerschaftstest gesehen hatte, der Nathalies Werden bezeugte, hatte sie gestaunt, wie sie sich veränderte; es war, als sei in der Schwangerschaft nicht nur ihr Körper gewachsen, sondern auch ihre Gedanken, und zwar ebenso unkontrolliert und dynamisch, und sie fragt sich, wann der Moment gewesen war, in dem das Pendel umschwang.

Als Melinda und Robert einander kennengelernt hatten, war sie für Mauricio, ihren Kollegen auf der Kunstakademie, Modell gesessen; ihm erlaubte sie, sie nackt zu malen, denn er war eindeutig jungen Männern zugewandt und interessierte sich tatsächlich nur für die Krümmung ihrer Clavicula und die Spannung ihres Quadrizepsmuskels auf dem Zeichenpapier und für nichts dazwischen.

Sie hatte ihr Geld schon eine Weile mit Modellsitzen verdient, ebenso wie ihre Mutter damals; und ebenso wie ihre Mutter der Großmutter verschwiegen hatte, dass sie am liebsten Akt saß, weil man da am besten Geld verdienen konnte, sagte sie es Erika auch nicht. Schließlich hatten sich die Zeiten geändert; waren Kunstliebhaber früher gezwungen, zum Ansehen der Modelle die Hallen der Kunstakademie zu betreten, so konnte es nun geschehen, dass sich plötzlich Nacktbilder von ihr im Internet befanden, was sie jedoch nicht schreckte. Im Studium gab es nicht viele Möglichkeiten, etwas anderes zu tun. Sie wollte nicht mit Gelegenheitsjobs Geld verdienen, die nichts mit Kunst zu tun hatten; im Gegensatz zu ihrer Schwester, die sich bei einem Arzt halb kaputt arbeitete; so wie sie überhaupt das Gefühl hatte, das Leben ein wenig geschickter anzugehen als Tünde.

Ihr war langweilig gewesen an diesem Tag, wie immer; und so hatte sie sich mit Mauricio unterhalten, während er ihre Beine malte, und lange Zeit war nichts zu hören gewesen außer ihrem Geplauder und dem Geräusch von Bleistift und Radiergummi auf dem Papier. Irgendwann war das Licht eine Nuance dunkler geworden und Mauricio hatte geflucht, den Haustechniker Ivan verständigt und wütend in den Hörer gerufen, wie es möglich sei, dass die Lampe ausfiel, ausgerechnet bei den Malkursen am Wochenende.

»Ich komme sofort«, hatte Ivan gerufen und sich bemüht, das Klirren der Kaffeetassen möglichst nicht in den Hörer klingen zu lassen. »Ich habe hier gerade einen Architekten zu Gast. Der Herr Magister will sich die Räume für die Umbauten ansehen.«

»Nicht Magister«, bemühte sich Robert zu sagen. »Nennen Sie mich einfach beim Vornamen. Ich kann Sie gerne begleiten.«

Sie gingen durch die verwinkelten Gänge des Dachgeschoßes und der Haustechniker wunderte sich, dass aus dem großen Saal immer noch leise Stimmen zu hören waren, wie von einer Malgruppe – Mauricio war sonst eher schweigsam, wenn er seine Porträts malte.

Im Dämmerlicht betrat Robert den Raum, in dem Melinda nackt auf einer Chaiselongue lag. Ivan hatte Robert den Vortritt gelassen und dieser sah Melinda nicht gleich, da er den Blick auf den Boden gerichtet hatte, was an seiner Größe lag, durch die er auf die meisten Menschen hinuntersehen musste. Als er die Tür hinter sich schloss und hochblickte, stand er plötzlich in der Blicklinie von Melinda, in deren Augen ein amüsiertes Funkeln aufglomm, während er erstarrte.

»Ich… Verzeihung. Ich wollte nicht stören«, sagte Robert und wollte schnell wieder auf den Boden sehen, doch sein Blick blieb an Melindas weißer Haut hängen, an ihren nackten Schultern und den erstaunlich halbkugeligen Brüsten darunter.

Die rechte war von einer Haarsträhne bedeckt, deren Farbe sich im Gegenlicht dunkel von ihrer hellen Haut abhob.

Robert versuchte, nicht weiter hinunter zu sehen, doch da er die Augen ohnehin abwenden musste, glitten sie einen Hauch zu langsam über ihren restlichen Körper und er glaubte, im Dreieck zwischen ihren Schenkeln ein rotgoldenes Pelzchen wahrgenommen zu haben, ehe sie ein Handtuch vor ihren Körper hielt.

Mauricio war aufgesprungen und funkelte Robert wütend an und ebenso Ivan, der sich hinter dem Architekten versteckte.

»Können Sie nicht klopfen?!«, rief er. »Sie dürfen nicht einfach so hereinplatzen! Sehen Sie nicht, dass ich die Dame male! Sie stören die Harmonie der Linien…«

»Wie schon gesagt, entschuldigen Sie vielmals«, stammelte Robert, drehte sich ungeschickt um und stieß dabei fast mit Ivan zusammen, der so tat, als würde er in der Werkzeugkiste kramen.

»Ich bin nur gekommen, um den Raum zu vermessen, aber ich kann auch wieder gehen, natürlich«, murmelte er und starrte beschämt auf seine Füße, als sich Melinda mit dem Handtuch vor dem Körper aufrichtete und das Licht ihre rotgoldenen Haare beleuchtete. Er war verwirrt; er musste unwillkürlich an den dreieckigen Pelz denken und an die halbkugeligen Brüste.

»Von mir aus können Sie gerne bleiben«, sagte sie jetzt und verschwand mit ihrer Kleidung und dem Handtuch vor ihrem Körper hinter dem in einer Ecke des Raumes aufgestellten Paravent.

»Bei dieser Beleuchtung erwischt du die Schatten sowieso nicht, nicht wahr, Mauricio?«

Sie wischte so mühelos jede Peinlichkeit beiseite, dass Robert warm ums Herz wurde. Er kramte ein paar Klemmmappen aus seiner Aktentasche und betrachtete den Raum aus zusammengekniffenen Augen.

»Was soll denn umgebaut werden?«, fragte Melinda hinter dem Paravent.

»Wir ziehen eine provisorische Wand hoch«, antwortete Robert. »Es wird eine Aufführung geben, die auch gefilmt wird. Sie soll in den Sommerferien stattfinden, wenn keine Studenten hier sind. Die Maße sind…«

»Oh, eine Aufführung«, rief Melinda begeistert, »können Sie noch Bühnenbildner oder so gebrauchen?«

»Ich bin nur mit dem Umbau beauftragt«, sagte Robert schnell. »Aber ich kann mal nachfragen. Rufen Sie mich nächste Woche an.«

Er kramte nach einer Visitenkarte, während sie mit langsamen, katzenhaften Schritten komplett wieder angezogen hinter dem Paravent hervorkam.

»Gerne. Das mache ich«, strahlte sie.

Er traute sich kaum, seine Augen zu senken, machte es dann aber doch und ihm entging nicht, wie die dünne Bluse über ihren Brüsten spannte, die er verbotenerweise gesehen hatte, leider, denn jetzt ging ihm der Anblick nicht mehr aus dem Kopf, und er registrierte, dass er keine BH-Träger sah, dass sich die Wölbung mit kleinen, dunklen Brustwarzen darauf durch den dünnen Stoff drückte, es war erstaunlich, wie sie ihre Form behielt, wenn sie sich bewegte, rein aus architektonischer Hinsicht, er hatte ein geschultes Auge, so etwas zu erkennen.

Als er wieder hochsah, merkte er, dass sie seinen Blick bemerkt hatte, denn ihre Augen funkelten amüsiert, sie waren von einer undefinierbaren Farbe, kein Grün, aber auch kein Blau, sie wirkten ziemlich dunkel.

»Erzählen Sie mir mehr von dem Projekt«, sagte sie, und er zögerte, und dann war er schlagfertig, das einzige Mal in seinem Leben, und das brachte ihm Glück.

»Gerne, aber nicht hier – vielleicht bei einer Tasse Kaffee?«

***

Adam sitzt auf dem Flur des Krankenhauses, vor der dermatologischen Ambulanz, und wartet auf die Ankunft des Psychiaters. Er soll ihn retten, in ihn hineinleuchten und ihm sagen, was in seinem Kopf schiefgeht, wieso er sein Leben zerstört hat und das von zwei Frauen und drei Kindern. Niemals hätte er gedacht, dass er sich eines Tages Rettung von einem Psychiater erhoffen würde, ausgerechnet er, der Ärzten gegenüber immer Zweifel hatte; sie glaubten nicht an die Auferstehung und maßten sich an, Gottesgeschenke anhand von neuronalen Prozessen zu erklären.

Während die Viertelstunden vorüberziehen, versteckt Adam seine roten und geschwollenen Hände, deren Haut sich schichtweise ablöst.

›Verbrannt, ich könnte mich verbrannt haben‹, denkt er, ›zum Beispiel bei einem Chemieunfall, ich könnte Professor für Chemie sein‹ – seine Miene hellt sich auf. Das Institut für Chemie liegt gleich neben seinem, er sieht dort öfters Rauchsäulen aus dem Fenster steigen, bestimmt gibt es dort gefährliche Chemikalien. Oder der Zug nach Wien, die Türklinken strotzen vor Dreck, er hatte gut daran getan, im Zug nicht auf die Toilette zu gehen, auch wenn er zum Schluss das Gefühl hatte, seine Blase würde bersten, wenn er drei weitere Schritte gemacht hätte.

Der Tokajer war schuld, dass er überhaupt nach Wien

gefahren war. Er hätte ihn nicht trinken sollen, er hatte ja gar nicht fahren wollen, obwohl er sich bereits die Fahrkarte gekauft hatte, um Tünde und Raoul zu besuchen, zu diesem blöden Silvester, bei dem er sich nie wohlfühlte, weder alleine noch mit seiner Familie.

Er hat noch die Stimme seiner Schwester im Ohr, »was machst du zu Silvester?«, diese blöde Frage, die er nicht beantworten konnte, seitdem Lenka und die Kinder ausgezogen waren; er konnte nicht sagen, dass er sich am liebsten hinter seinen Schreibtisch setzen und betrinken würde, also hatte er eingewilligt, zu ihr nach Wien zu kommen.

»Aber ich schlafe im Hotel«, hatte er gesagt, »du weißt, ich mag keine Feiertage, sie machen mich depressiv.«

»Das ist eine super Idee«, hatte Tünde geseufzt. »Du sparst mir Arbeit.«

Beim Kaufen der Fahrkarte nach Wien war er unruhig geworden, weil kein Waschbecken in der Nähe war. Daher war er nicht nach Hause gegangen, sondern in Richtung seines Büros abgebogen, wo noch die Flasche Tokajer auf dem Tisch gestanden war, die Agi ihm geschenkt hatte. Er sah sie förmlich vor sich, ihr rundes Hinterteil mit dem Büschel schwarzer Haare, das zwischen den Schenkeln hervorblitzte, das sah er als erstes – dann das devote Lächeln, als sie ihm das Geschenk überreicht hatte, der zur Seite geneigte Kopf, der ihre Locken ins Gesicht fallen ließ. Dieser verdammte Tag – er hatte sich tausendmal gewünscht, ihn aus seinem Gedächtnis streichen zu können.

Seitdem hatte er die Weinflasche nicht mehr angerührt, sie war ihm wie ein vergiftetes Geschenk erschienen, doch an diesem Abend, kurz vor seiner Reise nach Wien, hatte er den Wein aufgemacht und in das einzige Wasserglas gegossen, das sein Büro besaß. Er war alleine, doch in Gesellschaft der fünfhundert Bücher, die sich bis in drei Meter Höhe stapelten, fühlte er sich nicht einsam. Hier war sein Zufluchtsort, seine Verbindung zwischen Himmel und Erde, wie er Lenka immer gesagt hatte, »weißt du, Lenka, jeder Mensch braucht einen Zufluchtsort«, und sie hatte genickt und ihre blonden Haare bewegten sich wackelnd; damals, am Anfang ihrer Beziehung, als sie noch zu allem genickt hatte, was sie später gar nicht mehr hörte.

»Ich weiß«, hatte sie dann gesagt und auf Pavol und Jan gedeutet, die zwei vaterlosen Kinder, die sie ihm anvertraute, als wäre seine Liebe groß genug, um sie auch noch unter seinen Mantel zu nehmen; zwei Kinder eines fremden Mannes, ein idiotischer Deal, bei dem er nur verlieren konnte.

»Du warst mein Zufluchtsort«, hatte sie ihm immer wieder gesagt, und es schmeichelte ihm, zudem war es praktisch, wo bekam man sonst auf einen Schlag eine ganze Familie und sparte sich die lästigen Umstände des Kinderkriegens? Schon bald nach der kurzen Erleichterung, mit der er sich in ihre Arme geworfen hatte, ertrug er ihre blau bemalten Lider nicht mehr, ihre hohe Stimme und das Maiglöckchen-Parfum aus dem Ein-Euro-Shop, und immer öfter blieb er abends länger im Büro, in der Hoffnung, sie und die Kinder schlafend anzutreffen. Er sah sie vor sich, wie sie ihm die Tür geöffnet hatte, »immer lässt du mich mit den Kindern allein. Hier war die Hölle los, Pavol hat seine Haluski erbrochen, Jan ist nicht zu bändigen, und nie bist du zu Hause.«

Immer war sie auf ihn losgegangen, kaum dass er die Türe geöffnet hatte; es gab keine Zeit für einen Kuss, zum Schminken allerdings immer, sie machte das mit der linken Hand, während Jan am Klo saß und sie Pavol mit der rechten die Zähne putzte; und vor seinem inneren Auge sah er, wie ihre schweren Brüste dazu im Takt hin und her schwangen und sie mit der Zahnbürste in der Hand Jans Häufchen im Klo betrachtete und ihn lobte, wenn es schön geformt war. Fast manisch kontrollierte sie seinen Stuhl auf irgendwelche sichtbaren Krankheiten und im Badezimmer roch es stets nach süßlicher Kinderkacke, wenn er nach Hause kam; der Geruch drang durch alle Ritzen und steckte sogar in ihren Haaren, mischte sich mit ihrem Duft, als parfümiere sie sich mit dem Opfer des Mutterseins als Entschädigung für das, was sie aufgegeben hatte. Meistens konnte er sich verteidigen, »ich habe solche Kopfschmerzen, ich arbeite an meinem neuen Buch, ich möchte mich hinlegen, stell die Kinder ruhig, ich kann kein Licht ertragen«, und sie funkelte ihn an, »schlaf doch auf dem Sofa, was willst du denn noch in meinem Bett?«

Nur wenn sich ihm Pavols Ärmchen entgegenstreckten, spürte er ein seltsames Gefühl in der Herzgegend. »Papa, Papa, nimm mich hoch«, heulte der Kleine und Adam zögerte wegzugehen; dieser kleine Knopf, der ihn Papa nannte, obwohl er es gar nicht war, dem er versprochen hatte, einer zu sein, übereilt versprochen in einer Nacht, in der all seine Dämme gebrochen waren nach sechsunddreißig Jahren Enthaltsamkeit, konnte man es einem Mann übel nehmen, dass er da zu viel versprochen hatte? Und dennoch, meist drehte er sich um, Pavols Weinen noch im Ohr, er konnte seinen kleinen verschwitzten Körper nicht ertragen, der sich vertrauensvoll an ihn schmiegte. »Ist das überhaupt ein Junge?«, sagte er dann; »Lenka, machst du nicht heimlich ein Mädchen aus ihm, um Gesellschaft zu haben?«

Er erinnert sich, wie er im Kopf immer seine Möglichkeiten überschlagen hatte. Blieb er hinter seinem Schreibtisch, konnte er behaupten, bis spätabends arbeiten zu müssen – Lenka nahm ihm das ohne Weiteres ab. Oft traute er sich nicht, irgendwohin essen zu gehen, – dabei bestand die Gefahr, sie auf der Straße zu treffen – sondern hatte sich schnell ein Brötchen aus der Bäckerei geholt, möglichst dick belegt, denn das sättigte lange und manchmal hatte er sich aus Versehen den Aufstrich in die Haare gewischt und war nach Hause gekommen mit gegelten Haaren wie ein ertappter Liebhaber.

Am Tag vor Silvester hatte er unaufhörlich daran gedacht, dass es in Wien noch viel schlimmer werden würde – seine Schwester Tünde merkte immer, wenn mit jemandem etwas nicht stimmte. Früher hatte er Festessen geliebt, doch da gab ein weiteres Problem: Er wollte nicht mit dem Zug fahren. Züge waren ein fast unüberwindbares Problem, die

Abwesenheit von Wasser und Seife für mehrere Stunden löste körperliche Qualen in ihm aus. Es hatte nach dem Abend mit Agi begonnen und war seitdem immer schlimmer geworden. Er hatte sich gewaschen und nicht mehr aufhören können, und er wusch sich immer noch zwanghaft, als könne er sein Vergehen von damals wiedergutmachen. Die Haut an seinen Handflächen war mittlerweile verschorft und blutete, durchs Waschen wurde es immer schlimmer. Doch nachdem er drei Gläser Wein getrunken hatte, fühlte er sich stärker und beschloss, nicht bis zum nächsten Tag zu warten, sondern sich gleich, so wie er war, in den Zug zu setzen. Er hatte einen Platz in einem Liegewagen bekommen, wo er die ganze Zeit nur aufrecht saß, weil ihm vor der Liegefläche ekelte; und weil er so stark auf die Toilette musste, begann er, die Atemzüge der Mitreisenden zu zählen, während die Landschaft in dichtem Nebel an ihm vorüberzog.

Am Morgen des Silvestertages war er in Wien angekommen, mit zum Platzen gefüllter Blase, und erst, als der Zug in den Südbahnhof gerollt war, merkte er, dass er außer der Fahrkarte und seiner Geldbörse nichts bei sich trug, überhaupt nichts. Die verdammten Gedanken an Agi hatten alles verdrängt, offenbar fraßen sie sein Hirn auf, doch er wollte nicht zurückfahren, um nichts in der Welt hätte er zwei weitere Fahrten auf sich genommen. Verzweifelt hatte er versucht, Tünde zu erreichen, doch die hob nicht ab, weiß Gott, wo sie wieder war; dann Raoul, schließlich Melinda, verdammt noch mal, wozu hatte er zwei Schwestern, wenn eine unverlässlicher war als die andere, was zum Teufel machte Melinda, wieso war sie nicht bei ihrem Kind, wie es sich gehörte – da fiel ihm ein, dass sie angekündigt hatte, in eine Therme zu fahren, gemeinsam mit ihrem Verlobten oder Ehemann oder wie man es nennen sollte.

Misstrauisch betrachtete er die Bahnhofsrestaurants, hier konnte er nicht aufs Klo gehen, sie waren viel zu schmutzig, und so durchquerte er die hohen Straßen, die vom Südbahnhof hinunter in den dritten Bezirk führten, während kalte Luft in seine Lungen schnitt.

Gleich gegenüber vom Belvedere betrat er ein typisch wienerisches Gasthaus mit schweren Samtvorhängen, doch bevor er sich noch nach der Toilettentür umsehen konnte, hatte er den Blick des Kellners bemerkt, der hinter der Bar stand. Er wunderte sich über die Stille, bis er den Blick des Kellners bis zu seinen Händen nachverfolgte, auf die blutige Haut, die in Fetzen abging, und den Kellner sagen hörte: »Verschwinden'S, ham'S g'hört?«

»Das ist nicht ansteckend«, sagte Adam, »das ist nur eine Allergie«, was sollte er auch sagen, eine Allergie gegen Frauen?

Doch der Kellner kam drohend auf ihn zu. »I ruaf de Polizei…«

›Bloß keine Polizei‹, dachte Adam, das konnte unangenehm werden, er sah schon die Presse vor sich, »Theologieprofessor in Wien verhaftet«, und das, wo seine Karriere ohnehin auf dem Spiel stand, und so verließ er das Lokal rückwärts wieder, und als ihn die kalte Winterluft einhüllte, hätte er fast geweint.

Da fiel sein Blick auf die obersten Stockwerke der

Christophklinik, die hinter der Häuserzeile aufragte. Er kannte dieses Krankenhaus, er und seine Schwestern waren hier in der Nähe von dem Gebäude, in dem Tag und Nacht die Lichter brannten, aufgewachsen; und da der Drang so stark war, beschloss er, trotz seiner Abneigung gegen Keime dorthin zu gehen; immerhin würde er dort ein WC finden, vielleicht sogar ein desinfiziertes.

Kaum hatten sich die Schiebetüren des Spitals geöffnet, spürte er die inzwischen bekannte Enge im Hals, seine Hände begannen zu jucken, selbst als er endlich die Toilette gefunden hatte und sie wusch, öfter als zehnmal, um das Versäumnis der Zugfahrt nachzuholen; erst, als jemand an der Tür hämmerte, merkte er, dass sich das Wasser bereits blutig färbte.

»Sofort«, rief er, entriegelte die Tür, registrierte entsetzt, dass er überall blutige Handabdrücke hinterließ, und dann öffnete er die Tür und stand etwas verlegen zwei Patientinnen gegenüber, die ihn erstaunt musterten, als sie seine blutigen Hände sahen.

»Die Dermatologie ist im dritten Stock«, sagte eine der Frauen, »falls Sie auch wegen der Milben hier sind«, und Adam starrte abwechselnd auf ihr Gesicht und auf seine Hände, ›Milben, welche Milben?‹

»Ich… ist gut«, stotterte er und bewegte sich wie ferngesteuert auf die Aufzüge zu; vielleicht sollte er die Gelegenheit nützen und sich untersuchen lassen, Tünde war ohnehin nicht erreichbar. Er warf einen letzten Blick auf sein Handy, er hatte keinen Empfang mehr, sie hatte wohl sowieso nicht zurückgerufen, vielleicht hatte sie ihn auch vergessen. Immerhin war er nur ihr Bruder, ihr seltsamer Verwandter, der seine eigene Familie zerstört hatte; der erfolglose Autor, der nicht einmal mehr in ein Gasthausklo gelassen wurde, um sich die Hände zu waschen; seine Hände, an denen Blut klebte von einem Massaker, das er angerichtet hatte; einem emotionalen Massaker, man brauchte gar kein Messer dafür. Vielleicht würde er auf verschlungenen Wegen nicht nur erfahren, ob er von Milben befallen war, sondern auch, wie sein Leben so sehr hatte schiefgehen können, obwohl er sich immer an alle Gebote hielt, bis auf das eine Mal, das sein Leben zerstört hatte.

Adam greift nach einer Zeitung von dem Tischchen vor der Ambulanz, doch scheut im letzten Moment zurück. Zeitungen sind ekelhaft, voller Bakterien, wer weiß, wer die angefasst und was er vorher berührt hat. Dabei findet er die Schlagzeile interessant, irgendeine Aussage des ungarischen Ministerpräsidenten über soziale Unterschiede in Ungarn, und sofort denkt er an die verwaiste Wohnung seiner Großmutter in Budapest; sie war düster, doch er hatte sich dort immer wohl gefühlt, bevor sie verfallen war und die Tauben in der Speisekammer nisteten. Nach dem Tod seiner Großmutter hatte er viele von den Sachen nach Wien mitgenommen, – »gerettet«, wie er sagte – denn er hing an allem Alten, das eine Brücke zwischen Gegenwart und Vergangenheit schafft – und so war es auch mit dem Stapel alter Briefe seiner Mutter, auch wenn er sich später wünschte, nicht alles gerettet zu haben.

Wieder einmal denkt er an Agi, immerzu an Agi, an ihre dichten, dunklen Locken, die denen in ihrem Schoß ähneln, wie auf einem Gemälde von Modigliani, an ihre Art zu seufzen, ihre spitzen Brüste, die sich ihm entgegengestreckt hatten wie die Zitzen einer Katze, sogar an ihre Art, »Herr Professor« zu sagen, was ein geheimes Codewort zwischen ihnen war. Der Gedanke, dass sie all dies inzwischen mit einem anderen Mann macht, irgendeinem idiotischen Lackaffen, lässt Wogen von Zorn in ihm aufsteigen und er versucht, an gestern zu denken, an seinen Schreibtisch, vor ihm ein Haufen Bücher, druckfrisch, in zerknitterte Folie verpackt. Sein neuestes Werk als einzig nützlicher Schutz vor den Unbillen des Lebens.

Der Buchrücken hatte genau die richtige Höhe, um den wackelnden Sessel zu stützen, von dem ein Bein gebrochen und schlecht wieder zusammengeleimt worden war; eine Prothese für Kaputtes, das war es, was aus seinem Wissen geworden war. Die Bücher waren in einem Kleinverlag gedruckt worden, möglichst billig mit blässlichem, unscheinbarem Cover.

Für seine Zielgruppe der Kreationisten war die Optik ja unwichtig, doch insgeheim dachte Adam, dass er wohl erst ein richtiger Autor wäre, wenn seine Bücher in genau passende, spiegelglatte Folie gezogen würden. Was ihn noch mehr störte, war der Autorenname, nämlich sein eigener, Adam Ének, mit einer Reihe von Titeln davor; Magister, Doktor und zur Krönung Universitätsprofessor. Der nun vor einer Ambulanz sitzt und auf den Psychiater wartet.

Vielleicht hätte er doch Priester werden sollen, obwohl sein Vater ihn immer gewarnt hatte.

»Mach das bloß nicht, du kannst nicht davon leben, kannst von einem Tag auf den anderen alles verlieren«, Tamás Ének hatte gedroht, gebettelt, ihn angefleht, »mach nicht denselben Fehler, den ich gemacht habe, und der mich immer noch verfolgt.«

Adam hatte sich über die Heftigkeit seiner Reaktion gewundert, schließlich war es willkommen, dass er Priester spielte, schon als kleiner Bub hatte er sich als Priester verkleidet und unter dem Wohnzimmertisch Messe gespielt, mit einem Klaviaturschoner als Stola um seinen Hals, während die Schwestern in den Unterröcken seiner Großmutter ministrierten. Melinda hatte bald damit aufgehört, sie setzte mit ihrem Gesang an den falschen Stellen ein und er zündete aus Versehen mit der Kerze ihre Haare an. Von Kindheit an war Theologie alles, was ihn interessiert hatte, die mystischen Kirchen, die schweren Gewänder der Priester, die Bilder des Gekreuzigten, die ein feierliches Mitleid in ihm hervorriefen, das ihm ansonsten fremd war. Er bevorzugte das Ernste, nicht die Feldmessen beim Pfadfinderlager, nach denen man am Fluss heimlich das Gewand der Mädchen versteckte und sich freute, wenn sie kreischten, sondern die konservativen Gottesdienste, bei denen die Priester, von den Gläubigen abgewandt, ihre lateinischen Gebete murmelten.

Eigentlich hatte Adam nur seinem Vater zuliebe die Unikarriere begonnen, er war nicht der Typ, der gerne in der Öffentlichkeit stand und dozierte. Was er liebte, war das

Verfassen seiner Bücher, die er seinen Schwestern bei allen Familienfeiern überreichte; »hier, nehmt das, der Mensch ist doch aus Lehm gemacht.«

Seine Schwestern hatten ihn nie verstanden. Als Jugendliche ließ Tünde sich auf Diskussionen ein, doch es hatte sie erschöpft; mittlerweile akzeptierte sie ihren Bruder einfach mit seinen Theorien, die besagten, dass die Welt in sieben Tagen erschaffen wurde, und auch Melinda, die einwandte, dies seien alles nur Symbole, schmetterte er ab. Melinda besaß eine Abneigung gegen alles Religiöse, für sie waren das Methoden, um Menschen, vor allem Frauen, klein zu halten. Seit ihrer Kindheit unterhielten sie einen lebhaften Streit um Themen wie Abtreibung, gegen die er bereits als Zehnjähriger wetterte; »es ist Sünde, immer Sünde, selbst nach einer Vergewaltigung«, hatte er doziert, mit dem Löffel in der Hand, während sich seine Mutter verlegen abwandte und die Diskussion ihren Kindern überließ.

Adam hatte gewusst, dass seine Mutter ihn nie zurechtweisen würde, er durfte denken, was er wollte, neben seinen aufmüpfigen Schwestern; manchmal hasste er sie, die hübsche Melinda und die widerspenstige Tünde, er musste so viel weiblichen Unsinn wieder aufwiegen. Seine Worte wogen für zwei und ein wenig Unterdrückung schadete auch nicht, wenigstens hatte er bei den Messen unter dem Küchentisch das Sagen.

Nur hin und wieder erlaubte sich eine der Tanten und Onkel die Frage, ob Adam vielleicht seinen Vater imitiere und das machte ihn wütend, denn er war keine Kopie von irgendwem. Sein Vater war kein starker Mann – und genau deshalb brauchte Adam noch einen.

Verschiedene Ärzte hasten an ihm vorbei, während er auf den Psychiater wartet. Einer trägt hellblaue Kluft und ruft in seinem Kopf die Erinnerung hervor an den Tag vor einem Jahr, als Tünde ihn angerufen hatte, er solle nach Wien kommen, der Vater sei tot.

Wie in Trance hatte Adam für alle vier das nächste verfügbare Ticket gebucht, für sich, Lenka, Pavol und Jan, und den ganzen Flug über hatte er mit Lenka und den Kindern kaum ein Wort gesprochen, dann waren sie in die Notaufnahme gestolpert, vier fremde Planeten, furchtlos und mit großen Augen die Kinder, ängstlich seine Frau und er selbst vor allem wütend, wütend, weil sein Vater gestorben war, ohne ihm die Möglichkeit gegeben zu haben, sich mit ihm zu versöhnen. Gestritten hatten sie ein ganzes Leben lang, über seine Berufswahl bis hin zu seiner Frau.

»Eine arbeitslose Slowakin mit zwei Kindern, bist du verrückt geworden«, hatte Tamás immer geschimpft und Adam hatte Lenka verteidigt, »seid doch froh, so bekommt ihr auf einen Schlag zwei Enkelkinder, das wolltet ihr doch immer«, und außerdem war er verliebt in Lenka, zumindest anfangs, sie hatte ihm die Freuden des Lebens gezeigt und ihn aus dem dunklen Loch der Einsamkeit gezogen, in dem er seit seiner Pubertät verharrt war. Auf der Intensivstation war ihm bewusst geworden, dass es zu spät war, dass sie sich nie versöhnen würden und er keine Antworten mehr bekommen würde.

»Wie konnte er sterben, ohne uns zu benachrichtigen«, fragte Adam wieder und wieder den behandelnden Arzt, die Schwestern, seine Schwester, der es wichtiger war, dass ihr Vater keine Schmerzen litt, »zum Glück spürt er nichts«, hatte Tünde geflüstert, »denk nur daran, wie er Krankenhäuser gehasst hat, nichts wäre für ihn schlimmer gewesen als ein langsamer Tod an irgendwelchen Maschinen«, doch Adam hatte so seine Zweifel, selbst empfindungslos wie eine Pflanze wog das von Gott geschenkte Leben mehr.

Wieder bat der Arzt ihn, Erika und seine Schwestern in das kleine Zimmer, von dem aus man den Kahlenberg sah; es sei ein schrecklicher Zeitpunkt, sagte er, aber sie müssten sich überlegen, was sie von einer Organspende hielten. Das Wort schlug ein wie ein Komet. Um fünf Uhr früh würde ein Team den Körper seines Vaters öffnen und Organe entnehmen, die jemand anderer dringend brauchte; es klang so sinnvoll und brachte dennoch die Kategorien durcheinander, in denen er zu denken gewohnt war, Himmel und Hölle, Leben und Tod. Er erinnerte sich, wie Tamás begonnen hatte, alles zu verschenken, seine Mutter hatte ihn angerufen, »was soll ich machen, Papa wird verrückt, verschenkt Geld auf der Straße« – nun sollte er seine Organe verschenken.

»Sollen wir einen Priester holen?«, hatte die Schwester gefragt und er nickte, doch Tünde schüttelte den Kopf, »keinen Priester, ihr wisst ja, dass er sein Leben lang in Konflikt mit der Religion stand.« Damals hätte Adam seine Schwester am liebsten gestoßen, doch er beherrschte sich, immerhin standen sie am Totenbett seines Vaters. Tünde wollte, dass sie sich nacheinander verabschiedeten, sie hielten sich an den Händen in der mit Paravents verdunkelten Ecke der Intensivstation, es war gar nicht seltsam, und Adam las den Psalm aus der Bibel, der Herr ist mein Hirte, mir wird nichts mangeln. Als er die Worte sprach, zuckte Tamás Ének noch mit seinem Arm; »Strecksynergismen«, sagten die Schwestern, »primitive Reflexe eines klinisch Toten«, doch Adam hätte schwören können, dass sein Vater ihnen zum Abschied winkte.

Er starrt vergebens auf das Display seines Handys, bis die Buchstaben vor seinen Augen flimmern. Es ist seltsam, dass Tünde immer noch nicht abhebt. Seit dem Tod seines Vaters bekommt er Angst, wenn er jemanden nicht erreicht. Das war nicht immer so; noch vor Kurzem war er froh gewesen, wenn sein Handy streikte, so konnte er seinen Unwillen, mit Lenka zu telefonieren, auf die fehlerhafte Technik schieben. Sie besaß das Talent, in den ungünstigsten Momenten anzurufen – bei dem Gedanken daran lacht er bitter. Was war es eigentlich, das ihn an dieser Frau fasziniert hat? Er versucht, in seinen Erinnerungen zurückzuspulen, doch es ist, als würde ein Film immer wieder hängenbleiben.

Mit dem Mut der Verzweiflung hatte er sich damals mit fünfunddreißig in Lenka verliebt, der es nichts auszumachen schien, dass er nicht wusste, wie man Krawatten bindet und noch nie mit einer Frau geschlafen hatte. Dies war ihre geringste Sorge gewesen. Sie stammte aus einem Plattenbau in Devínska Nová Ves, einer Vorstadt von Bratislava, wo sie sich mit zwanzig in Slavko, den Besitzer der Lángos-Bude am

Bahnhof, verliebt hatte. Kurz darauf waren sie nach Wien gezogen. Sie hatte sich nach einem starken Mann gesehnt, der seine Frau ins Nagelstudio schickte anstatt zur Arbeit. Slavko versprach ihr, ein neues Business zu eröffnen, eines, das mit Immobilien zu tun habe und irgendetwas mit Brauereiaktien, und ebenso, sie glücklich zu machen, wie es nur ein richtiger Mann tun konnte, wie er sagte. Er attestierte ihr einen Stutenarsch, was sie für eine Auszeichnung hielt, immerhin behandelte er ihn mit Respekt und schlug ihn nicht, außer zu ihrem Vergnügen, im Bett. Binnen kürzester Zeit war sie schwanger geworden, und als sie es Slavko erzählt hatte, war Panik in ihm ausgebrochen. Er hatte gerade versucht, im Immobiliengeschäft Fuß zu fassen, doch das war schwieriger gewesen als erwartet, da seine Kunden sofort merkten, dass er auf jeden Auftrag angewiesen war.

Mit dem Typen, der ihm das Geschäft seines Lebens bescheren sollte, traf er sich in einem Brigittenauer Wettcafé; er musste ewig auf ihn warten und vertrieb sich die Zeit mit fünf Bier. Schließlich tauchte ein schnauzbärtiger Ungar mit einem unaussprechlichen Namen auf, in einem glänzenden Jackett und mit einer dicken Zigarre im Mund, öffnete eine schmierige Aktentasche und zog ein paar Pläne hervor. *Mobiles Gesundheitszentrum*, stand da überall.

»Ich eröffne demnächst ein Entspannungszentrum in Wien, in mobilen LKWs, so Kleinlaster, die überall parken können, zum Beispiel hinter dem Rathaus«, sagte er mit rollendem »r« und in die Länge gezogenem »e«, wie es sich für einen Ungarn gehört.

»Was für ein Entspannungszentrum?«, hatte Slavko, schon etwas benebelt von seinen Bieren, gefragt, »man kann doch keine Sauna im Lastwagen anbieten«, doch der Ungar grinste verschmitzt, »Sie würden sich wundern, was man mit dem nötigen Kleingeld alles kann.«

Slavko amüsierte das, er kannte die Ungarn, sie hielten ihr Land für den Mittelpunkt der Erde, wollten ihre unaussprechliche Sprache zur Weltsprache erklären und hätten sogar die Pyramiden erfunden, wenn sie nur so viele Steine gehabt hätten wie die Ägypter.

»Wollen Sie dort Ärzte oder Ärztinnen beschäftigen, in Ihrem Entspannungszentrum«, hatte er gefragt, und der Ungar mit dem unaussprechlichen Namen hatte mit unbewegter Miene genickt, »so etwas in der Art, und Sie kümmern sich um die Genehmigungen, nicht wahr, hier, unterschreiben Sie bitte.«

Im Nachhinein hätte sich Slavko vor Wut in den Hintern beißen können, dass er tatsächlich eine krakelige Unterschrift auf den Vertrag gesetzt und so einem mobilen Puff die Finanzierung zugesichert hatte, dessen Autos später die Innenstadt verparkten und zu endlosen Problemen mit den österreichischen Behörden führten. Als das Unternehmen angezeigt worden war, saß der Ungar längst wegen Körperverletzung im Gefängnis und Slavko war im Visier der Justiz.

Nach dieser Pleite hatte Lenka ihm einen Koffer gepackt und wortlos vor die Tür gestellt. Zu diesem Zeitpunkt wusste sie nicht, dass sie bereits mit dem zweiten Kind schwanger war, und hätte sie es gemerkt, hätte sie nicht gezögert, eine

Klinik aufzusuchen und ihre Schwangerschaft zu beenden. Als sie es schließlich merkte, war es zu spät und sie brach vor Verzweiflung zusammen. In ihrer Not ging sie zu einer Beratungsstelle für alleinerziehende Mütter, die im Pfarrhaus eingerichtet war.

»Kommen Sie nächste Woche zum Vortrag von Professor Ének, er ist Experte für Familien«, hatte die Dame am Schalter gesagt. »Sie Arme können ja alles Nützliche gebrauchen, in Ihrer Lage«, und voller Verachtung hatte sie auf Lenkas sich rundenden Bauch geblickt.

Lenka war tatsächlich hingegangen, doch als sie auf dem Plakat sah, dass es sich um eine abgesagte Vorlesung in altkatholischer Familienethik handelte, machte sie wutentbrannt auf dem Absatz kehrt. Glaubten diese Theoretiker, sie hätte für alles Zeit, solche Vollidioten, saßen da in ihrem Elfenbeinturm ohne jede Vorstellung von einer alleinerziehenden Mutter. Sie war durch die Straßen rund um die Kirche geirrt, plan-, ziel- und vor allem hilflos, denn der große, im Secondhandladen gekaufte Kinderwagen hatte sich als ungeahnt sperrig entpuppt. Nicht nur, dass sie damit nicht in die Straßenbahn einsteigen konnte, sie kam auch kaum durch die Türen der notwendigsten Geschäfte, auch nicht in den Coffeeshop gegenüber der altkatholischen Kirche.

Adam hatte gerade den Kirchenvorplatz betreten, als er die Frau sah, die vergeblich versuchte, mit ihrem großen Kinderwagen den Coffeeshop zu betreten. Von der Breite her musste es sich knapp ausgehen, jedoch blieb sie abwechselnd mit dem linken und dem rechten Hinterrad hängen, wie er sofort bemerkte. Was ihm auch auffiel, war ihr flachsblonder, langer Zopf, der ihr über den Rücken fiel. Ohne lange zu überlegen, eilte er über die Straße.

»Kann ich Ihnen behilflich sein?«, fragte er und griff nach der Tür, um sie aufzuhalten. Die Dame blickte ihn überrascht an. Er sah, dass sie große, grüne Augen hatte, mit ockerfarbenen Sprenkeln um die Pupille. Sie musste sehr jung sein.

»Oh danke, das ist aber nett von Ihnen«, sagte sie und manövrierte den Kinderwagen umständlich zur Tür hinein. »Darf ich Sie dafür auf einen Kaffee einladen?«

Adam lockerte seinen Kragen, um Zeit zum Nachdenken zu gewinnen; er wollte sie liebend gern begleiten und war froh, dass sie den Kinderwagen mithatte. Ihre Mutterschaft gab dem Treffen einen harmlosen Rahmen, so dass er sich ohne Schüchternheit entfalten konnte.

»Rauchen Sie?«, fragte Lenka und zog ein Päckchen Zigaretten aus der Tasche, sobald sie auf der Eckbank saßen, und Adam wich erschrocken zurück, mit einem besorgten Seitenblick auf ihr Kind, das friedlich in seinem Kinderwagen schlief.

»Nein«, log er und bereute es im nächsten Moment, denn sie zog ungeniert eine Zigarette hervor und entzündete sie.

»Schade«, sagte sie, spitzte die Lippen und blies eine dicke Rauchwolke aus. Sein Blick blieb an ihren rosa geschminkten Lippen hängen.

»Mein Ex-Mann hat wie ein Schlot geraucht, und jetzt

fange ich auch wieder an«, sagte sie, »eigentlich wollte ich es mir abgewöhnen, aber ich habe mich so über einen blöden Vortrag im Pfarrhaus geärgert.«

»Welcher Vortrag?«, horchte er auf, und sie antwortete, »das ist es ja gerade, der Vortrag, der nicht stattgefunden hat, über Familienzeugs und so.«

Adam schluckte. »Was Sie nicht sagen«, meinte er gedehnt, »den hätte ich halten sollen, aber er wurde abgesagt, aus Mangel an Teilnehmern.«

»Nun, eine Teilnehmerin sitzt jetzt hier«, sagte Lenka herausfordernd und Adam zögerte; »gut, was wollen Sie wissen?«

»Zuallererst«, sagte sie und zog an ihrer Zigarette, »möchte ich wissen, weshalb Männer solche Idioten sind.«

Als Adam nach Hause ging, war ihm schwindlig. In seinem Kopf schwirrten Bilder herum, von ihrem blonden Zopf und ihren rosa Lippen und ihrem Baby, das irgendwie aus diesem zierlichen Körper gekommen sein musste und irgendwie auch in diesen hinein. Er hoffte, dass er sie wiedersehen würde, und sei es nur für die Reparatur eines Küchengerätes – dies waren seine Worte, als er ihr mit krakeliger Schrift seine Telefonnummer auf die Serviette gekritzelt hatte – »du bist doch allein, alleinstehende Frauen brauchen immer mal Männer«, hatte er gesagt und erst nach ein paar Sekunden festgestellt, wie zweideutig das klang. Doch Lenka nickte amüsiert, »in der Tat«, sagte sie, »ich brauche dringend einen Mann«, während sie die Serviette mit seiner Telefonnummer sorgfältig faltete und in ihre Handtasche gleiten ließ.

Lenka merkte bald, dass Adam zwar theologisches Wissen für fünf Leute angehäuft hatte, dass ihm jedoch etwas anderes fehlte, nämlich das Wissen über Frauen. Sie fand es verlockend, die Frau eines Professors zu werden, der noch dazu bereit war, ihre Söhne anzunehmen, da christliche Nächstenliebe sein wichtigster Wert war und er offenbar keine Ahnung hatte, was es bedeuten würde, zwei wilde Rabauken im Haus zu haben. Das Einzige, was sie ärgerte, war seine standhafte Verweigerung irgendwelcher Zärtlichkeiten vor der Verlobung, auch als sie einander nach einem Jahr regelmäßiger Verabredungen küssten und er von ihr als von der Frau seines Lebens schwärmte.

Ihre Freundinnen redeten auf sie ein, »lass ihn dir nicht entgehen«, sagten sie, »du kannst ihm immer noch alles beibringen, sei froh, dass er bereit wäre, dich und die zwei Blagen aufzunehmen, andere Frauen würden sich alle zehn Finger abschlecken nach solch einem Mann«, und sie musste zugeben, dass tatsächlich alles besser war als ein Leben als alleinerziehende Mutter, und so willigte sie schließlich der Verlobung ein.

Die erste Liebesnacht fand nach der Zeremonie statt; Adam bestand auf den Ring am Finger, alles andere sei nicht erlaubt, und sie war erstaunt, dass er gar nicht so untalentiert war, zumindest für den Anfang war es nicht so schlecht, dachte sie, als sich seine Finger aus ihrem Haar lösten. Immerhin hatte sie es nun amtlich, dass er bereit war, sie zu heiraten, sich um sie und ihre Kinder zu kümmern, alles andere würde sie ihm schon beibringen.

Lenka erwies sich als geschickte Lehrmeisterin. Ihre Schäferstündchen wurden nach und nach länger, und auch sein Selbstvertrauen wuchs, als würde er endlich zum Mann werden, mehr, als es die Firmung, die Sponsion oder sonst ein Ereignis in seinem Leben geschafft hatte. Gleichzeitig wuchsen die Spannungen mit seinem Vater, der Lenka in seiner Familie nicht duldete.

»Ich denke, sie brauchen einander«, sagte Tünde, und Melinda fand es schmerzhaft mitanzusehen, wie sie wieder beim Familienessen Diagnosen stellte, Diagnosen, die keiner hören wollte, schon gar nicht jemand, der soeben eine Frau geheiratet hatte mit zwei Söhnen, von denen er den einen nicht mochte und der andere ihm auf die Nerven ging.

»Alle haben damals etwas verloren«, sagte Tamás, er hatte nicht gemerkt, dass das Gespräch bereits auf ein anderes Thema abgebogen war, »stellt euch vor, man musste seinen Besitz melden, jedes Eigentum, und dann wurde den reichen Leuten alles weggenommen und auf andere verteilt, das wisst ihr doch«, und er hatte die Gabel fest in das Hähnchen gestochen. »Jeder musste seinen Besitz bei der Polizei melden, auch die, die alles selbst erarbeitet hatten.«

»Und die, die den Juden zuvor alles weggenommen haben«, warf Tünde ein und Tamás tat, als habe er es nicht gehört.

»Ja, es war nicht leicht im Kommunismus, es waren schwierige Zeiten«, sagte er und Adam war froh gewesen, dass sich das Thema nicht mehr um Lenka drehte.

Er erinnerte sich gut an die Zeit, in der sie der Großmutter in Budapest Mandarinen und Kaffee mitgebracht hatten, die es dort nicht gab; der Schrecken hatte sich für ihn in Grenzen gehalten, schließlich besaß der Eiserne Vorhang Lücken für Bananen. Sie hatten die Waren in einem vollgestopften Kofferraum nach Ungarn gebracht, zwischen Thermoskannen und Decken; und viel später erzählte Tünde, wie früh sie gemerkt hatte, dass ihr Vater nervös wurde, wenn sie in die Nähe der Grenze kamen; allein schon das Wort hatte eine greifbare Unruhe zwischen ihren Eltern erzeugt.

Die nächste Wartezeit war dann in Budapest, wo ihre Eltern immer zuallererst auf die Polizei mussten. Adam war einmal mitgegangen, er erinnerte sich an ein düsteres Amtshaus und an die finsteren Blicke der Polizisten, an deren Gürteln immer eine Waffe baumelte. Adam hatte großen Respekt vor Waffen und Polizisten gehabt; als Kind hatte er nie auch nur eine Plastikpistole angerührt, aus Angst vor einer Ohrfeige; ebenso, wie er sich in Gegenwart Erwachsener nicht traute, sich bloß zum Vergnügen an den Penis zu fassen, es gab verbotene und nicht verbotene Körperteile. Gewalt und Sex – das waren zwei Dinge, denen mit großer Vorsicht zu begegnen war – hingegen gab es in der Religion einen gütigen Vater mit offenem Ohr – und nichts braucht ein kleiner Junge mehr.

Kapitel 2

Tünde hatte keinen Grund, sich unwohl zu fühlen, als sie an diesem Januartag zweitausendfünf die Steintreppe des kleinen Krankenhauses hinaufstieg, wo sie ihre Ausbildung beginnen sollte. Dennoch umwehte sie eine undefinierbare Düsternis wie auf einem Friedhof. Sie war auf dem Weg zum Vorstellungsgespräch bei Primarius Antonio Lingutti, dem Chef des Krankenhauses St. Ehrentraud, eines geistlichen Spitals inmitten von Wien, unauffällig verborgen in einer Häuserzeile mit Schaufenstern und Leuchtreklamen. Passierte man jedoch das schwere Eisentor neben dem Schuhgeschäft, fühlte man sich sofort in frühere Jahrhunderte zurückversetzt.

Es war schwierig gewesen, einen Termin für ein Vorstellungsgespräch zu bekommen. In Wien musste man drei Jahre lang auf einen Ausbildungsplatz in einem städtischen Krankenhaus, also den *Turnus*, warten; in der Zwischenzeit konnte man wahlweise Taxi fahren, Blumen verkaufen oder in einem privaten Klosterspital arbeiten – wenn man dort einen

Platz bekam. Tünde brauchte diesen Platz wie einen Bissen Brot. Sie war gerade eben mit dem Studium fertig geworden; reichlich spät, da sie Tag für Tag in der Ordination ihres ehemaligen Hausarztes, Doktor Bayrisi, arbeitete und seine Praxis vor dem Zusammenbruch bewahrte. Gelernt hatte sie hauptsächlich nachts, in seinem abgewetzten Ledersessel, bis ihr Kopf zwischen herumliegenden Medikamenten und dem Gummimodell einer Niere auf die Schreibtischplatte sank. Er bezahlte ihr gerade so wenig, dass sie sich keine Wohnung leisten konnte und mit der Unterstützung ihrer Eltern konnte sie bei der Wohnungssuche nicht rechnen, da ungarische Eltern nur schwer verstehen, wieso man ein gemachtes Nest verlassen will.

Dr. Bayrisi war Tündes Hausarzt gewesen, seit sie denken konnte. Mit seiner eleganten Erscheinung hatte er die Éneks von Anfang an beeindruckt. Immer trug er unter seinem weißen Mantel einen Maßanzug und zudem noch wunderschöne Krawatten mit Paradiesvögeln darauf. Er war als Student aus Persien nach Österreich gekommen und in seinem Wartezimmer wurde man von einem babylonischen Sprachengewirr eingehüllt.

Als er sie im Nebel seiner Duftlampe gefragt hatte, ob sie neben dem Studium bei ihm arbeiten wolle, jeden Tag von mittags bis abends, hatte sie das Gefühl, im Lotto gewonnen zu haben. Sie sah sich bereits eines fernen Tages eine Praxis voller glücklicher Patienten übernehmen. Bayrisi sagte ihr, dass sie für ihn wie eine Tochter sei und sie eine Menge bei ihm lernen könne.

Von diesem Tag an erledigte sie sämtliche Arbeiten in der Ordination, vom Streitschlichten im Wartezimmer bis hin zur Buchhaltung, am Wochenende. Wirklich schlimm wurde es, als Bayrisi seine Praxis auf Computer umstellen musste, die er nicht bedienen konnte. Die Patienten beschwerten sich, wenn sie fünf Minuten warten mussten, reckten ihre Fäuste über das Empfangspult, wenn sie in der falschen Reihenfolge drankamen und passten sie auf der Straße ab, um sie nach den Ergebnissen ihrer Blutabnahmen zu fragen.

Sie ertappte sich dabei, wie sie nächtens beim Lernen in Bayrisis Ledersessel Romane unter die Skripten über Innere Medizin schob, Shalev und Allende mischten sich mit Herzrhythmusstörungen und sie fühlte sich schäbig, wie eine Frau, die ihren Ehemann betrügt; dennoch, sie brauchte Literatur zumindest in kleinen Dosen, um innerlich nicht zu verdursten. Sie fürchtete sich vor dem Ziel, das vorprogrammiert war: Turnus im Krankenhaus, Fachausbildung und das hehre Ziel einer eigenen Praxis mit einer Bananenstaude, deren Größe dem Status entsprach, doch wenn sie daran dachte, empfand sie nur Furcht.

Das normale Studentenleben verblasste immer mehr. Tünde fand es zunehmend lächerlich, über Prüfungen und Professoren zu reden, wenn es wichtigere Probleme gab, wie die krebskranke Oma, die sie mit Pralinenschachteln nötigte, bei der Krankenkasse die dreifache Menge an Rezepten zu bewilligen. Sie hätte mit ihren Kollegen lernen oder bei Forschungsstudien mitmachen sollen, aber sie brachte es schlichtweg nicht übers Herz, Bayrisi mit dem Computer und dem vollen Wartezimmer allein zu lassen. Oft hörte sie schon im Hof, wie die Patienten miteinander stritten. Dass ein Diabetiker den Herzpatienten einen Hurensohn nannte, weil er vor ihm ins Sprechzimmer wollte, sich ein chronischer Schmerzpatient einmischte und den Ersten zur Türe schleifte, woraufhin der Zweite sie so fest zuknallte, dass der Verputz von der Wand bröckelte. Während sich ein Kind auf den Teppichboden erbrach, schwor sie sich, niemals eine Ordination für Allgemeinmedizin zu übernehmen.

Daher war sie zunächst einmal froh gewesen über die Nachricht, sich im St. Ehrentraud vorstellen zu dürfen.

»Gehören Sie irgendeinem Verein an?«

Lingutti musterte Tünde von oben bis unten. Sie saßen in seinem Büro mit schweren, dunklen Biedermeiermöbeln sowie einem wuchtigen Schreibtisch, hinter dem er lauerte wie ein Ozelot. Tünde war von ihrer Freundin Mariella auf das Vorstellungsgespräch vorbereitet worden.

»Das Wichtigste: Du musst sagen, dass du irgendeinem Verein angehörst«, hatte Mariella gesagt. »Welchem, ist egal. Der Chef will nur prüfen, ob du ein braves Herdentier bist.«

Tünde blickte sie zweifelnd an. »Ich halte seit vier Jahren jeden Nachmittag den alten Bayrisi aufrecht. Das ist mein Verein.«

Mariella hatte den Kopf geschüttelt. »Das zählt nicht«, sagte sie. »Dann erfinde irgendwas. Schenke im Advent Punsch aus für bedrohte Kattus oder was auch immer. Und wichtig ist ein Religionsbekenntnis. Es ist völlig wurscht, ob du Muslimin, Hindu oder katholisch bist, du darfst nur nicht ohne Bekenntnis sein. Und sag bloß nicht, dass du mit jemand anderem als mit den Eltern zusammenlebst. Es sei denn, du bist mit demjenigen verheiratet.«

Tünde spürte eine seltsame Beklemmung in der Herzgegend.

»Ich dachte, das sei ein Vorstellungsgespräch für eine Stelle als Turnusärztin«, sagte sie.

Mariella hatte gelächelt. »Dann kennst du das St. Ehrentraud noch nicht.«

Primarius Lingutti starrte in Tündes Lebenslauf. »Soso. Fleißig gearbeitet also«, sagte er, während er mit seinem Zeigefinger die Zeilen entlangfuhr. Tünde verschwieg, dass ihr Chef den Computer nicht updaten konnte und sie mit Antibiotika fütterte, wenn sie krank war.

Die Frage nach dem Religionsbekenntnis ließ er aus. Offensichtlich genügte ihm der Klosterkindergarten in Tündes Lebenslauf. Er nahm seine Brille ab und betrachtete sie zweifelnd, als habe er ein exotisches Tier vor sich, dessen Gefährlichkeit er nicht recht einordnen konnte.

»Na dann«, sagte er schließlich. »Dann fangen Sie halt mal an.«

Tünde stolperte aus der Tür und unterdrückte mit Mühe einen Freudenschrei. Sie hatte einen Job, mit dem sie eine Miete bezahlen konnte! Jetzt fing das wahre Leben an. Sie hatte die Stelle als Turnusärztin im St. Ehrentraud! Und sie hatte keine Ahnung.

Als sie die Straßenbahn am nächsten Spätwintermontag vor den Toren des Krankenhauses ausspuckte, spürte sie wieder das Unbehagen, das ihren Rücken hinaufkroch. Einen Moment lang blieb sie vor dem wuchtigen Torbogen stehen. Dann atmete sie tief durch.

›Los geht's‹, dachte sie. ›Augen zu und durch.‹ Schließlich hatte sie den Arztberuf selbst gewählt. Und überhaupt: Tünde hatte kein Problem mit Ärzten. Auch nicht mit Ärztinnen. Ihr einziges Problem war, dass sie selbst eine war.

Bei »Scars« sah immer alles so leicht aus. Nicht, dass sie gerne Ärzteserien sah. Sie war immer so froh gewesen, wenn sie aus der überfüllten Ordination nach Hause gekommen war, dass sie zu Hause nicht die geringste Lust verspürt hatte, sich auch noch Serien über Ärzte anzuschauen. Vielleicht hätte sie dies von Anfang an als Alarmzeichen werten sollen: fehlende Identifikation mit den Helden oder so. Die meisten ihrer Studienkolleginnen waren verrückt nach Ärzte-Soaps, und so kannte Tünde die Geschichten zumindest vom Hörensagen; von der schüchternen Jungärztin und dem knackigen Chirurgen, die sich über einem offenen Bauch verliebten, bei der Narkosebeendigung zerstritten und in der Besenkammer Versöhnungssex hatten, bevor sie durch Schlachtfelder von Toten und Verletzten wateten. Tünde hatte das immer so unsäglich albern gefunden. Dennoch wünschte sie sich jetzt, sie hätte »Scars« zumindest einmal angesehen. Dann hätte sie vielleicht einen blassen Schimmer gehabt, wie sie an ihrem ersten Tag als Turnusärztin auftreten sollte.

Das St. Ehrentraud bestand aus vier Stockwerken und einem Dachausbau mit den Dienstzimmern. Es hing wie ein Appendix am Kloster, das es ernährte. Jedes Stockwerk wurde von einem langen Gang durchzogen, auf dessen linker Seite sich die Krankenzimmer befanden, auf der rechten ein rosengeschmückter Innenhof. Die Allgemeinchirurgie, der Tünde zugeteilt worden war, befand sich im ersten Stock. Zwischen den Fenstern des Ganges hing der zwölfbildrige Kreuzweg Jesu in besonders plastischer Darstellung.

»Toll, dass du jetzt auch hier bist«, sagte Mariella in der Garderobe und reichte ihr ein sackartiges Kleidungsstück.

Tünde lächelte schief. »Kann ich mir in der Wäscherei eine Hose…«

»Vergiss es«, sagte Mariella. »Oberin Raffaela will nicht, dass Frauen Hosen tragen.«

Tünde starrte sie an. »Warum denn nicht?«

Mariella zuckte die Schultern. »Sie findet das unanständig.«

Tünde entfuhr ein lautes Lachen, das von Mariellas sorgenvollem Blick gebremst wurde. »Ich nehme an, du kennst Raffaela«, sagte sie.

»Allerdings«, erwiderte Tünde.

Mariella zuckte mit den Schultern. »Klar. Sonst wärest du nicht hier. Also hast du auch… ich meine… was hast du dafür gemacht?«

Tünde rückte etwas näher an sie heran. »Also gut«, flüsterte sie. »Ich habe den Job hier dringend gebraucht – noch ein Jahr in der Ordination, und ich wäre aus dem Fenster gesprungen. Daher habe ich bei Raffaela vorgesprochen.«

Mariella zuckte die Achseln. »Ist doch nicht schlimm«, sagte sie. »Jeder hat was gemacht, um hier reinzukommen.«

Tünde verschwieg, dass sie ihren Turnusplatz ihrer ehemaligen Kindergartentante sowie der Tatsache verdankte, dass ihre Mutter aus Ytong so ziemlich alles herstellen konnte: Putten, Meerjungfrauen oder heilige Ehrentrauds. Daher konnte sie jetzt nichts Schlechtes über die Oberin sagen, ohne sich selbst bloßzustellen.

Mariella senkte ihre Stimme und sah sich nach allen Seiten um. »Du weißt hoffentlich, dass der Lingutti bei so einem Verein Mitglied ist«, raunte sie dann.

Tünde schluckte. »Sag bloß«, flüsterte sie, »der mit den Bußgürteln und so Zeug?«

Mariella nickte bejahend.

»Ach du liebe Zeit«, murmelte Tünde. »Mein Bruder hat mich davor gewarnt. ›Du wirst dort rausfliegen, wenn du deinen Mund nicht halten kannst‹, hat er gesagt. Aber ich hielt das für ein Gerücht.«

Mariella blickte gehetzt zur Garderobentür, als erwarte sie dahinter einen Spion.

»Nicht so laut«, sagte sie gequält. »Hier haben die Wände Ohren!« Sie sah ihre Freundin eindringlich an. »Ich bin nach meiner Hochzeit gefragt worden, wieso ich denn überhaupt arbeiten will; ob mein Mann denn kein Geld verdient. Du weißt schon: Je heiliger der Name des Spitals, desto unheiliger seine Mitarbeiter.«

Tünde blickte besorgt, während Mariella sich umdrehte und in ihrem Spind herumkramte.

»Wir sagen hier nur ›Verein‹«, sagte sie. Du tust gut daran, wenn du das ›Gnadenwerk‹ nicht beim Namen nennst.«

»Schon gut«, sagte Tünde. »Aber hat es denn eine Bedeutung für uns?«

Mariella zuckte die Schultern. »Das kommt drauf an, ob du hier Karriere machen willst oder nicht«, sagte sie. »Zwei Oberärztinnen gehören definitiv zum Verein. Sie sind ständig auf der Suche nach Mitgliedern. Von den anderen weiß man es nicht genau.«

Tünde schluckte. »Und wie heißen diese Ärztinnen?«

»Von der Antonoff weiß man es – wir sagen immer Antonella, wenn wir von ihr sprechen, okay? – Und von der Bayerl«, sagte Mariella. »Von manchen weiß man es nicht. Und jetzt hol dir deinen stylishen Kittel. Ich warte auf der Station auf dich. Erster Stock, Chirurgie, Frauenstation. Bis gleich!«

Während Schwester Walfrieda, eine streng aussehende Nonne, in der Wäscherei bei ihr Maß nahm, fragte sich Tünde abermals, wie sie nur hier gelandet war. Schwester Elisabetta war schuld, ihre ehemalige Kindergartentante, die plötzlich als Patientin bei Dr. Bayrisi aufgetaucht war. Man begegnet sich tatsächlich immer zweimal im Leben.

»Hast du schon einen Turnusplatz in Aussicht?«, hatte Elisabetta geflüstert und Tünde hatte ihren Kopf geschüttelt.

»Dann pass mal auf«, sagte Elisabetta. »Ich kenne Schwester Raffaela, die Oberin im St. Ehrentraud. Bei der kannst du dich bewerben.«

Tünde hatte sich für den Tipp bedankt. Mit leisem Zweifel waren ihr die Fertigkeiten ihrer Mutter eingefallen. Wozu stammten ihre Vorfahren aus dem Ostblock, dort regelte man medizinische Behandlungen und Vorstellungsgespräche mit einem Kuvert. Eine Skulptur der heiligen Ehrentraud sollte kein Problem darstellen; ein trojanisches Pferd aus Ytong gewissermaßen, das ihr den Weg in den Turnus sichern würde. Denn wem Raffaela gewogen war, den nahm auch Primarius Lingutti.

Während Walfrieda ihre Oberweite vermaß, fragte sie sich beklommen, ob sie die richtige Entscheidung getroffen hatte. Sie würde Menschen helfen, trösten, wieder gesund machen. Oder es zumindest lernen. Und mit diesen komischen Vereinsärztinnen würde sie auch noch fertig werden.

Kurze Zeit später hatte Tünde neben dem unvorteilhaft geschnittenen Kasack einen viel zu großen, weißen Mantel ausgefasst, in dessen Taschen sie ihre Habseligkeiten stopfte; ihr Stethoskop, das Stauband zum Blutabnehmen sowie ihr Notizbuch, welches schwer an ihren Taschen zog, so dass der Kragen um ihren Nacken gespannt war wie das Joch eines Ernteochsen – das typische Turnusarztgefühl, das sie von nun an jeden Tag begleitete.

Um den Stützpunkt – den kleinen Raum, in dem Ärzte und Schwestern arbeiteten – zu betreten, musste man durch die altmodischen Sechsbettzimmer gehen. Für Tünde symbolisierten die hohen Flügeltüren die Trauer der Vergänglichkeit.

Leise, um die Patienten nicht zu stören, murmelte sie einen Gruß, öffnete die Türe des schallgedämpften Stützpunktes und platzte mitten in eine Besprechung der Krankenschwestern, die zu Tündes Erstaunen Ungarisch miteinander sprachen. »Jó napot«, sagte sie.

Die Oberschwester sprang auf. Sie war klein, drahtig und strahlte eine für die traurige Umgebung ungewohnte Herzlichkeit aus.

Sofort fand sich Tünde in einer Umarmung wieder, die sie fast zerdrückte.

»Ich bin Márta«, sagte die Oberschwester. »Woher aus Ungarn kommst du?«

Tünde erklärte, dass sie in Wien geboren war, aber ihre Mutter aus Budapest stammte und ihr Vater aus Pereszteg, woraufhin Márta im Brustton der Überzeugung sagte: »Dann bist du eine Ungarin! Mein Vater stammt auch aus Pereszteg. Darf ich ›Tündike‹ zu dir sagen? Und nenne mich bitte niemals Oberschwester. Ich möchte nicht mit dieser durchgeknallten Raffaela verwechselt werden.«

Tünde lachte und entspannte sich ein wenig.

»Heute macht die Bayerl Visite«, flüsterte Márta nach einem kurzen Blick auf die Uhr. »Schnell, schnell – seid ihr vorbereitet?«

In Windeseile wurden Mappen sortiert, der Wagen mit den Krankenakten startklar gemacht – da stürmte auch schon besagte Oberärztin in den Raum; eine hagere Frau mit straff zurückgebundenem, schwarzem Haar und großen, gelben Zähnen, die Tünde an ein Pferd erinnerte. Hinter ihr schlich Mariella herein und warf Tünde einen sorgenvollen Blick zu.

»Guten Morgen, Frau Oberarzt«, sagte Schwester Márta, um Strammheit bemüht. »Wir haben eine nette neue Turnusärztin. Das ist Frau Doktor Ének.« Sie zeigte auf Tünde.

Oberärztin Bayerl blickte kurz durch sie hindurch. Sie trug eine überdimensionierte schwarze Brille, mit der sie aussah wie Frieda Fliege aus Tündes Kindheit.

»Gut. Los geht's«, sagte sie. Und zu Tünde: »Sie gehen auch mit.« Ein paar Speicheltröpfchen trafen Tünde auf der Stirn. Dann packte die Bayerl den Griff des Visitenwagens, in dem die Krankenakten aufbewahrt wurden, und zog ihn energisch wie ein Schlachtross in das erste Krankenzimmer.

»Ääh… ich bin…« – Tünde hatte sie eigentlich begrüßen wollen, doch ihre ausgestreckte Hand griff ins Leere. Márta im Hintergrund winkte energisch ab.

»Interessiert sie nicht«, zischte sie.

Tünde steckte die Hand wieder in die Tasche ihres Kittels. Wieso hatte sie jetzt schon das Gefühl, etwas falsch gemacht zu haben? Sie wusste nicht, dass es sie die ganzen nächsten Jahre begleiten würde, ein schwelendes Grundgefühl wie ein ständiger neuropathischer Schmerz.

Am nächsten Morgen war sie pünktlich um Viertel nach sieben auf der Station, durchwühlte die Patientenakten nach notwendigen Blutabnahmen, beschriftete die Blutröhrchen mit Kugelschreiber und nahm die Blute ab, die sie bis neun Uhr beim Gangfenster im Kellerlabor deponieren musste.

Kaum war sie wieder auf der Station, drückte Márta ihr bereits einen Stapel Aufnahmebögen in die Hand.

»Du füllst einfach alles aus«, sagte sie und fuhr mit dem Finger die Zeilen des Formulars entlang. »Herz abhören, Lunge und so weiter... wenn du kein Aufnahmezimmer zur Verfügung hast, erfindest du einfach irgendwas, weil man das im Flur natürlich nicht machen kann... Hauptsache, die Zettel sind ausgefüllt, verstehst du?«

Tünde tat, als würde sie sich auskennen. Dann packte sie einen Stapel Aufnahmepapiere wie eine Dompteurin, die zum ersten Mal die Arena betritt.

Ihre erste Patientin war eine nette alte Dame, die zu einer Hämorrhoiden-Operation kam und bereitwillig Auskunft über ihre Stuhlgewohnheiten gab. Tünde füllte die Formulare zur Operationseinwilligung aus, die ihr ständig von den Knien rutschten. Dumm war, dass sie keine Ahnung von der Operation hatte, die bei ihrer Patientin gemacht werden musste. Sie fragte sich gerade, was sie machen solle, wenn die Patientin Fragen stellte, als die Bayerl um die Ecke bog.

»Ének und Krause, seid ihr immer noch nicht fertig mit den Aufnahmen«, rief sie Tünde zu und wedelte ungeduldig mit der Hand. »Frau Oberarzt«, sagte Tünde, »können Sie mir sagen, wann man welche Operation...« – doch da war die Oberärztin schon wieder verschwunden und Tünde wand sich vor Unbehagen. Sie hörte die Tür des Aufnahmezimmers quietschen, kurz darauf kam Mariella herein gehuscht und legte ihr die Hand auf die Schulter.

»Die Vorgeschichten sind nicht wichtig, Hauptsache, die OP-Einwilligungen sind unterschrieben«, flüsterte sie. Tünde seufzte bedauernd. Anscheinend interessierten die Anamnesen niemanden, was sie schade fand. Anamnesen sind Geschichten. Man versteht darunter den Krankheitsverlauf; »was haben Sie für Beschwerden, seit wann haben Sie die, wie haben sie begonnen, was wurde dann mit Ihnen gemacht und so weiter.« Tünde hatte Anamnesen immer schon geliebt. Anamnesen sind lebendig. Tünde liebte es, sich in andere Menschen hineinzudenken. Geschichten hielten einen Teil von ihr lebendig, der tief in ihr verborgen war und sich hartnäckig weigerte zu sterben: ihr Alter Ego als Schriftstellerin.

Als Tünde ein Kind war, dachte sie wie ein Kind und schrieb wie ein Kind. Sie bedauerte, für die wirklich wichtigen Dinge im Leben keine Worte zu haben; Dinge, die in der Erwachsenenwelt eine große Rolle spielten und die sie nur vom Hörensagen kannte, solche wie Sex und Tod etwa. Keine Worte zu haben, war das Schlimmste, keine Worte waren gleichbedeutend damit, nicht zu existieren. Tünde hatte immer versucht, Worte zu finden.

Am Anfang waren es ungelenke Zeichen auf zusammengefaltetem Papier, gemalt auf den Knien, denn sie reichte noch nicht bis zum Schreibtisch hinauf. Mit den Jahren wurden die Zeichen zu Buchstaben, fügten sich zu Sätzen, Reimen, Erzählungen. Sie sehnte sich danach, noch bessere Geschichten zu schreiben, was ihr, so vermutete sie, erst dann wirklich gelingen würde, wenn sie mehr von der Welt der Erwachsenen wüsste, von der sie behutsam abgeschirmt war. Bücher waren ihr Fenster zur Welt, sie las alles, ganz gleich für welches Alter, denn Lesestoff war in ihrer Familie ohne Einschränkung erlaubt.

Mit vierzehn wurde ihr Blinddarm entfernt, und sie selbst entging einem neuerlichen Tod, dem zweiten seit ihrer Geburt, diesmal durch einen Durchbruch; ihr Vater hatte Tee gekocht, anstatt mir ihr zum Arzt zu gehen, da er Ärzte hasste. Der Frühsommer nach ihrer Genesung roch nach Pfingstrosen und sie erinnerte sich an den Geruch von Desinfektionsmittel und dass sie endlich so viele Bücher lesen konnte, wie sie wollte. Sie fand es spannend, dass man etwas Krankes, Tödliches einfach so aus ihrem Körper schneiden konnte, und dachte damals zum ersten Mal, dass sie das ebenfalls gerne machen würde, etwas Krankes heilen, und vielleicht würde es sie glücklich machen, und andere dazu.

Ihre Faszination für Blinddarmoperationen löste sich gleich bei ihrer ersten im St. Ehrentraud in Luft auf. Sie sollte Primarius Läutner höchstpersönlich assistieren – einem netten, dicken Mann mit vielen Lachfältchen, den Tünde auf Anhieb sympathisch fand. Allerdings sah sie ihn nicht oft; meist ließ er sich nur kurz bei den Mittagsbesprechungen blicken, und obwohl sie den Eindruck hatte, dass er sich keinen ihrer Namen merkte, war er nett zu den Turnusärzten, zu den Ärztinnen besonders. Bei dieser Operation schien es sich um eine Privatpatientin zu handeln, da er solch einen einfachen Eingriff höchstpersönlich durchführte. Tünde freute sich aufs Assistieren; sie hoffte, dass er ihr einige Details erklären würde.

Den ersten Fehler beging sie gleich, als sie im Operationsbereich die ruppige Nonne nach ihrem Namen fragte.

»Du hast eine Grundregel verletzt, meine Liebe«, sagte Márta später. »Hier im St. Ehrentraud kennt man Gudrun. Merke dir: Sie ist die wichtigste Person im gesamten OP.«

Schwester Gudrun war in ihrem Zivilberuf Operationsschwester. Sie war die Einzige, die die Grundregel der Sterilität verletzen durfte. Chirurgen bekommen über der grünen Kleidung noch einen keimfreien Mantel umgehängt und ebensolche Handschuhe. In den sterilen Bereich darf nichts hängen, wie beispielsweise lange Haare oder Ohrringe. Jeder Anfänger macht irgendwann den Fehler, unabsichtlich gegen die Hygieneregel zu verstoßen – dann wird man unter den Argusaugen der Schwestern aus dem OP-Saal geschickt, muss sich noch einmal umziehen, die Hände waschen oder wird neu eingekleidet.

So staunte Tünde nicht schlecht, als sie Gudrun mit ihrem weißen Alltags-Nonnenschleier über der grünen Kleidung am Operationstisch hantieren sah. Sie reichte Primarius Läutner die Instrumente und beide unterhielten sich prächtig über das letzte Mittagessen. Als sie Tünde sah, hob sie den Kopf und rief: »Sofort herkommen. Sie sind schon steril?«

»Ich… eigentlich schon«, sagte Tünde und wagte sich mit in die Luft gereckten Händen in den Operationssaal hinein. Nur mit Mühe verkniff sie sich die Gegenfrage.

Ihr gegenüber stand Irma Heller. Sie war groß, drahtig, mit kurzen grauen Haaren und einem scharfen Blick für die Schwächen anderer. Aus einfachen Verhältnissen stammend, war sie eine tüchtige Chirurgin geworden, die darüber niemanden im Unklaren ließ.

Tünde wunderte sich, weshalb der Patient auf der linken Seite operiert wurde. Ihres Wissens nach befand sich der Wurmfortsatz des Blinddarms rechts. Doch Läutner und Heller fuhrwerkten in der linken Leistengegend herum. Ob es sich um einen »Situs inversus« handelte, einen der ganz seltenen Fälle, bei denen alle Organe verkehrt herum angelegt sind?

»Entschuldigung, ich hätte eine Frage«, sagte sie. »Also normalerweise ist doch der Blinddarm rechts…«

Die Heller tat, als ob sie nichts gehört hätte. Doch Läutner zwinkerte ihr vergnügt zu.

»Sie haben ganz recht, Frau Kollegin«, sagte er. »Die Appendix liegt in der rechten Leiste. Daher ist das auch keine Blinddarmoperation, sondern ein Leistenbruch. Die beiden Operationen auf dem Dienstplan wurden vertauscht, der Blinddarm kommt nachher dran.«

Hätten Blicke töten können, hätte Tünde Hellers Blick nicht überlebt.

Ihr Gesicht brannte vor Scham und sie schwor sich, in Zukunft dreimal zu überlegen, bevor sie Fragen stellte. Irgendwie hatte sie das Gefühl, als habe dieser Tag ihr einen Stempel auf die Stirn gedrückt, auf dem mit großen Lettern stand: »Vorsicht! Unfähig!«

Kurze Zeit später piepste das Diensttelefon in den Falten des läutnerschen Gewandes. Der Primarius deutete Tünde, an seinen Platz zu kommen.

»Kommen Sie, liebe Kollegin«, sagte er. »Irma macht weiter, Sie übernehmen bitte die Assistenz.« Dann rauschte er aus dem Saal.

Schon stand Tünde der Heller gegenüber am Operationstisch. Mit der festen Absicht, Kompetenz zu beweisen, fragte Tünde nach der schleimigen Masse, in der Irmas behandschuhter Finger wühlte. Die Heller reagierte nicht, lediglich ein leises Klimpern ihres Bettelarmbands, das sie immer an ihrem rechten Fußgelenk trug, verriet ein unwilliges Zucken ihres Fußes tief unter dem OP-Tisch.

»Schere«, sagte sie. Schwester Gudrun griff quer über den Tisch, packte die Finger von Tündes rechter Hand und drückte ein metallenes Instrument hinein.

»Faden abschneiden.« Heller hielt ihr fünf Klemmen entgegen, an denen mindestens zehn blutverschmierte Fäden hingen. Tünde überlegte, welchen Faden die Heller wohl gemeint haben mochte, um ja nicht irgendeinen falschen abzuschneiden, an dem etwas Wichtiges hängen konnte, wie eine Arterie, der Samenstrang des Patienten oder etwas Ähnliches, das dann auf Nimmerwiedersehen in der Bauchhöhle verschwinden würde. Schon öffnete sie den Mund, um sicherheitshalber zu fragen, als die Heller mit einem wortlosen Zucken ihres Fingers die gewünschte Klemme um ein paar Millimeter bewegte. Tünde beugte sich behutsam vor, um den Faden abzuschneiden, doch die Heller riss ihre Hand so ungeduldig hin und her, dass Tünde den Faden nicht richtig fassen konnte – und ins Leere schnitt.

Irma Heller stöhnte auf, als habe man sie getreten. Ihr Bettelarmband klimperte.

»Sehen Sie nicht gut, Frau Kollegin?«

»Äääh… eigentlich schon…«, stammelte Tünde. Wieder hielt ihr die Heller stumm fünf Fäden entgegen, von denen sie einen abschneiden sollte, bloß welchen? Wieder ein Zucken eines Fingers, Tünde biss sich auf die Lippen, sie wollte alles richtig machen, dass der Patient bloß nicht wegen ihr stürbe… Irma Heller riss ihr wortlos die Schere aus der Hand und schnitt die Fäden selbst durch.

Schwester Gudrun wechselte unauffällig den Platz mit Lona, einer philippinischen OP-Schwester, die Tünde über ihre Maske hinweg zuzwinkerte. Jetzt wühlte die Heller fluchend in der Bauchwunde herum. Tünde wartete angespannt bis in die Haarspitzen, um ja keinen Befehl zu verpassen. Mittlerweile rann ihr etwas Feuchtes in Bächen den Rücken hinunter.

»Fester ziehen, so geht das nicht«, keuchte die Heller und Tünde zog an den zwei Metallhaken, die die Wunde auseinander hielten. Sie rutschten ständig an den glitschigen Wundrändern ab. Die Heller riss ihr ungeduldig die Haken aus den Händen, packte sie und drückte sie in die Wunde, in der sie warmes, weiches Gekröse spürte. »Ziehen Sie mit den Händen! So ziehen Sie doch endlich!«, schrie sie. Tünde zog aus Leibeskräften, doch da das Bauchwasser durch das Geruckel andauernd hin und her schwappte, rutschten ihr abermals die Wundränder durch die Finger. Mittlerweile war sie schweißgebadet und wagte nicht mehr zu atmen.

Die Heller schrie auf und bevor Tünde noch einen klaren Gedanken fassen konnte, schlug sie ihr heftig auf die Finger.

»Weg da!«

Zu Tode erschrocken zog Tünde beide Hände zurück; ihre Wangen glühten vor Scham. War sie schuld, dass hier etwas schiefging? Wurde sie deswegen geschlagen? Über Hellers Kopf hinweg erhaschte Tünde das Gesicht der Schwester. Diese verdrehte die Augen in Richtung der Heller, die nun alleine herumfuhrwerkte. Tünde fragte, ob sie irgendwie helfen könne, doch die Heller antwortete nicht und die Anästhesistin schüttelte stumm warnend den Kopf. Irgendwann trat die Heller vom Tisch zurück, warf ihre Handschuhe und den Operationsmantel in den Mülleimer und stapfte grußlos aus dem Saal.

Kaum war sie verschwunden, ließ der Druck auf Tündes Schultern nach. Lona zog die grünen Tücher vom Patienten und Tünde half ihr dabei. Sie sehnte sich nach Kommunikation.

Lona lächelte gutmütig.

»Mach dir nichts draus«, sagte sie. »Die ist bei allen so.«

Tünde schlich aus dem OP-Bereich und hörte im Aufwachraum eine knarrende Stimme: »Ich bin im Himmel!«

Erstaunt ging sie auf das Bett zu, aus dem die Stimme ertönte. »Gehören Sie auch dazu?«, fragte eine alte Dame mit vogelartigem Gesicht und Tünde drehte sich verwirrt zur Anästhesistin um, die lächelte und sagte, »das ist unsere

Stammpatientin, sie wurde soeben zum dritten Mal operiert. Jedes Mal, wenn sie beim Aufwachen die Gudrun mit ihrem Nonnenschleier sieht, glaubt sie, sie sei schon im Himmel.«

»Weißt du was, ich gebe dir einen Tipp«, sagte Márta später. »Wenn du weiterhin hier arbeiten möchtest, dann solltest du manche Dinge nicht hinterfragen. Zum Beispiel diesen Schleier. Warum bei uns so viele Nähte aufgehen und so. Es geht uns nämlich überhaupt nichts an. Los, los, die nächste Aufnahme ist da.«

Auf dem Gang stand eine hagere Frau mit spitzem Gesicht. Sie litt an Gallensteinen, die am nächsten Tag operiert werden sollten. Tünde setzte sich mit ihr in eine ruhige Ecke. Als sie sie nach ihren Vorerkrankungen fragte, fing die Frau augenblicklich zu weinen an. Und dann begann sie zu erzählen. Über ihre Gallensteine, dass sie ihren Arbeitsplatz verloren hatte, ihre Scheidung, ihr Alkoholproblem, ihre Abtreibung und schließlich, dass sie von ihrem Ex-Mann verprügelt worden war und sich deshalb nicht in die Arbeit getraut hatte. Schockiert schrieb Tünde dies alles auf, schrieb und schrieb – und als sie fertig war, machten die Gallensteine nur einen ganz kleinen Teil auf dem Anamnesebogen aus. Die Frau weinte immer noch.

»Es geht mich zwar nichts an«, sagte Tünde vorsichtig, »aber möchten Sie vielleicht psychologische Betreuung haben? Wir haben hier im Haus zwei Psychologinnen.«

Lilly Geranig war eine davon, eine zarte Schwarzhaarige, mit Ende zwanzig in Tündes Alter, und sie kannten einander über gemeinsame Bekannte. Die zweite war Bogumila Matejczik; eine ältere, dickliche Polin, bei der man das Gefühl hatte, als wolle sie einen immer mit ihren Blicken durchbohren. Irgendwie sagte Tünde ihr Instinkt, dass sie die Patientin zu Lilly schicken solle.

»Ja, das wäre toll«, schluchzte die Frau und kramte in ihrer Handtasche nach einem Taschentuch, während Tünde stolz war, eine Entscheidung getroffen zu haben. Vielleicht würde doch noch eine gute Ärztin aus ihr werden, dachte sie.

»Eines noch«, flüsterte die Patientin. »Bitte schicken Sie mich nicht zu dieser Frau namens Mat... Mat... Matelewsky, oder so.«

»Meinen Sie Frau Magister Matejczik? Bogumila Matejczik?«, fragte Tünde verblüfft. Offensichtlich kannte die Patientin die Psychologinnen bereits.

»Ja«, flüsterte die Patientin.

»Warum denn?«, fragte Tünde. Sie wusste nicht, ob sie – so kurz, wie sie im St. Ehrentraud arbeitete – auch dies beeinflussen konnte.

»Wissen Sie...« – die Dame druckste herum. »Ich war vor Kurzem schon mal hier. Und da hat man mich zu Frau Magister Matejczik geschickt. Und...« – sie senkte ihre Stimme – »...die hat mir gesagt, dass an allem der Teufel schuld sei. Beziehungsweise man selbst. An allem, was man erlebt, sei man selbst schuld, hat sie gesagt. Das sei eine Strafe des Teufels, weil man so viel gesündigt hat.«

Tünde starrte die Patientin mit offenem Mund an.

»Das hat sie gesagt?«, flüsterte sie, »unsere Psychologin hat

Ihnen das gesagt?« Die Patientin nickte wieder und sah sich ängstlich um.

»Ja«, flüsterte sie. »Und wissen Sie – danach hatte ich solche Albträume… und Angstzustände! Die habe ich sowieso, seit ich das Kind wegmachen lassen musste, weil Erwin glaubte, dass es nicht von ihm war. Ich war dann bei einer Psychiaterin und die hat mir gesagt…«

Tünde unterbrach sie und sah ihr fest in die Augen.

»Ich schicke Sie garantiert nicht zur Matejczik«, sagte sie. »Worauf Sie sich verlassen können.«

Tünde ging los, um Lilly zu suchen. Ihrem Wissen nach war sie gerade auf der chirurgischen Sonderklassestation eingeteilt, wo nur die dienstältesten Turnusärzte arbeiten durften – Kolleginnen wie Mariella.
Als Tünde die Station betrat, sah sie Mariella durch die offene Tür eines Zimmers, in dem sie gerade eine Aufnahmeuntersuchung machte.

»Ist Lilly zufällig hier, die Psychologin?«, fragte Tünde.

Mariella, die auffallend blass war, zog das Stethoskop aus dem Ausschnitt der Patientin.

»Jetzt schon?«, sagte sie lachend. »Du bist aber früh dran! Die meisten erwischt es erst nach zwei Jahren… okay, das war ein Scherz«, fügte sie hinzu. »Ich weiß nicht, wo Lilly ist«, sagte sie dann. »Ich habe sie in der Früh gesehen, dann musste ich mich kurz hinlegen, weil mir übel war…«

»Wahrscheinlich nicht gefrühstückt, oder?«, fragte Tünde, doch Mariella schüttelte den Kopf. »Ich mach mal eben die

Aufnahme fertig, dann erzähl ich's dir«, sagte sie und tauchte wieder in den Ausschnitt der Patientin hinein.

Tünde wartete, bis ihre Freundin fertig war und sie in eine Nische zog.

»Du errätst es nie – ich bin schwanger«, flüsterte sie mit mühsam unterdrücktem Jubel in der Stimme.

»Schwanger? Das ist ja super!«, rief Tünde, eine Spur zu laut.

Mariella strich sich versonnen über ihren Bauch.

»Dann gratuliere ich herzlich«, sagte eine Frauenstimme mit eiskaltem Unterton.

Tünde drehte sich erschrocken um; sie hatte gar nicht gemerkt, dass noch jemand durch die Tür gekommen war. Im Türrahmen stand eine bleiche Gestalt mit akkurat geschnittenem, dunklem Pagenkopf. Das musste Alexandra Antonoff sein, die zweite Frau Doktor Gnadenwerk, die in diesen Tagen aus dem Urlaub zurückkommen sollte. In ihren Augen glitzerte es verdächtig.

»Schön für dich, Mariella«, sagte sie ruhig. »Neues Leben. Hast du denn inzwischen schon geheiratet? Oder lebst du immer noch mit deinem Freund zusammen?«

Tünde glaubte, sich verhört zu haben.

Eine zarte Röte überzog Mariellas Wangen. »Wir haben vor, nächstes Jahr zu heiraten«, hauchte sie. »Wenn das Kind da ist.«

Frau Doktor Antonoff nickte. »Wenn das Kind da ist«, wiederholte sie nachdenklich. »Du weißt aber schon, dass das Sünde ist, nicht wahr?«

Tünde stand wie erstarrt da. Befand sie sich tatsächlich im Jahr zweitausendfünf, oder war sie mittels Zeitmaschine ins Zeitalter der Inquisition zurückversetzt worden?

»Nun denn. Ich muss in den OP«, sagte die Antonoff. »Wir sehen uns später. Was ist mit der Müller da draußen? Hat sie alle Formulare unterschrieben? Nimmt sie irgendwelche Medikamente?«

Sie meinte die Patientin im ersten Zimmer, die Mariella vorhin untersucht hatte. Doch Mariella konnte nicht antworten, da ihr Antonoffs Verbalattacke offenbar die Sprache verschlagen hatte. Rasch zog ihr Tünde den Anamnesezettel aus der Hand, um ihr eine weitere Demütigung von Fr. Dr. Eiskalt zu ersparen.

»Nur die Pille«, las sie vom Blatt.

»Aha. Die Pille.« Antonoffs Stimme war voller Hass. »Die Leute wissen alle nicht, was sie tun.«

Mit mühsamer Beherrschung beugte sich Tünde über das Formular und tat, als würde sie konzentriert Mariellas Schrift entziffern. Sie musste jetzt unbedingt irgendwas sagen, das Gespräch in eine andere Richtung lenken…

Aus den Augenwinkeln sah sie, wie Schwester Annabella näher kam. Sie war dafür bekannt, Turnusärztinnen *auflaufen* zu lassen.

»Aber Frau Doktor«, warf Schwester Annabella mit betont naiver Stimme ein – sie genoss es sichtlich, Öl ins Feuer zu gießen.

»Soweit ich weiß, hat diese Frau Müller schon zwei Kinder – wo liegt das Problem? Frau Doktor Ének, wie sehen Sie das?«

Noch bevor Tünde antworten konnte, hob Alexandra Antonoff ihren Kopf. Sie war bleich wie ein Gespenst.

»Jede Art von Empfängnisverhütung ist eine Sünde gegen Gott«, deklamierte sie.

Mit den Worten, dass sie dringend auf die Toilette müsse, nahm Tünde Reißaus und flüchtete aufs Klo. Vor dem Waschbecken blieb sie stehen und atmete langsam ein und aus. Im Spiegel sah sie die Vene an ihrer Schläfe verräterisch pochen.

Sie hatte immer schon das Problem gehabt, dass Dinge, die sie nicht aussprechen durfte, sich auf ihre Brust legten und ihr die Luft abdrückten; Unausgesprochenes wandelte sich direkt in Angst um.

Wo war sie hier nur gelandet? Und – das Schwierigste: Wie kam sie hier nur wieder heraus?

›Denk nach, Mädchen‹, dachte sie fieberhaft, ›denk nach – was kannst du sonst noch? Kellnern? Taxi fahren? Teller waschen?‹

Ihr Gehirn schleuderte alle Möglichkeiten durcheinander. Sprachen, ja, die konnte sie gut. Auswendiglernen. Das hatte ihr Studium gerettet, als es neben der Sklavenarbeit in der Ordination auf der Kippe gestanden war. Doch wie sollte sie damit Geld verdienen? Sie könnte reumütig in die Praxis zurückkehren und wieder als Sprechstundenhilfe arbeiten, bis sie eine Stelle in einem normalen Krankenhaus bekommen würde, doch dann hätte sie die neue Wohnung aufgeben müssen, ihren Zufluchtsort, den sie sich hart erarbeitet hatte... es kam nicht in Frage.

Tünde bückte sich und platschte kaltes Wasser aus dem Wasserhahn in ihr Gesicht. Ein schmaler Streifen Wimperntusche rann über ihre rechte Wange, doch das war ihr egal. Sie wischte ihr Gesicht mit Klopapier ab. Es war aussichtslos. Sie saß in der nächsten Station ihres Lebensweges fest. Ihre Aufnahmen warteten. Und sie hatte noch nicht einmal mit Lilly sprechen können.

***

Robert erfasste die Welt mit seinen Augen, und er liebte es, Schönheit in der Natur zu entdecken, das Perfekte im nicht ganz Perfekten, wie das leichte Hängen zweier Halbkugeln aufgrund ihrer Schwere. Melinda nippte an ihrem Kaffee, immerhin hatte sie jetzt eine Jacke an, nichts an ihr war aufreizend, sie war ungeschminkt und hatte die Haare mit einem Gummiband zurückgenommen, dennoch musste er ständig an ihre Brüste denken, wie sie sich durch den weichen Stoff gedrückt hatten, und er spürte das Verlangen, sie zu drücken, zu kneten, was Sylvia gehasst hatte. Leider hatte sie ihm auch das zu spät gesagt.

»...denke ich, dass man dazu unbedingt eine persönliche Meinung haben sollte, denken Sie nicht auch?«, fragte Melinda und er zuckte zusammen, da er überhaupt nicht aufgepasst hatte, was sie sagte, und das spöttische Funkeln in ihren Augen verriet ihm, dass sie es wusste. »Verzeihung, ich war gerade in Gedanken«, sagte er.

»Worüber denken Sie denn die ganze Zeit nach?«, fragte sie.

»Über die Schönheit der Natur«, sagte er und fügte schnell hinzu, »und Berge, ich liebe es, in den Bergen zu sein, Sie nicht?«

»Hm...« – sie kräuselte ihre Lippen, was hinreißend aussah – »...um ehrlich zu sein, ich bin eine Flachländerin.

Ich bevorzuge die Ebene, das weite Land, dort können die Gedanken besser fliegen.«

»Das erinnert mich an Arthur Schnitzler«, sagte Robert versonnen, »die Seele ist ein weites Land«, und Melinda antwortete, »ja, ich habe ihn auch gelesen, die alte Geschichte vom Betrügen und betrogen werden. Es ist nicht dasselbe.« Sie senkte die Augen und rührte in ihrem Milchkaffee.

»Selbstverständlich nicht«, sagte er leise, »die Untreue des Anderen wiegt immer schwerer.«

Beim nächsten Treffen gingen sie zum Italiener und er genoss es, Melinda dabei zuzusehen, wie sie ihre Pizza schnitt und die Bissen in den Mund schob, ein paar Reste der Tomatensoße blieben dabei in ihren Mundwinkeln hängen; wie sie das Weinglas an ihre Lippen hob, die einen leicht fettigen Abdruck auf dem Glas hinterließen, das sie zwischendurch nachdenklich an ihre Wange hielt.

Sie hatte ein Kleid mit einem psychedelischen Muster angezogen, als sei sie absichtlich darauf aus, seinen Blick zu verwirren, der in den Linien und Kreisen hängen blieb. Er fragte sich, ob er sie tatsächlich in dem seltsam beleuchteten Raum nackt gesehen hatte, oder ob es eine Täuschung gewesen war. Vielleicht hatte er es sich nur eingebildet, vielleicht hatte sein einsames Hirn fantasiert und die Frau, die ihm gegenübersaß, und mit der er sich über Kunst unterhielt, in eine Venus verwandelt. Doch dann schien die Sonne auf ihre Haare, und sie hatten wieder diesen rötlichen Schimmer, und er dachte an das Dreieck zwischen ihren Schenkeln und bestellte noch ein Glas Wein und noch eines, bis er es nicht mehr aushielt, sein Glas beiseiteschob und zu ihr sagte, »übrigens, ich habe dich sehr schön gefunden, damals.«

»Ich weiß«, sagte sie und wechselte mühelos vom Sie zum Du, »ich mochte deinen Blick, die Art und Weise, wie du mich angesehen hast.«

»Wie habe ich dich denn angesehen?«, fragte er leise und wagte nicht, ihr in die Augen zu sehen, denn alles, was sie sagen würde, war falsch, sie wusste es nur nicht. Er stellte sich bereits vor, wie es wäre, mit seinen Lippen die unterste Spitze des Dreiecks zu erforschen, wie es dort roch, wie es schmeckte, und die bemühte Gleichgültigkeit gab seinem Gesicht einen starren Ausdruck.

»Ich meine, was auch immer du sonst gedacht haben magst«, sagte sie, und verblüfft glaubte er wieder, das spöttische Funkeln in ihren Augen zu erkennen.

»Es war so freundlich und anerkennend«, sagte sie, »ich meine, respektvoll« – und er nahm seinen ganzen Mut zusammen und fragte, »möglicherweise so etwas wie zärtlich?«

Sie nickte und er streckte die Hand aus, sie berührte die ihre ganz selbstverständlich, eine Berührung, die längst fällig war und deshalb weniger elektrisierend ausfiel als sie gedacht hatte, doch er hatte warme Hände, warme und große Handflächen, die ein wenig schwitzten, weiche Finger, weiche Lippen, alles an ihm war groß und weich, und während sie bei dem Gedanken lächelte, konnte er es nicht fassen, wie leicht er die erste Hürde überwunden hatte, die bei Sylvia die schwerste gewesen war.

Irgendwie war Melinda erleichtert; noch nie hatte ihr ein Mann von der ersten Begegnung an so deutlich seine Gefühle offenbart; es war angenehm, einmal keine Geheimnisse enträtseln zu müssen, kein Einhalten einer bestimmten Wartezeit, bis man einen Anruf erwiderte oder eine SMS zurückschickte. Roberts Gesten waren parallel zu seinen Worten, auch ihre Zukunft würde so sein, angenehm harmonisch; sie brauchte keine Gedanken mehr an Typen wie Jim zu verschwenden, den American-Football-Spieler, in den sie sich während ihres Auslandsaufenthaltes in Chicago unsterblich verliebt hatte; er hatte schulterlanges Haar, ziemlich breite Schultern und eine markante Nase gehabt und ungefähr die Hälfte der Cheerleader war in ihn verliebt gewesen, doch er hatte absichtlich eine Freundin gesucht, die er nach kurzer Zeit los sein würde, um einen Grund zu haben, bald darauf die nächste zu entjungfern. Melinda war von ihrem Auslandsaufenthalt verändert zurückgekommen; mit perfekten Englischkenntnissen und einer noch verletzlicheren Ausstrahlung, die dazu führte, dass sich der Reihe nach alle möglichen Männer in sie verliebten. Sie hatte sich jedoch geschworen, die attraktiven in Zukunft zu meiden, um nicht wieder verletzt zu werden.

Während sie mit Robert auf dem Sofa saß, dachte sie an Jim, an ihre erste gemeinsame Nacht mit einem Mann, die sie auf dem Rücksitz seines Autos verbracht hatte, in jener sternenklaren Nacht auf ihrer Sprachreise, nichts hatte sie damals so gequält wie seine Sorge um den Sitzbezug. Sie fragte sich, was sie an ihm damals so fasziniert hatte, war es seine unnahbare Aura gewesen, oder das Gefühl, dass etwas von seiner Beliebtheit auf sie abfallen würde, wenn sie seine Freundin war? All das lag weit zurück.

Und Robert hatte Zeit zu warten, er hatte alle Zeit der Welt, er war froh, dass Melinda keine Forderungen zu stellen schien, wie Sylvia es getan hatte, Sylvia, die er endlich aus seinem Kopf löschen wollte, aus seinen Gedanken. Wieso nehmen wir alle unsere früheren Beziehungen immer in eine neue mit, wie einen Rucksack, als sei jede auf die jeweils vorige aufgebaut? Wir rächen uns am nächsten Partner für das, was uns angetan worden ist – war es in einem gewissen Alter überhaupt möglich, jemandem unvoreingenommen zu begegnen? Er wollte sich nicht an Melinda rächen, weil Sylvia ihn gekränkt hatte; dabei erinnerte er sich noch genau an ihre Worte in jener Nacht, als sie ausgezogen war. Irgendwie sei ihre Liebe versickert wie Wasser in der Wüste.

Daher war er erleichtert, als Melindas Hände wie selbstverständlich seinen Rücken hinunterwanderten, denn nun brauchte er nicht mehr länger zu warten, er wusste, sie begehrte ihn.

Melinda fühlte sich wie an einer Wegkreuzung, sollte sie links oder rechts gehen? Robert schien kein Mann zu sein, mit dem man spielen konnte. Sie war so lange alleine gewesen, hatte sich während ihrer kurzen Affären immer nach einer sicheren Beziehung gesehnt. Sie dachte an ihre Einsamkeit in der Nacht unter der großen Bettdecke, an ihr Frösteln, an ihr seltsam hungriges Gefühl, das blieb, wenn sie sich abends mit dem Wasserstrahl aus der Dusche befriedigte, das funktionierte am besten, meistens reichte es, wenn das Wasser nur leicht an ihrer Klitoris vorbeiglitt, es dauerte nur ein paar Minuten, bis die Umgebung endlich verschwamm und ein heller Blitz ihre Eingeweide zucken ließ. Sie wünschte sich, sie hätte dies damals Jim erzählt, er wäre nie draufgekommen. Nun wäre ihre Einsamkeit bald geheilt, sie könnte alles haben, inklusive dem erträumten Vorgarten mit weißgestrichenem Zaun; das Einzige, was fehlte, war der große Knall, das Erdbeben, von dem sie immer gedacht hatte, dass es die Liebe begleiten würde, die einzig wahre Liebe, die sie vor ihrer Familie retten würde, in der sie sich so fremd fühlte, als sei sie als Baby den falschen Eltern in die Hand gedrückt worden. Und so überlegte sie fieberhaft, ob es nicht doch irgendwo eine verborgene Schwierigkeit gab, ein Hindernis, das sie gemeinsam überwinden konnten wie damals ihre Eltern; eine Hürde, die alles romantischer machen würde.

***

Adam hatte sich mit seinen Schwestern verabredet, und beide ahnten, dass er ihnen eine wichtige Nachricht verkünden wollte.

»Bestimmt hat er eine Frau kennengelernt«, sagte Melinda. »Meine Freundin Ruth hat gewettet, dass es das sein muss. ›Cherchez la femme‹, hat sie gesagt.« Adam hatte das erstbeste Restaurant gewählt, da er nicht viele Lokale kannte; wie sich herausstellte, war es eine verrauchte Kneipe.

Als Tünde das Lokal betrat, war Melinda noch nicht da. Ihr Bruder saß in der Ecke des Restaurants, in einem unvorteilhaften blassgelben Hemd, ein Glas Rotwein vor sich und einen Aschenbecher.

Drei Küsse links und rechts, wie immer ohne sich zu berühren, woher kam der Abstand, den ihr Bruder zu jedem anderen Menschen einhielt, sogar zu seinen Schwestern?

»Seit wann rauchst du?«, fragte Tünde.

»Seit ich erfahren habe, dass ich eine Stelle in Ingolstadt bekomme, am Institut für Theologie«, sagte Robert und seufzte. »Leute aus zehn Ländern haben sich beworben, aber sie wollen ausgerechnet mich.«

»Na wunderbar!«, rief Tünde. »Wann fährst du?«

Ihr Bruder blickte sie enttäuscht an.

»Versuchst du gar nicht, mich umzustimmen, bist du froh, dass ich verschwinde?«

»Nein«, sagte Tünde. »Natürlich nicht. Aber es klingt wie eine gute Chance für dich?«

Adam starrte auf die Tischplatte.

»Es ist nämlich auch so«, sagte er. »Ich habe eine Frau kennengelernt.«

»Wann denn?«, fragte Tünde neugierig, doch in genau diesem Moment kam Melinda herein, Arm in Arm mit ihrem neuen Freund, einem Hünen im karierten Hemd, er sah nett aus und irgendwie arglos, ein wenig wie dieser englische Schauspieler, dessen Name ihr nicht einfiel.

»Das ist Robert«, sagte Melinda, eifrig und mit geröteten Wangen und der Hüne strich ihr beruhigend über den Rücken und fügte sich ohne unangenehme Kommentare in die Geschwisterrunde ein und das freute Tünde am meisten.

Ihr hatte vor dem Treffen mit Adam und Melinda gegraut; sie wusste, ihr Bruder würde verstockt sein wie immer und ihre Schwester brachte ihren neuen Freund mit, was ihr, Tünde, nur zeigen würde, was sie selbst nicht schaffte.

»Entschuldigt mich bitte einen Moment«, sagte Melindas Hüne und verschwand in Richtung Waschraum. Adam räusperte sich.

»Ich habe sie nach einer Vorlesung kennengelernt«, sagte er. »In altkatholischer Ethik. Die ich nicht gehalten habe. Stattdessen bin ich mit ihr auf einen Kaffee gegangen.«

»Großartig«, sagte Tünde. »Ich gratuliere dir.« Immer öfter hatte sie das Gefühl, dass sich hinter Adams spröder Fassade ein unsicheres Herz befand, das nach Anerkennung suchte. Es war wie beim Assistieren im Operationssaal, wenn man den strammen Bauch eines gut trainierten Sportlers öffnet und dahinter die Organe zum Vorschein kommen, weich und verletzlich.

»Wie sieht sie aus?«, fragte Tünde und ihr Bruder verdrehte die Augen. Sie konnte seine Gedanken förmlich in die Luft geschrieben sehen, ›immer diese Äußerlichkeiten, sie führen dazu, dass man Menschen so schnell bewertet, dabei sind doch Äußerlichkeiten völlig unwichtig, auf die inneren Werte kommt es an.‹

»Sie ist blond«, sagte Adam. »Und…«

»Blond«, warf Tünde interessiert ein. »Ich dachte, du stehst auf Dunkelhaarige?«

»Nun, sie ist eben blond«, sagte Adam in dem weinerlichen Ton, den er seit seiner Kindheit anschlug, wenn er nicht mehr weiterreden wollte.

»Hast du ein Foto von ihr?«, fragte Melinda gierig.

»Im Moment ist sie nicht so fotogen«, sagte Adam. »Sie ist nämlich gerade schwanger.«

Tünde schwieg für ein paar Sekunden. Dann wallte jähe Freude in ihr auf.

»Sie ist schwanger!«, rief sie begeistert. »Ihr bekommt ein Baby? Oh, Adam, wieso hast du das nicht früher…«

»Sei still«, unterbrach sie ihr Bruder barsch. »Sie ist schwanger – aber nicht von mir.«

Seine Schwestern sahen einander fassungslos an.

»Als ich sie kennengelernt habe, war sie bereits schwanger«, murmelte Adam. »Sie hat ihren Mann verlassen, weil er sie schlecht behandelt hat. Und wenn du's ganz genau wissen willst: Sie hat bereits einen Sohn. Jan ist zwei Jahre alt.«

Tünde und Melinda schwiegen sekundenlang.

»Adam«, sagte Melinda dann zögernd. »Bist du dir sicher, dass das vernünftig ist? Ich meine, es ist ja deine Sache, mit welchen Frauen du dich triffst und so. Aber ich weiß, dass du immer gleich heiraten willst und…«

»Sei still!«, rief ihr Bruder und stellte sein Glas so heftig ab, dass der Inhalt überschwappte, Melinda hatte ihn noch nie so wütend gesehen. »›Ich weiß, dass du immer gleich heiraten willst‹«, äffte er sie nach. »Ich bin nicht wie all diese Männer, die mit einer Frau schlafen und sie dann verlassen und sich die nächste suchen. Das ist mein Glaube!«

»Schon gut«, sagte Tünde beschwichtigend. »Du kannst ja etwas Gutes tun. Dir und ihr. Aber überleg dir gut, ob du sie wirklich gleich heiraten willst. Weißt du, ich habe im Moment genug Probleme mit bornierten Menschen. Bei uns im St. Ehrentraud…«

»Das ist etwas völlig anderes«, unterbrach sie Adam. »Ich habe eine andere Konfession. Ich habe nichts mit dem Factus… Morbus…«

»Verein«, unterbrach ihn Tünde mit einem bedeutungsvollen Blick. »Wir sagen nur ›Verein‹ dazu…«

Wieder einmal fragte sich Tünde, wie sie so verschieden hatten werden können. Sie konnte sich nur vorstellen, dass es irgendwie auf geheimnisvolle Weise mit ihren Eltern zusammenhing, doch warum die Fäden entwirren und etwas aufdecken, das im Schatten schlief; im Endeffekt würden nur alle wieder böse auf sie sein.

Aus irgendeinem Grund hatte Adam in seiner Jugend die normale Entwicklung zum Mann verpasst. Genau im empfindlichsten Alter hatte schwere Akne sein Gesicht entstellt. Vielleicht waren auch seine viel zu hohen Ansprüche an Frauen der Grund, oder die Tatsache, dass ihn das Priestertum der katholischen Kirche immer am meisten fasziniert hatte. Tünde vermutete Ersteres, Melinda Zweiteres und er selbst diskutierte das Thema nicht mit anderen.

Das erste Mädchen, zu dem er sich hingezogen gefühlt hatte, war Sarah gewesen, die Schwester eines Ministrantenkollegen in der Kirche, die ihn mit ihren großen, haselnussbraunen Augen und ihrem zurückhaltenden Wesen verzaubert hatte.

Jahre später an der Universität stand sie plötzlich in der Warteschlange vor ihm. Sie war formvollendet; ein anderes Wort fiel ihm in dem Zusammenhang nicht ein; sie reichte ihm knapp bis zur Schulter, ihr langes dunkles Haar fiel bis zur Mitte ihres Rückens hinab und ihr Körper verjüngte sich um die Taille hin sanduhrförmig.

Ihm war warm geworden, er hatte seinen Schal gelockert, und dann stellte er fest, dass er auch körperlich auf sie reagierte; unwillkürlich musste er daran denken, wie sich ihr Körper wohl anfühlen würde, und beim bloßen Gedanken daran wurde ihm ein wenig schwindlig, so dass er sich an einem Bücherregal festhielt. Unglücklicherweise wackelte es dadurch, so dass ihr geradewegs ein Buch vor die Füße fiel, doch während ihn andere beschimpft hätten, drehte sie sich um und bedachte ihn mit einem strahlenden Lächeln.

»Du hättest mich beinahe erschlagen«, sagte sie. »Aber immerhin mit einem Buch. Wartest du auch auf die Lesung von Professor Kirchmayer?«

Adam nickte und war froh, dass er Pullover und Jacke um den Bauch gebunden hatte wie ein Schuljunge; sie durfte alles merken, bloß nicht seine Erektion, wieso reagierte sein Körper wie der eines Siebzehnjährigen?

»Ich bin Sarah«, sagte die Frau und streckte ihm die Hand hin, die er ergriff und förmlich schüttelte.

Er spürte die Feuchtigkeit in seinen Handflächen und fühlte sich wie ein Gorilla angesichts dieses bezaubernden Wesens, das sich überraschenderweise gern mit ihm unterhielt, obwohl sich seine Schultern bedrohlich zu ihr neigten. Es war wirklich Sarah, Georgs Schwester, die er seit zehn Jahren nicht mehr gesehen hatte. Er überlegte, was er sagen solle; erst als ein anderer Mann kam, der sie wie selbstverständlich in den Arm nahm und küsste, fiel ihm sein demütigender Zustand auf und er verschwand wortlos. Von diesem Zeitpunkt an suchte er eine Frau, die diesem bezaubernden Wesen ähnlich war, zierlich, schlank und mit langen dunklen Haaren; doch das konnte er niemandem sagen, denn Äußerlichkeiten waren ja unwichtig, und er wollte keiner von den Männern sein, die er verachtete.

Adam war drei Jahre nach der Geburt seiner ältesten Schwester, die er nie kennengelernt hatte, auf die Welt gekommen; und er war das größte Glück seiner Eltern gewesen, die Wiederherstellung von Gesundheit und die Vollendung der

Familie, die sie sich gewünscht hatten. Sein Vater Tamás hatte zu diesem Zeitpunkt bereits eine Stelle in der privaten Volksschule gefunden, wo er Religion unterrichtete, und auf die Vergangenheit deutete fast nichts hin – außer Adams früh erwachendes Interesse an Gott.

Adam war gesund, er hatte zwei Hände und zwei Füße mit vollständigen Fingern und Zehen und keinen Wasserkopf; seine Eltern dankten Gott dafür unendlich, jeden Sonntag, bei den Gebeten und Gesängen in der Kirche. Erika waren die christlichen Rituale bei Weitem nicht so wichtig wie Tamás; sie war eigentlich eher wegen ihres Mannes hingegangen, und um etwas Halt zu finden im kühlen Österreich. Schon als Kind hatte Adam den Geruch von Weihrauch geatmet und das Klappern und Klingeln bei der Wandlung gehört, die festlich gekleideten Ministranten gesehen und die mystische Atmosphäre gespürt und irgendwie war ihm von klein auf klar gewesen, dass es das war, was das Leben ausmachte und alles zusammenhielt. In dieser Hinsicht übertraf er sogar seinen Vater, denn während Tamás sich aus Pragmatismus für seinen Weg entschieden hatte, schien er Adam angeboren zu sein, dem ersten Menschen seines Universums.

Jahre später zeigte ein Urlaub bei Adams eigener Familie die Sollbruchstellen der Harmonie. Im Sommer waren sie an den Plattensee gefahren, weil Adam einen heimatlichen Kontrast gebraucht hatte zu seinem Leben in Deutschland. Er hatte das Auto vollgepackt bis obenhin, mit Proviant, Pavols Stubenwagen, der Spielmatte mit den Bären, Jans

Kinderwagen und Strandspielzeug, bis es so voll gewesen war, dass Lenka kapituliert hatte und beschloss, gemeinsam mit Pavol mit dem Zug vorzufahren.

»Heute schmeißen wir die Mama und den Kleinen raus und wir zwei Männer fahren alleine«, zwinkerte Adam Jan verschwörerisch zu, »und unterwegs gibt's Würstchen und Bier – also für mich das Bier und für dich die Würstchen«, hatte er auf Lenkas strafenden Blick hin schnell hinzugefügt. Jan hatte geschrien und gestrampelt, als ihn Adam in den Kindersitz hob, und konnte nur mit zwei Plastikdinosauriern ruhiggestellt werden, deren Schwänze er bis kurz vor der ungarischen Grenze zerkaute und fein säuberlich in die Ritzen der Rückbank schmierte. Bei der ersten Raststätte war er dann endlich eingeschlafen und Adam hatte überlegt, ob er ihn aufwecken solle, der Kopf des Kindes war grotesk verdreht und ein dinosaurierblauer Speichelfaden troff aus seinem Mund, und ganz vorsichtig rückte er Jans Kopf gerade. Jan brach in ohrenbetäubendes Geschrei aus. »Adam-Papaa, Eeessen!«, schrie er und Adam griff während des Fahrens hinter den Beifahrersitz und drückte ihm ein paar Cracker in die Hand. Obwohl es Adam nicht mochte, hatte Jan immer schon »Adam-Papa« gesagt, als wüsste er mit instinktiver Sicherheit, dass es noch einen anderen gab.

»Nicht Käckaaa«, klagte Jan und zerquetschte die Kekse mit seinen Fingern, bevor er sich verzweifelt nach ihnen hinunterbeugte.

Adam stand der Schweiß auf der Stirn. Es stresste ihn, wenn Frauen oder Kinder in seiner Gegenwart weinten, und er beschleunigte auf hundertzwanzig, immerhin war er gleich in Györ.

Zu spät erblickte er den Polizisten am Fahrbahnrand, der ihn rechts ran winkte, und sein Herz stockte für einen Moment. Fieberhaft begann er zu überlegen, was er noch angestellt haben mochte, abgesehen von der überhöhten Geschwindigkeit, seine Papiere hatte er dabei, nur seine Hände kamen ihm fürchterlich schmutzig vor. Aber der Polizist wollte etwas anderes.

»Först-Ä-Kit?«, fragte er in schlechtem Englisch, es klang wie Förster-Kit, mit der typisch ungarischen Betonung auf der zweiten Silbe, die Adam augenblicklich in seine Kindheit zurückversetzte, er musste grinsen, die Ungarn konnten ihn einfach nicht ablegen, diesen Akzent, der auch an seinen Eltern klebte wie Pech.

»Först-Ä-Kit, Verletzte«, wiederholte der Beamte aufgeregt, und Adam fuhr erschrocken zu seinem Stiefkind herum, ob ihm schon Blut aus der Nase lief oder etwas Ähnliches, doch es war nur gelblicher Rotz, den der Kleine, verzückt über den süßsauren Geschmack, mit seiner blauen Zunge auffing.

Adam sah sich gezwungen auszusteigen und fluchend packte er den Kofferraum aus, mitten auf der Autobahn, auf der Suche nach dem First-Aid-Kit. Das Kinderspielzeug verteilte sich auf dem Pannenstreifen wie Figuren einer Familienaufstellung, Pavols Stoffschaf, die Giraffe, die Kiste mit den Duplosteinen und die Spielmatte mit den baumelnden Bären.

»Adam-Papa, Bauchweh«, schrie Jan und Adam reichte ihm schnell eine Flasche Cola vom Vordersitz, »ausnahmsweise«, sagte er, »das hilft gegen Übelkeit.«

»Sie wissän, das sähr gefährlich«, sagte der Polizist ernst und nach einer kurzen Schreckenspause realisierte Adam, dass er das Fehlen des Erste-Hilfe-Kastens meinte und nicht das Cola, »ställen Sie vor, Sie haben eine Unfall, und keine Förstär-Kit, und können nicht geben Hilfe«, und Adam begann zu schwitzen, er würde keine Hilfe geben können, welch verantwortungsloser Vater er doch war.

»Vielleicht Ihrä Frau hat?«, fragte der Polizist schadenfroh und deutete auf das Auto, und Adam fragte sich, wo der Typ darin seine Frau vermutete, glaubte der Trottel etwa, er habe sie zwischen der Kühltasche und den Wasserflaschen unter der Fußmatte versteckt?

»Frau mit Zug gefahren«, sagte Adam, das schlechte Deutsch des Polizisten spiegelnd, und der Beamte sagte, »zeigen mal Papier, ob ächte Frau«, und Adam kramte in seinen Dokumenten herum, »ja, sie ist meine Frau, aber nein, das ist nicht mein Kind, aber ihr Kind schon.« Hier war es wieder, das alte Problem, ständig stieß er darauf, wie auf eine Druckstelle im Schuh, und schon sah er das Grinsen in den Mundwinkeln des Polizisten.

»Zeigen Pass«, sagte der Ungar und Adam hätte ihn auf den Mond schießen können, doch er machte besser alles, was er sagte, denn aus dem hinteren Teil das Autos hörte er bereits Jans immer lauter werdende Stimme, »Adam-Papa, Luluuu!!«

Als der Ungar endlich all seine Papiere ausgefüllt und ihm feierlich einen Zettel mit seiner Geldstrafe gereicht hatte, war Jans Stimme heiser und Adam rief genervt, »ich kann dich hier nicht herausnehmen, Jan, wir sind mitten auf der Straße, ich gebe dir den Topf und wir leeren ihn später aus!«

Während Jan versuchte, in halbsitzender Stellung in den Nachttopf zu pinkeln, was nicht einfach war, räumte Adam schwitzend all den Kram aus dem Kofferraum wieder ein, die Kühltaschen, die Proviantdosen und zuletzt die Stofftiere, dann klappte er den Deckel zu und wischte sich den Schweiß von der Stirn.

»Bist du fertig?«, fragte er beim Einsteigen und Jan nickte ernst und reichte ihm den Blechnapf, in dem eine gelbe Flüssigkeit schwappte.

Adam stellte ihn neben sich auf den Beifahrersitz, ein wenig tropfte daneben, aber so war das eben mit Kindern, man hinterließ überall Flecken, ob Milch, Urin oder Pastinakenbrei, wie archäologische Überreste des Modells Familie. Es war schon spät, Lenka würde sich fragen, wo sie blieben, er war ohnehin schon etwas später als geplant losgefahren und verspätete sich wegen der schwachsinnigen Polizeikontrolle noch mehr, und plötzlich kam ihm der Gedanke, einfach alles im Fahren zu erledigen, wozu stehen bleiben, um den Nachttopf auszuleeren, weit und breit war kein anderes Auto zu sehen, die Gelegenheit war günstig.

Er kurbelte das Fenster hinunter und mit einem schwungvollen Bogen leerte er im Fahren den Topf aus, hatte jedoch den Fahrtwind nicht bedacht, der ihm entgegen blies und die Flüssigkeit wie eine Welle zurückschwappte – mitten in sein Gesicht.

Vom Rücksitz klang helles, wieherndes Lachen, »Adam-Papa nass, hahahaaa«, und sein Gesicht verzerrte sich vor Ekel, beinahe hätte er das Lenkrad losgelassen, einen Moment lang verspürte er eine böse Lust, den Kindersitz samt Inhalt irgendwo am Straßenrand auszuladen und alleine weiterzufahren, irgendwohin, nach Italien beispielsweise, sein Handy aus dem Fenster zu werfen, so dass auch seine Frau ihn nicht mehr erreichen konnte, und einfach zu verschwinden, doch sofort hatte er wieder die Kontrolle über sich und grinste schief, während er sich Jans Urin aus dem Gesicht wischte, der ihm von Wimpern und Augenbrauen tropfte.

»Jetzt hast du was zu erzählen für die Mama«, sagte er mit gespielter Fröhlichkeit, »siehst du, wie lustig unsere gemeinsame Fahrt ist«, und während er in Balatonfüred einfuhr, hörte er es schon, das unheilvolle Würgen, mit dem Jan die Cracker, gemischt mit Cola und tintenblauen Plastikresten, auf den Rücksitz erbrach.

Lenka, die mit dem Zug vorausgefahren war, empfing ihn in der Pension, gereizt wie immer.

»Endlich bist du da«, stichelte sie, »immer muss man auf dich warten; Pavol vermisst seine Spielmatte, du weißt schon, die mit den baumelnden Bären«, und Adam lief zum Auto, um die Bären zu holen, doch die Spielmatte war weg.

»Pielmatte, Pielmatte!«, schrie jetzt auch Jan, der, erleichtert nach dem Erbrechen, zu seiner Form zurückgekehrt war und den Verlust soeben bemerkte, und Lenka korrigierte ihn sofort auf ihre nervtötende Weise, »›Spielmatte‹, es heißt ›Spielmatte‹, mit einem ›Sch‹ und einem ›P‹«, und Pavols Mundwinkel verzogen sich drohend nach unten, »hab gesagt, Sielmatte«, und Lenka kreischte »SPielmatte!! SP wie bei…«, und Adam schrie, »jetzt seid doch ruhig, ihr seid wie zwei Papageien, davon bekommt man Kopfschmerzen!«, und beide starrten ihn wütend an, zumindest im Zorn waren sie sich einig, und Lenka sagte, »jetzt sag bloß nicht, du hast sie beim Auto-Einladen in Ingolstadt vergessen!«

»Noch schlimmer«, murmelte Adam zerknirscht, »ich habe sie offenbar auf dem Pannenstreifen der Schnellstraße vergessen.«

»Bär! Mein Bääär!«, brüllte Jan und trommelte mit seinen kleinen Fäusten auf Adams Unterschenkel ein, »du macht Bär tot, auf schnellen Straße«, und Lenka starrte Adam entsetzt an, als sei er ein Mörder, und Jan fiel unter Tränen, doch in überraschend perfektem Deutsch ein, »das ist, weil du nicht mein richtiger Papa bist, ein richtiger Papa macht sowas nicht.«

Am nächsten Sonntag flüchtete Adam vor dem üblichen Tohuwabohu in sein Institut; er musste ein Kapitel seines Werkes über altkatholische Familienethik schreiben. Die Zielgruppe war klein, zugegebenermaßen, er hatte von Anfang an gewusst, dass es kein Bestseller werden würde, aber darum ging es ihm gar nicht. Er erschrak, als er ein leises Klopfen am Fenster hörte. Sein Büro war ebenerdig, durch die Milchglasscheiben konnte er nicht sehen, wer sich auf der Straße befand.

So stand er auf, verließ sein Zimmer und eilte den leeren Gang in Richtung Tür entlang. Wer störte ihn heute, vielleicht die Putzfrau, die etwas vergessen hatte? Viele Leute konnten es nicht sein, er war zwar der Direktor der Abteilung, jedoch bestand diese nur aus zwei Personen; ihm selbst und seinem Gehilfen Markus, der über das Wochenende verreist war.

Als Adam die Tür öffnete, wehte ihm der raue Wind ein paar Regentropfen entgegen. Vor ihm stand eine junge Frau; sie hatte die Kapuze ihres Parkas über den Kopf gezogen, aus der ein paar lockige Haarsträhnen quollen.

»Guten Tag«, sagte Adam verwundert.

»Guten Tag«, sagte die Frau. »Sie kennen mich wahrscheinlich nicht, aber ich kenne Sie – von Ihrer Vorlesung. Ich studiere hier in Ingolstadt Theologie und wollte seit Längerem Kontakt zu Ihnen aufnehmen. Jetzt bin ich hier vorbeigegangen und habe gesehen, dass sich hinter der Scheibe jemand bewegt… entschuldigen Sie, dass ich einfach so hereinplatze.«

»Keine Ursache«, sagte Adam förmlich. »Was brauchen Sie denn?«

»Hmm«, die Frau räusperte sich. »Ich möchte Sie etwas fragen zu der Arbeit, die ich plane, also zu der Doktorarbeit in altkatholischer Familienethik vor dem Hintergrund des Scheidungsrechts.«

Adam nickte.

»Nur zu«, sagte er, erfreut über die unerwartete Gesellschaft, »kommen Sie herein, möchten Sie eine Tasse Tee?«

Die junge Frau schob sich erleichtert die Kapuze aus dem Gesicht und schüttelte ihre dunklen Haare, die zu ihrer hellen Haut einen reizvollen Kontrast bildeten und Adam unwillkürlich an Schneewittchen denken ließen.

»Ich bin Agnes«, sagte sie und streckte ihm die Hand hin, mit abgekauten Fingernägeln, die Adam aus irgendeinem Grunde rührten.

»Verbringen Sie den freien Tag gar nicht mit der Familie?«, fragte sie.

Adam zuckte die Schultern.

»Ich weiß nicht«, sagte er, »um ehrlich zu sein, habe ich zu tun und ich arbeite sehr gerne.«

»Ach so«, sagte sie und er erkannte die Andeutung eines Lächelns in ihrem Gesicht. »Wissen Sie... ich habe Ihnen oft zugehört. Ich bewundere Ihre Vorlesungen.«

Adam sah sie überrascht an. Es war, als habe sie mit diesem Satz etwas in seinem Innersten gestreichelt, das ständig von allen übersehen wurde.

»Vielen Dank«, sagte er verlegen. Eigentlich wollte er sagen, dass an ihm nichts Bewundernswertes war, dass er zwar Professor war, doch kein Geld damit verdiente; Bücher schrieb, die niemand las, und zwei Kinder hatte, die gar nicht seine eigenen waren, doch er entschied sich zu schweigen.

Sie umriss in wenigen Worten ihre Arbeit, was Adam gar nicht so sehr interessierte, vielmehr überlegte er, von welcher Vorlesung er die Frau kannte, es wollte ihm nicht einfallen, und irgendwann sagte Agnes, »ich muss dann gehen, darf ich nächsten Sonntag wiederkommen?«

Adam nickte, »jederzeit«, sagte er und er sah ihr zu, wie sie ihren Parka zuknöpfelte und die Türe öffnete. Er bedauerte, dass es nicht mehr regnete; sie hatte in ihm den Wunsch geweckt, ihr einen Regenschirm zu borgen.

»Bis nächsten Sonntag«, sagte sie und er atmete auf. Erst als sie gegangen war, fiel ihm ein, dass sie ihre Frage, wegen der sie gekommen war, gar nicht gestellt hatte.

Kapitel 3

In den Tagen vor ihrem ersten Nachtdienst fand Tünde keinen Schlaf. Sie wachte zehnmal auf; aus Albträumen, in denen Patienten starben, weil sie Infusionen verwechselt hatte und an allem schuld war. Im St. Ehrentraud begann ein Nachtdienst um sechs Uhr fünfundvierzig in der Früh. In der Nacht war dann ein einziger Turnusarzt für fast alle Stationen außer der kleinen Intensivstation verantwortlich und blieb bis zum nächsten Nachmittag. Tünde konnte sich nicht vorstellen, wie sie es schaffen würde, zweiunddreißig Stunden lang zu funktionieren. Sie musste an Mariellas Worte denken: »Irgendwann wird das System crashen, und dann wird es überhaupt keine Turnusärzte mehr geben.«

»Das glaube ich nicht«, hatte Tünde geantwortet. »Irgendwann werden die Verantwortlichen einsehen, dass man nicht zweiunddreißig Stunden durcharbeiten kann.«

»Tja, dann werden sie die Dienste eben kürzen, aber nicht mehr Ärzte einstellen«, hatte Mariella bitter aufgelacht. »Dann wird es im Endeffekt ein Drittel Ärzte weniger geben. Und der Öffentlichkeit wird es als Verbesserung verkauft. Wetten wir?«

Zum Glück gab es Verena, die dienstälteste Turnusärztin. Verena war groß und schlank, hatte leuchtendgrüne Augen und zwischen ihren weißen Zähnen blitzte das Silber einer Zahnspange hervor, von der Tünde nicht wusste, weshalb sie sie trug, denn perfekter konnten Zähne nicht sein. Sie versprühte die Aura teflonartiger Coolness, gepaart mit einer großen Portion Hilfsbereitschaft, und vor allem fehlte ihr das Hinterlistige, das vielen Ehrentraud-Ärzten anhaftete. »Komm, ich zeige dir das Dienstzimmer«, sagte sie und führte Tünde die klapprige Hühnertreppe entlang, die aussah, als sei sie noch vor dem Ersten Weltkrieg gebaut worden.

Das Dienstzimmer war spartanisch eingerichtet: Ein Bett, ein Stuhl, ein Schrank. Vor dem Fenster war ein engmaschiges Fliegengitter, das selbst bei weit geöffnetem Fenster kein bisschen Frischluft hereinzulassen schien, die Möbel aus den Siebzigerjahren erinnerten, passend zum gastroenterologischen Schwerpunkt des Spitals, an Gallensaft.

»Ich hab mich hier auch sofort unwohl gefühlt«, sagte Verena fröhlich. »Aber du wirst hier ohnehin nicht viel Zeit verbringen. Rauchst du?«

Tünde schüttelte den Kopf.

»Schade«, sagte Verena, während sie sich eine Zigarette anzündete. »Es gibt hier nämlich keine Rauchmelder. Die gab's damals noch nicht. Macht nichts. Du wirst irgendwas anderes finden. Manche rauchen, andere trinken oder schlucken Medikamente...«

Tünde sah sie an. »Da ist noch etwas«, sagte sie zögernd. »Was mache ich, wenn in meinem Dienst jemand stirbt?

Weißt du, ich hatte immer schon Probleme mit dem Tod.«

Verena lachte und ihre Zahnspange blitzte. »Okey dokey«, sagte sie. »Also zuerst fällt es sowieso den Schwestern auf, nur wenn die sagen, dass einer tot ist, dann ist er wirklich tot. Dann gehst du hin, schaust, ob er die Augen zu hat, fühlst, ob er kalt ist, horchst, ob er noch atmet, schreibst ein EKG und rufst die Angehörigen an. Ganz einfach.«

Tünde suchte nach den richtigen Worten, »aber ich meine, wie geht man sonst damit um«, und Verena musterte sie verblüfft, »wieso«, fragte sie, »der Tod gehört doch zu unserem Job?«

Tünde wagte nicht, weiterzufragen. Sie wollte nicht zugeben, dass sie sich ganz und gar nicht an diesen Gedanken gewöhnt hatte.

Eine versteckte Erinnerung, die sich seit ihrer Kindheit schlafend gestellt hatte, erhob den Kopf. Es war ein leuchtender Spätsommernachmittag in Budapest gewesen, wie man sie aus der Kindheit in Erinnerung hat. Staunend war Tünde die Gänge des Semmelweis-Museums entlanggelaufen, in das sie ihre Mutter mitgenommen hatte, als könnte sie durch die hohen Fenster die schrägen Strahlen der Nachmittagssonne einfangen, die die Staubkörner tanzen ließen und alle Gegenstände in ein geheimnisvolles Licht tauchten: Die Vitrinen mit den Wachspuppen greisenhafter, an den Köpfen zusammengewachsener Zwerge; die Schaukästen mit schauderhaften Metallklemmen und Geburtszangen darin. Doch all die schaurigen Dinge waren dennoch nichts gegen die

Kabelpuppe, die, ihrer Erinnerung nach, in einem Glaskasten ganz alleine in dem riesigen Saal gestanden war.

Sie wurde von einer dicken Museumswärterin bewacht, die auf einem Hocker saß und Blumen auf ein Zierkissen stickte. Der gläserne Sarg stand auf vier grazilen Beinen mitten im Saal und Tünde reichte mit ihrem Kopf bis knapp an seinen Boden heran. Von unten aus erkannte sie die Umrisse einer lebensgroßen Gestalt und zupfte ihre Mutter ungeduldig am Rock, weil sie sehen wollte, was sich darin befand. Sie spürte den Schauer vor einem Anblick, den man nicht sehen will, und schon gab ihre Mutter dem Drängen nach, hob sie hoch, und Tünde blickte mitten in das Grauen hinein. Vor ihr lag eine erwachsene Frau mit blauen Glasaugen, leidendem Gesichtsausdruck und langen, blonden Haaren, auf dunkelgrünen Samt gebettet. Von der Stelle zwischen ihren Brüsten bis oberhalb der Schamhaare klaffte ein ovales Loch mit der naturgetreuen Nachbildung der inneren Organe darin. Gelähmt vor Entsetzen starrte Tünde auf den Glaskasten. Bislang hatte es genügt, dass sie einfach existierte, und außer der Feststellung, dass sie in kleinen Details anders aussah als ihr Bruder, hatte sie sich noch keine Gedanken über die Einzelheiten eines Körpers gemacht, geschweige denn, wie er von innen aussah. Die Erkenntnis, aus roten und blauen Klumpen und Kabeln in einer dünnen, verletzlichen Hülle zu bestehen, versetzte sie in solche Panik, dass sie den Mund öffnete und zu schreien begann und nicht aufhörte, bis die Museumswärterin sie und ihre Mutter kurzerhand hinauswarf. Von diesem Tag an bevölkerte die aufgeschnittene Schreckensgestalt, die sie Kabelpuppe nannte, ihre Träume, und als Jahre darauf der Demonstrator im Seziersaal die Plane von den Leichenteilen zog, saugte sich ihr Blick an der Seziersaalleiche fest wie damals an der Kabelpuppe, und sie fragte sich, ob es das Streben nach der Überwindung ihrer Angst gewesen war, das sie dazu gebracht hatte, Medizin zu studieren, obwohl sie schon den Sezierkurs mit jeder Faser ihres Herzens hasste. Die Funktionen der Muskeln erschienen ihr abstrakt an den leblosen Gliedern, sie scheiterte an den Namen der Schädellöcher, beliebige lateinische Wörter, die sie sich nicht merkte, obwohl sie Liebesgedichte Ovids auswendig konnte. Sie entwickelte eine Allergie auf das Formalin, in das die Leichen eingelegt waren. Schon im Umkreis des Anatomischen Institutes, also ungefähr ab dem Sigmund-Freud-Park vor der Votivkirche, spürte sie, wie ihr Gesicht zwetschkenblau anlief wie das des hypoxischen Säuglings, der sie gewesen sein musste. Sie sehnte sich nach schönen Sätzen und Wörtern, stattdessen musste sie den Gesichtsnerv aus einem leblosen Schädel schnitzen, dessen Gedanken längst ausgelöscht waren, man musste das ausblenden, um damit arbeiten zu können wie mit einem Stück Holz. Tünde war meist so ungeschickt, dass der Nerv abriss und sie ihn dann wie den Bart des Tutanchamun mit UHU-Kleber wieder zusammenkleben musste, um bei der Prüfung nicht durchzufallen. Am schlimmsten war der Hohlraum hinter dem Gesicht, das zum Präparieren der Schädelbasis einfach hochgeklappt wurde. Ihr graute davor, wie beweglich solch ein Gesicht war. Das, was den Menschen ausmachte, war in Wahrheit nur eine dünne Muskelplatte. Als sie kurz vor der Prüfung zu Hause ihr Lehrbuch aufschlug, fiel ihr ein Fetzchen ehemals in Formalin eingelegtes Muskelfleisch entgegen, das irgendwie in ihr Buch gelangt war und auf der Seite einen Fettfleck hinterlassen hatte, und sie musste sich übergeben. Nichts war ihr jemals so ekelhaft vorgekommen; weder die in der Formalintruhe aufeinandergestapelten Körperscheiben, noch die Unterleiber, die mit den Beinen nach oben auf die Seziertische gestellt worden waren, um fein säuberlich Nerven und Muskeln von Vulven und Penissen auseinanderzuzupfen: Nichts war ihr so grauenhaft erschienen wie dieses Stück Menschenfleisch in ihrem Wohnzimmer. Sie dachte damals, es könne nichts Schlimmeres kommen; wie sehr hatte sie sich geirrt.

Auf der Pathologie waren die Leichen im Gegensatz zu jenen im Anatomischen Institut nicht puppenartig wächsern, sondern frisch und teilweise sogar noch warm. Sie hatten lackierte Fingernägel oder einen Teddybären im Arm. Ein Fluchtreflex durchzuckte Tündes Beine, als sie zum ersten Mal durch das runde Fenster der Tür zum Pathologieseziersaal blickte, doch er wurde zur lähmenden Erstarrung. In kaltem Neonlicht lagen drei Körper mit geöffneten Bäuchen auf hohen Metalltischen, das Gedärm in verschiedenen Rottönen, die Szene war mit dem knirschenden Geräusch der Säge untermalt, die dem ersten Körper soeben die Schädeldecke abfräste. Was machst du hier, renn weg, so schnell dich die Beine tragen, schrie ihr ein Teil ihres Selbst zu, doch der andere Teil lähmte ihre Beine, sie konnte sich nicht bewegen; wenn sie jetzt wegrannte, würde sie keine Ärztin werden, dann hatte sie all die Jahre umsonst verschwendet. Den sensiblen Teil von ihr abspaltend, betrat sie hinter den anderen Studenten den Saal, dessen Gestank nach Stuhl und verwesendem Fleisch, wie nach faulen Eiern, sie umwarf, bis ihr Körper nachgab und sie vor den blutigen Organen in Ohnmacht fallen ließ.

Als sie auf dem Steinboden zusammengekauert wieder zu sich kam, fragte sie sich, ob sie das wirklich wollte, doch ihre innere Stimme war zur Hälfte stumm, sie konnte nur die andere Hälfte hören, und so schleppte sie sich wieder in den Saal, in dem der Assistent mit seinem Finger aus einem imaginären Malkasten aus Blut, Kot und Gallensaft neben der Leiche eine Blume malte.

Von da an sah sie drei Wochen lang schweigend zu, wie Bäuche aufgerissen, Schädel aufgesägt, bleiche Gehirne, die tatsächlich aussahen wie Walnüsse, in Scheiben geschnitten wurden; sie versuchte, eine gewisse Schönheit darin zu erkennen und es wurde zu Werkmaterial, zu blutiger Knetmasse, in der der Pathologe einen Tumor erkennen konnte, einen Schlaganfall oder eine Schrumpfung. Als die drei Wochen vorbei waren, konnte sie langsam wieder Fleisch essen, ohne daran zu denken, wie zäh sich wohl menschliche Muskeln kauen ließen; sie hörte auf, sich im Bus die Menschen mit offenem Bauch und blutig marmorierten Innereien vorzustellen. Irgendwann hatte sie ihre innere

Stimme erfolgreich unterdrückt, sie wurde leiser und leiser und verstummte schließlich ganz.

»Also die Toten sollten kein Problem sein«, fuhr Verena fort. »Mit Schwester Walfrieda musst du hingegen aufpassen. Sie ist nicht nur für die Dienstkleidung zuständig, sondern auch für die Dienstzimmer. Sie macht die Betten und putzt, und meistens schnüffelt sie dank ihres Universalschlüssels in den Kästen herum. Manchmal fehlt irgendwo ein Knopf oder die Tasche eines weißen Mantels ist abgerissen, dann tauscht sie diese wie von Zauberhand aus – leider auch andere Sachen.« Sie grinste.

»Und weißt du, was das Allerwichtigste ist? Was du immer im Nachtdienst mithaben solltest?«

Tünde schüttelte den Kopf. »Vielleicht ein Lexikon«, sagte sie dann, »oder Psychopeace-Tropfen. Einen Defibrillator?«

Verena grinste und schüttelte den Kopf.

»Alles falsch«, lachte sie. »Nimm immer einen eigenen Pyjama mit. Das ist das Wichtigste. Damit hat man sogar im verrücktesten Nachtdienst ein kleines bisschen Normalität.«

»Du schläfst im Nachtdienst im Pyjama?«, fragte Tünde verblüfft. Eigener Pyjama – das klang gut. Sie fühlte sich wie ein Kind, das seinen Teddybären in den Kindergarten mitnehmen darf.

»Und was machst du, wenn du mitten in der Nacht auf die Station gerufen wirst, weil ein Patient einen Herzinfarkt hat?«

Verena lächelte würdevoll.

»Man kann auch im Pyjama Leben retten«, sagte sie.

Am nächsten Morgen entdeckte Tünde mit weichen Knien auf der Diensttafel das kleine silberne Schildchen, auf dem ihr Name stand. Sie konnte nicht anders, ein leiser Stolz stieg in ihr auf und sie fühlte sich fast bedeutungsvoll, bis sie jemanden rufen hörte: »Aus dem Weeeeg!«

Scheppernd fuhr ein Wagen, bis obenhin mit Putzmitteln beladen, an ihr vorbei und Tünde sprang im letzten Moment zur Seite. »Ich kann nichts dafür, wenn Sie immer träumen, Frau Doktor«, rief ihr eine kleine violetthaarige Dame über ihre Schulter hinweg nach.

»Das war Basia, die Stationshelferin«, erklärte Verena später. »Man spricht sie aus wie ›Pascha‹, nur mit weichem B.« Sie reichte Tünde ihren Pager, den sie im Dienst mit sich tragen musste.

»Mach dir nicht so viele Sorgen«, sagte sie. »Das ist dein erster Dienst. Sie werden sicher Verständnis dafür haben.«

Tünde war sich da nicht so sicher.

»Mit wem hast du denn Dienst?«, fragte Verena.

»Mit dem Dragotic und der Heller«, sagte Tünde.

»Okay«, meinte Verena. »Wenn du Probleme hast, ruf Drago an.«

Als nächstes lernte Tünde, was sie ihr ganzes Turnusärzteleben lang begleiten würde, nämlich, dass es bei manchen Sachen immer Ärger gibt, egal, wie sehr man sich bemüht.

»Ich meine nicht die Art von berechtigtem Ärger, wenn einem ein Fehler unterläuft«, hatte Verena gesagt. »Was ich meine, ist das Problem, dass ein einzelner Mensch nicht an drei Orten gleichzeitig sein kann. Die Infusionen müssen aber auf jeder Station zu exakt derselben Zeit angehängt werden. Folglich beschweren sich Schwestern und Patienten, wenn du zu früh dorthin kommst, und sie beschweren sich noch mehr, wenn du zu spät kommst. Du kannst es machen, wie du willst... wenn du alle sechs Stationen betreust, gibt es irgendwo immer Ärger. Es ist wie bei der ›Reise nach Jerusalem‹, wo es immer zu wenig Stühle für die Mitspielenden gibt. Mit der Zeit wirst du das aber lustig finden.«

Tünde hatte das Gefühl, als senke sich eine schwere Last auf ihre Schultern.

»Diese Art von Ärger ist nicht vermeidbar«, hatte Verena gesagt. »Sie gehört zu den Schattenseiten unseres Berufs; so, wie das Risiko, sich eine infizierte Nadel ins Fleisch zu stechen oder Todesnachrichten zu überbringen. Man muss sich dem einfach stellen.«

Tünde überlegte. »Könnte man es nicht lösen, indem man einfach noch ein paar Turnusärzte anstellt?«, fragte sie. Verena lachte und ihre Zahnspange blitzte. »Nicht hier in Österreich«, sagte sie.

Aus dem Pager ertönte ein ohrenbetäubendes Quietschen. Tünde hastete zum nächstbesten Telefon und wählte die vierstellige Nummer der alarmierenden Station, die auf dem Display blinkte.

»Frau Doktor«, klang drohend die Feldwebelstimme von Schwester Marylou von der Internen Frauenstation, deren Spitzname »Black Mary« war.

»Was ist mit den Infusionen«, bellte sie. »Wo zum Teufel stecken Sie?«

»Ich musste bei einer Operation assistieren«, verteidigte Tünde sich schüchtern. »Es hat länger gedauert. Ich komme sof…«

Es tutete. Marylou hatte aufgelegt. Wieder quietschte der Pager; diesmal eine andere Nummer.

»Frau Doktor! Die Infusionen warten! Haben Sie gut geschlafen?«, flötete Annabella, die falsche Schlange von der Chirurgie-Klassestation.

»Ich habe nicht geschlafen! Ich komme sof…«, rief Tünde. Verdammte Annabella, Tünde wusste, dass sie im Schwesternzimmer saß, Gauloises rauchte und nur auf eine Gelegenheit wartete, ihr eins auszuwischen. Wieder quietschte der Pager.

»Was ist los? Sind Sie überfordert?« Diesmal war es Schwester Manuela von der Internen Männerstation. Tünde hielt den Hörer mit der linken Hand an ihr Ohr, während sie mit der rechten hektisch die Glasampullen aufbrach, um die Medikamente, die sie sich schon vormittags zurechtgelegt hatte, in die Infusionsflaschen zu mischen. Plötzlich schrie sie auf. Sie hatte sich mit dem Glas tief in den Finger geschnitten und dabei ein gut durchblutetes Gefäß erwischt. Das Blut war auf ihren weißen Kittel gespritzt, lief in Strömen über ihre Hand. Sie sah aus, als habe sie ein Schwein geschlachtet.

»Was machst du denn da«, hörte sie eine Stimme hinter sich – es war Lisa, die nette junge Schwester von der Herzüberwachung. Tünde war froh, mit Lisa Dienst zu haben. Sie hatte ihr erzählt, dass viele der jüngeren Schwestern sich in dem System ebenfalls nicht wohlfühlten, weil sie gern mehr Verantwortung übernommen hätten, während die älteren darauf bedacht waren, ihre Pfründe zu verteidigen und ungeliebte Routinetätigkeiten ganz den Turnusärzten überließen, was in anderen Ländern ein Skandal sei. Im St. Ehrentraud war es besonders schwierig: Hier war jede auch noch so banale Tätigkeit Turnusärztesache, vom Zusammensuchen und Beschriften der Blutröhrchen über das Blutdruckmessen bis hin zum Zusammenstecken der Infusionsflaschen; Arbeit, die viel Zeit kostete und bei der man nichts Wesentliches über die Patienten lernte. Für Tünde war dies am Anfang kein Problem gewesen, sie ahnte nur noch nicht, dass es die nächsten fünf Jahre lang ihre Haupttätigkeit sein sollte.

»Gib her«, sagte Lisa jetzt. »Hol dir ein Pflaster, sonst besudelst du hier alles.«

Während Tünde den Schnitt an ihrem Finger zusammendrückte, nahm Lisa all die Flaschen, Nadeln und Ampullen von Tündes Arm. »Ich helfe dir«, sagte sie. »Du musst schließlich bis morgen Nachmittag fit sein.«

***

Melinda fand Roberts Liebe zu einfach verdient. Es gab keinerlei Widrigkeiten; sie hatte vom ersten Moment an gespürt, dass er sie wollte, es war kein Geheimnis dahinter, und sie hatte ihn auch gewollt, denn er war nett und sah gut aus – doch ihr fehlte die Dramatik, etwas Dunkles und Gefährliches; etwas Absolutes, dem man etwas anderes opfern konnte, die Sicherheit, die Freunde oder die Beliebtheit bei der Familie. Sie hatte die wahre Liebe immer für ein Aneinanderkrachen in dramatischen Umständen gehalten, so wie in ihrer Lieblingsoper Aida – auf jeden Fall mit einem großen Hindernis, so wie es auch bei ihren Eltern gewesen war.

Im Gegensatz zu Erika war Tamás mit seinen Brüdern László, Mihály und Ernö in einem kleinen Dorf unweit der österreichischen Grenze aufgewachsen. Pereszteg lag in den sumpfigen Weiden rund um den Neusiedlersee. Ihr Elternhaus war ein Bauernhaus mit gestampftem Lehmboden, Plumpsklo und Hühnern vor der Tür. Wasser kam aus dem Brunnen im Hof und jeden Sonntag ging man in die Kirche, um dem lieben Gott zu danken – allerdings, trotz des augenzwinkernden »Gulaschkommunismus«, lieber verstohlen.

»Ein Sohn wird Lehrer, einer übernimmt den Hof und einer wird Priester«, hatten seine Eltern gesagt. Unglücklicherweise wollten seine Brüder nichts davon wissen, denn Mihály war taubstumm und wurde zu Hause versteckt, der sanfte László wollte ein Feld kaufen und Kamillentee anbauen und Ernö interessierte sich nur für die Hobelbank.

Nur er, Tamás, wäre gerne Priester geworden. Er hatte schon als Kind die Atmosphäre in der Dorfkirche aufgesogen, mit gierigen Atemzügen, den Hauch des Himmels, der solch ein Gegensatz zur bedrückenden Enge seines kleinen Elternhauses war. Immerhin war seinen Eltern die Hoffnung geblieben, dass er vielleicht Geistlicher werden würde, daher hatte er in der Landwirtschaft und auf den Feldern weniger arbeiten müssen als seine Geschwister. In der Schule hatte er sich unbeliebt gemacht, da er öffentlich bekannte, an Gott zu glauben und dafür Ohrfeigen vom Lehrer kassierte. Russisch zu lernen hatte er gehasst, da er diese Sprache mit den bedrohlichen Sowjets assoziierte, über deren Agrarreformen sein Vater immer schimpfte. »Sie haben uns arm gemacht, die verdammten Bolschewiken«, sagte er immer, »sie wollten alle gleich machen, aber jetzt sind alle arm und sie bereichern sich selbst in ihren Regierungspalästen, und die anderen schicken sie in Gulags. Es geht letztlich doch nur immer um die eigene Gier.«

Nach dem Einmarsch der sowjetischen Truppen im Zuge des Ungarischen Volksaufstandes 1956 hatte Tamás erkannt, dass er in seinem Heimatland nie so würde leben können, wie er sich das vorgestellt hatte. Er war damals siebzehn Jahre alt. Als sein Bruder László zum ersten Mal vorgeschlagen hatte, über die Grenze nach Österreich zu gehen, hatte er ihm einen Schubs gegeben, dass László der Länge nach im Schlamm gelandet war.

»Bist du verrückt geworden?«, hatte er gerufen. »Vater bringt uns um.« Doch dann setzte sich der Gedanke auch in seinem Kopf fest, und er konnte sich nicht davon lösen.

Tamás machte sich mit seinen drei besten Freunden Pali, Balázs und Laci einen Treffpunkt aus. »Hört zu, morgen Nacht an der Mauer bei den Feldern, wir hauen ab, nach Österreich, wer kommt mit?« Es war ein Abenteuer; sie würden nicht lange bleiben und wenn sie wiederkämen, wäre wieder alles vorbei. Sie gehörten zu hunderttausenden Ungarn, die in den Herbsttagen 1956 nach Österreich flüchteten, von denen es zehntausende nicht schafften und ermordet wurden.

In der regnerischen Herbstnacht stapften sie los; sie hatten die Rübenfelder bei Hanság gewählt, ein Geheimtipp von Lacis Onkel, der ihnen geraten hatte, es erst gar nicht beim Tag und Nacht überwachten Eisernen Vorhang zu versuchen, sondern bei der Stelle unweit des Einserkanals, wo es weniger Hochstände und Scheinwerfer gab.

Sie hielten sich geduckt im Dunklen und es klappte ganz gut, immer einen Fuß vor den anderen – noch ein Schritt – noch ein Schritt – die Erde stob ihnen ins Gesicht, doch das war ihnen egal – erst, als sie Schüsse hörten, rannten sie los. Sie wussten nicht, woher die Schüsse kamen, rannten um ihr Leben, wichen hakenschlagend den Scheinwerfern aus. Als sein Körper in den Einserkanal tauchte, blieb Tamás kurz die Luft weg, die Kleidung zog schwer an ihm, zog ihn hinunter und er wusste nicht mehr, ob er es schaffen würde; die Flut war überraschend stark und als ihn nur noch einige Schwimmzüge vom anderen Ufer trennten, fiel ein weiterer Schuss und Laci schrie auf; Tamás kraulte mit dem Kopf unter Wasser weiter, ›ich bin der Nächste‹, dachte er, ›der nächste Schuss trifft mich.‹ Doch er war nicht tot, er spürte wieder den Boden unter seinen Füßen und stolperte die Böschung hinauf, mit gebeugten Knien, das Gebüsch riss seine Hose auf, das Wasser war von Scheinwerfern beleuchtet, aber das eine Ufer lag im Schatten und rettete sein Leben. Er rannte weiter, wieder auf einem dunklen Feld, von dem er nicht wusste, dass es schon zu Österreich gehörte. In der Ferne sah er den beleuchteten Kirchturm von Pamhagen und Pali und Balázs waren auch noch da, nur Lacis Leiche musste irgendwo in Richtung Donau getrieben sein.

Er vergaß diese Nacht ein Leben lang nicht, sie verfolgte ihn in seinen Träumen und viele Jahre hörte Tünde ihn nachts aufschreien und hämmerte gegen die Wand; und irgendwann würde sie dann wissen, ihr Vater hatte wieder Panik und diesen seltsamen Schwindel, und dann würde Tünde ihn in der Christophklinik besuchen und er würde im blauen Bademantel in der Vorhalle sitzen, mit leerem Blick, »es ist alles gut, Herzchen«, und sie würde wissen, dass er nicht die Wahrheit sagte.

Die Bauernfamilie, vor deren Haus in Pamhagen sie gestolpert waren, stellte nicht viele Fragen und überließ ihnen drei Decken und Polster im warmen Heuschober des Kuhstalls. Nach ein paar Tagen wurden sie vor dem Gemeindeamt in einen klapprigen Postbus gesetzt, der sie direkt ins Flüchtlingslager Traiskirchen brachte, das sich mehr und mehr füllte. Die Bauern in den umliegenden Höfen spendeten Stroh, so dass die Menschen ihren Sack zum Schlafen damit stopfen konnten.

Die Österreicher boten an, Menschen aufzunehmen, sie legten Listen an, welche Art von Flüchtling sie haben wollten und wozu; es war purer Zufall, dass für die Innsbrucker Familie, die kein Kind bekommen konnte, kein Baby mehr da war, das sie gern gehabt hätten, sondern stattdessen nur ein Siebzehnjähriger, der aber zu Gartenarbeit bereit war.

»Glaubst du an Gott?«, wurde Tamás von seinem künftigen Pflegevater gefragt, immerhin waren sie eine sehr katholische Familie, und Tamás hatte ernsthaft genickt und so nahmen sie den halbwüchsigen Ungarn auf.

Als Tamás es geschafft hatte, nach zwei Jahren die Matura zu machen, hatte er überlegt, was er studieren solle, und da er die Welt sehen, reisen und Italienisch lernen wollte, schlug sein Pflegevater vor, »was hältst du von Priester?« Da könne er nach Rom, in den Vatikan, und all die Kunstschätze sehen. Tamás schien der Rat vernünftig, und so willigte er ein, ins Priesterseminar in Wien einzutreten, wo es ihm gefiel; die strengen Regeln gaben ihm Halt im Leben und außerdem konnte er hier über Gott diskutieren, ohne Ohrfeigen zu kassieren. Die Tatsache, dass ihm sogar in Aussicht gestellt wurde, diplomatischer Vertreter im Vatikan werden zu können, war es ihm wert, den Wunsch nach einer Frau eine Weile zu unterdrücken; einen Wunsch, der daraufhin lange Zeit im Hintergrund stand, bis er Erika kennenlernte.

Sie hatte in Budapest Kunst studiert, war eine begabte Bildhauerin gewesen und eine schöne Frau, die für die Renaissance schwärmte und sich nichts sehnlicher wünschte, als einmal nach Rom oder Griechenland zu reisen. Allerdings war es unmöglich, ein Visum zu bekommen – die kommunistische Regierung fürchtete nichts mehr, als dass ihre Bevölkerung verschwinden und im Ausland bleiben könnte. So kannte Erika die Objekte ihrer Sehnsucht nur aus Bildbänden und alten, knarrenden Filmen, die ihrem Vater gehörten, der einst eine Fotokamera besessen hatte, bevor ihm die Regierung alles abnahm, da Besitz – die Prunkpaläste der Regierenden ausgeschlossen – allen gehörte.

Während die Frauen in den Nachbarländern ihre BHs verbrannten, beschäftigte sich Erika, der Elvis Presley als »amerikanischer Mist« streng verboten war, mit der Frage, wie sie Rom oder Athen sehen könne.

Ihre Freundin Marika hatte schließlich eine zündende Idee.

»Ein Freund von mir kennt einen ungarischen Priester, der in Rom als Fremdenführer arbeitet«, sagte sie. »Er ist beim Aufstand nach Wien geflüchtet und ist kurz davor, beim Vatikan aufgenommen zu werden. Zufällig ist er nächste Woche in Budapest. Vielleicht kannst du ein Visum beantragen und dich ihm anschließen, wenn er nach Rom zurückfährt. Da er Priester ist, wird keiner annehmen, dass du mit ihm abhaust.«

Erika hatte gestaunt, dass die Regierung einen Priester aus dem Vatikan einreisen ließ, und hatte unverzüglich das Amt für Auswärtige Angelegenheiten aufgesucht.

»Wie können wir sichergehen, dass Sie zurückkommen?«, sagte der Beamte nach stundenlanger Wartezeit, und bemaß ihren Körper mit Blicken. »Womöglich heiraten Sie ins Feindesland.«

Erika lachte verlegen.

»Ich möchte mein Kunststudium fertig machen und sonst nichts«, hatte sie gesagt. »Es ist für mich wichtig, all die Bauwerke in echt zu sehen, die ich nur aus meinen Büchern kenne. Außerdem reise ich mit einem Priester.«

Der Beamte lachte hämisch.

»Verstehe. Nun gut, Sie sollen Ihr Visum bekommen, wenn es Ihnen so wichtig ist.«

Erika atmete erleichtert auf und wischte sich unauffällig den Angstschweiß von der Stirn, als sie bemerkte, dass der Beamte sie über seinen Brillenrand hinweg fixierte.

»Hören Sie«, sagte er. »Wir wissen, dass Sie einen Bruder namens Botond haben. Ihre Eltern erfreuen sich bester Gesundheit. Falls Sie auf die Idee kommen sollten, nicht mehr nach Ungarn zurückzukehren…« – er legte eine bedeutungsschwangere Pause ein – »…dann wissen Sie, wo Sie ihre Verwandten suchen können. In der Andrássy út. Viel Spaß im Westen wünsche ich.«

Erika erschrak. In der Budapester Andrássy Straße befand sich das Gefängnis des ungarischen Staatssicherheitsdienstes ÁVH, und in dessen Keller das berüchtigte Polizeigefängnis. Fast jeder kannte zumindest vom Hörensagen irgendjemanden, der dort eingesperrt und gefoltert worden war. Die ÁVH war dafür bekannt, willkürlich ernannte Verdächtige nachts aus den Wohnungen zu klingeln. Der Angstzustand der Bevölkerung davor hatte einen eigenen Namen bekommen; Csengöfrász, »Klingelpanik«. Ein Neurologe war Ratgeber bei der Entwicklung der effizientesten Verhörmethoden.

Erika verließ das Gebäude von Angstschweiß bedeckt.

Als sie am darauffolgenden Montag bei Marika den Priester traf, mit dem sie reisen würde, war es, als sei irgendwo ein Licht aufgegangen, als repräsentierte der schmale junge Mann mit der schwarzumrandeten Brille ein neues Leben. Als sie ihm die Hand gab, hielt er sie einen Sekundenbruchteil zu lange fest.

Tamás hatte keinerlei Erfahrung mit Frauen gemacht und war zwar auf eine Reisegefährtin vorbereitet gewesen, aber nicht auf eine so schöne.

Während der ganzen Reise war er verwirrt von der Anziehungskraft, die von dieser Frau ausging.

Um Erika in seiner Nähe zu haben, schloss er sie in seine Reisegruppe ein, so konnte er ihr die besten Sehenswürdigkeiten zeigen; ein Angebot, das sie gerne annahm. Um unnötigen Tratsch zu vermeiden, gab sie sich als seine Nichte aus. Und sie erwiderte seine Liebe.

Die Briefe, die sie einander in den nächsten Monaten und Jahren schrieben, kamen notdürftig zugeklebt bei Erika in Budapest an – die Zensur kontrollierte jeden einzelnen. Sie traute sich nie wieder, einen Ausreiseantrag zu stellen. Stattdessen reiste Tamás immer öfter in die ungarische Hauptstadt, um sie zu besuchen; Besuche, die ihren Eltern ganz und gar nicht gefielen.

Tatsächlich waren Tamás‘ Reisen den Kontrollbeamten nicht entgangen. Der Staatsapparat war neugierig; weniger wegen der verbotenen Liebe, die im Grunde unwichtig war, da Erika und ihre Familie keinerlei politische Bedeutung hatten; vielmehr brannte die Staatspolizei auf wertvolle Informationen aus dem Westen. Es war damals eine übliche Praxis, Priester zu bestechen und als sogenannte »Friedenspriester« in den westlichen Ländern als Spione einzusetzen, denn ihr Vorteil war ihre absolute Vertrauenswürdigkeit. Ein Priester, der ständig zwischen dem Vatikan und Budapest pendelte, war ein perfekter Kandidat; man musste ihn zunächst einmal beschützen, um ihn dann für die eigenen Zwecke aufzubauen.

Tamás wurde an der ungarischen Grenze aufgehalten und ins Grenzwartehäuschen gebeten. Wie immer schüchterte ihn der Anblick der bewaffneten Polizisten ein, ihm graute geradezu davor. Dabei war der Kommunismus anfangs eine Friedensbewegung gewesen, wie hatte es so umschlagen können? Es musste die Gier sein, die Gier der Menschen nach Macht, die jeden Gleichheitsgedanken lächerlich machte.

Der Beamte deutete auf den Stuhl auf der anderen Seite des Schreibtisches.

»Sie sind Priester und wie wir sehen, reisen Sie viel«, sagte er. »Sie könnten uns behilflich sein, ein paar Informationen zu beschaffen.«

Tamás schluckte. Er wusste, was das bedeutete.

»Ich kann nicht«, sagte er.

»Gut«, erwiderte der Beamte und begleitete ihn nach draußen, wo Tamás zitternd seine Reise fortsetzte. Dies wiederholte sich einige Male.

In den nächsten Monaten tauchte überall in seiner Nähe immer ein dunkel gekleideter Mann mit Hornbrille auf. Er stand in der Nähe der Reisegruppe, saß in der Trattoria von Rom genauso in seiner Nähe wie im Kaffeehaus in der Wiener Innenstadt. Mit Schrecken bemerkte er, dass er beschattet wurde.

Indes wurde er bei jeder Reise zu Erika an der ungarischen Grenze dasselbe gefragt, nämlich, ob er zu einer vernünftigen Zusammenarbeit bereit sei. Mittlerweile stockte sein Herz, wenn er nur in die Nähe der Grenze kam. Er weigerte sich hartnäckig. Die Polizeibeamten reagierten scheinbar ruhig darauf, Tamás aber zitterte bei jeder Grenzkontrolle mehr. Er fragte sich, wann sie anfangen würden, ihn einzusperren oder ihm Schlimmeres anzutun. Er hatte von Leuten gehört, die tagelang festgehalten und an den Armen aufgehängt worden waren, bis die Nervenwurzeln ausrissen; einem anderen hatte man den Kopf in die volle Toilettenschüssel getaucht. Er fragte sich, wieso ihm niemand etwas antat. Anscheinend schützte ihn seine Verbindung zum Vatikan; die mögliche Informationsquelle war der Staatspolizei zu wichtig. Mittlerweile konnte er kaum noch schlafen und schrieb fieberhafte Briefe an Erika in Budapest.

Irgendwann legte der Beamte ein dickes Kuvert vor ihn auf den Schreibtisch und lehnte sich genüsslich zurück.

Tamás wurde bleich. Anhand der Dicke des Kuverts konnte er ahnen, wie viele Geldscheine sich darin befinden mochten und wie seine Zukunft aussehen würde, wenn er das Angebot annahm. Hinter dem Grenzbeamten sah er ein gerahmtes Foto von zwei kleinen Kindern.

Tamás Ének fing an zu zittern, es war, als würde etwas Heißes in ihm hochsteigen, das seinen Verstand auslöschte.

Er nahm das Kuvert und legte es ungeöffnet zurück auf den Tisch. Dann sprang er auf. »Ich mache das nicht«, rief er. »Egal, wie viel Sie mir zahlen!«

Der Grenzpolizist lächelte müde. Er wusste, dass Tamás wiederkommen würde, solange es diese priesterfressende Sünderin in Budapest gab. Die Aufrichtigen waren die Schlimmsten.

Beim nächsten Mal wurde er ernst.

»Hören Sie«, sagte er. »Ich kenne Sie nun schon ein Weilchen und wir wissen, dass Sie hartnäckig sind. Sie wissen aber sicher auch, dass Ihnen auf Reisen jederzeit etwas passieren kann. Die Straßen heutzutage sind gefährlich. Ein kleiner Autounfall, jemand fährt Ihnen hinein, und Sie sind tot.«

Tamás schnappte nach Luft. Er wusste, dass gestellte Unfälle eine gängige Praxis waren, Unliebsame zu beseitigen. Es war weniger auffällig als ein Tod im Folterkeller, sparte den

Reinigungsaufwand, das ganze Blut, und niemand konnte die wahre Ursache nachweisen, wenn die menschlichen Überreste erst aus den Blechkarossen gekratzt waren. Es wäre die einfachste Methode, ihn loszuwerden, wenn er keinen Nutzen mehr versprach.

Der Beamte begleitete ihn hinaus und Tamás setzte sich mit schlotternden Knien an das Steuer seines Trabants. Er brauchte doppelt so lange nach Budapest wie sonst. Die Landstraßen fuhr er wie in Trance, wenn ihm Scheinwerfer entgegenkamen, biss er die Zähne so fest zusammen, dass er Blut im Mund schmeckte.

»Ich kann so nicht weitermachen, ich halte es nicht mehr aus«, wimmerte er an Erikas Schulter. Sie bringen mich um, ich weiß, dass sie mich früher oder später umbringen werden. Ich kann nicht mehr zu dir nach Budapest fahren.«

»Dann sehen wir uns nie wieder«, sagte Erika verzagt und er entgegnete, »doch, ich habe eine Lösung: Heirate mich, dann kannst du mit mir nach Wien.«

Erika und Tamás Ének heirateten im Jahr der Liebe, der Studentenproteste und der Rockmusik im Standesamt Budapest-Lipotváros. Bei ihrer Hochzeit waren gerade mal fünf Leute anwesend: Sie selbst, der Standesbeamte sowie zwei Trauzeugen. Erika und Tamás wussten, dass sie, wenn sie erst in Wien kirchlich heiraten würden, die Bänder zu ihren Kernfamilien endgültig kappten. Auch Erika war klar, dass sie nach diesem Schritt nie wieder nach Budapest fahren konnte, wenn sie ihre Familie vor dem Folterkeller der

ÁVH bewahren wollte. Doch noch etwas anderes quälte sie: Tamás war noch immer Priester, er hatte keinen anderen Beruf erlernt. Die standesamtliche Hochzeit war dank der tatkräftigen Mithilfe der Trauzeugen kein Problem gewesen, doch was sollte er mit seiner Zukunft anfangen? Er arbeitete in einer Pfarre im vierten Wiener Gemeindebezirk, bei Balázs, der mit ihm geflüchtet und ebenfalls Priester geworden war, und las dort zweimal in der Woche die Messe.

Eines Tages, vor Beginn der Frühmesse, kam ein Mann im dunklen Anzug zu ihm in die Sakristei. Er erschrak und schielte unauffällig auf seine Brusttasche, ob sich in ihr vielleicht eine dunkle Hornbrille verbarg; vielleicht waren sie jetzt endgültig gekommen, um ihn zu holen, doch der Mann sagte: »Grüß Gott, ich komme im Auftrag des österreichischen Kardinals. Wir haben von Ihrem Doppelleben gehört. Sie sind verheiratet – was geht hier vor?« Tamás ergab sich augenblicklich. »Sie haben recht, ich habe mich verliebt«, sagte er. »Ich habe mich in eine Frau verliebt, und ich stehe dazu. Ich habe sie geheiratet. Sie heißt Erika. Draußen warten meine Gläubigen. Erlauben Sie, dass ich die Messe lese.«

Der Mann hatte kaum das Gesicht verzogen; nur sein rechtes Augenlid zuckte, als er sagte, »Sie kommen morgen zu uns in die Erzdiözese. Der Kardinal erwartet Sie.«

Tamás betrat das Gebäude der Erzdiözese mit weichen Knien. Aufgrund der ständigen Bedrohung durch die ungarische Polizei hatte er sich an die Angst gewöhnt, die wie ein unaufhaltsamer Geier seinen Kopf umkreiste, doch dies war anders. Jetzt ging es um Schuld.

Der Kardinal schob eine Aura der Unantastbarkeit vor sich her.

»Sie sind unseren Brüdern und Schwestern in Rom durch besondere Leistungen aufgefallen«, sagte er und klopfte mit einem dick beringten Finger auf die Unterlage seines Schreibtischs. »Sie haben sich schwerer Sünde schuldig gemacht; Sie haben Gott ewige Treue und ein Leben in Keuschheit und Nächstenliebe versprochen. Nun sind Sie mit einer Frau verheiratet.«

Er sprach das Wort *Frau* aus, als sei es das Verachtenswerteste auf der Welt.

»Ich mache kein Geheimnis daraus«, sagte Tamás. »Ich wollte bloß die Verantwortung übernehmen. Deshalb habe ich sie geheiratet.«

Im Raum breitete sich Stille aus. »Ihnen ist bewusst, dass Sie aus dem Priesteramt sowie aus der Kirche ausgeschlossen werden«, sagte der Kardinal näselnd, als würde er ein Gebet aufsagen. »Sie haben mit dieser Sünde die Ehre der gesamten katholischen Kirche befleckt.«

Tamás schwieg.

Der Kardinal räusperte sich.

»Hören Sie«, sagte er plötzlich mit veränderter Stimme. »Sie sollten wissen: Es gibt auch noch eine andere Möglichkeit. Wir können Sie aufs Land versetzen, wo Sie niemand kennt. Im Weinviertel gibt es viele kleine Gemeinden. Ihre Frau kann mitkommen und sich als Ihre Haushälterin registrieren. Ihre zukünftigen Kinder werden dann als unehelich eingetragen und niemand erfährt...«

»Nein«, rief Tamás und die Worte kamen von allein aus seinem Mund, sprengten seinen starren Körper, dessen Muskeln angespannt waren, als erwarte er jeden Moment die Schneide eines Messers im Fleisch.

»Sie können nicht von mir verlangen, dass ich meine zukünftigen Kinder verheimliche, das kommt überhaupt nicht in Frage.«

Der Kardinal seufzte und machte eine Notiz in seinen Unterlagen.

»Dann gehen Sie mit Gott«, sagte er.

Nach diesem Rauswurf stand Tamás vor den Scherben seines Lebens. Er hatte Erika, aber keine Arbeit und keine Wohnung mehr; seine Vergangenheit war ein Trümmerhaufen und auf Hilfe von den Eltern konnte er auch nicht zählen, nachdem er heimlich geflüchtet war; selber schuld, das ist die Strafe Gottes, würden sie sagen. Er brachte Erika bei Freunden von sich unter, Freunden von Pali, der ihn auf seiner Flucht begleitet hatte und Internist geworden war. Nach Ungarn fuhr Tamás nicht mehr. Irgendwann hatte Pali ihm eine Wohnung vermittelt, er hatte eine Stelle als Religionslehrer in einer Wiener Volksschule und sogar eine Werkstatt für Erika gemietet, in der sie bildhauern konnte. Die Gewissheit, es gegen alle Widerstände geschafft zu haben, verband sie wie eine unzerreißbare Schnur; sie konnten sich nicht vorstellen, dass in ihrem Leben noch irgendetwas Schlimmes geschehen könne, das das Vergangene übertraf, und als Dank stellte Erika Ytongskulpturen von Engeln und Madonnen auf und hängte Palis wunderschönen Wandteppich, der sie ein Leben lang daran erinnern sollte, was man sich hier erarbeiten konnte, ins Schlafzimmer.

Als Erika schwanger wurde, war die Freude riesengroß; ein Kind der Liebe kündigte sich an, doch mit ihm kam die Katastrophe, mit der niemand gerechnet hatte.

Tamás hielt Pali für den besten Arzt der Welt, und deshalb vertraute er ihm seine Frau an.

»Gratulation«, sagte Pali und klopfte Tamás auf den Rücken. »Wenn es soweit ist, bring deine Frau zu uns. Ich organisiere alles.«

Als Erika im neunten Monat auf der Treppe des Kunsthistorischen Museums die Fruchtblase platzte, raste Tamás mit ihr in die Christophklinik, verabschiedete sich mit einem Kuss und überließ Erika dem Schlimmsten.

Kaum hatte sie den bis in Schulterhöhe gekachelten Kreißsaal betreten, erstarrte sie vor Entsetzen. Die Gebärkammern waren kleine, mit Vorhängen getrennte Kojen, die sie an Kabinen im Schwimmbad erinnerten. Hinter einem Vorhang schrie eine Frau, als würde sie gerade geschlachtet. »Wart nur, bis i di in die Finger krieg, Koarli«, brüllte die Frau, bevor ihre Stimme in ein heiseres Keuchen kippte. Erika wurde zu ihrer Liege geführt, und auf dem Weg dorthin sah sie ein Kreißbett und staunte über die klaffende Wunde zwischen den gespreizten Beinen der Gebärenden.

Was war das nur für ein Körperteil, ein Arzt zerrte an dem fetzigen Fleisch, das es umgab, während die Frau vor Schmerzen schrie; was waren das für bleiche, gespannte Lappen rundherum, sie sahen aus wie die Sehnen eines Suppenhuhns, waren das die Schamlippen; wieso hatte sie niemand darauf vorbereitet, dachte sie, und erinnerte sich an das überlegene Zwinkern der Frauen, die es schon hinter sich hatten: Einer Erstgebärenden erzählt man sowas nicht. Dann erkannte Erika in der Mitte des Balls, der die Vulva melonengroß weitete, schwarze Haare und neben dem unteren Rand schwappte ein Schwall Blut hervor, während die Frau wimmerte wie ein Tier.

Bei dem Anblick erstarrte irgendwas in ihr zu Eis; und was dann geschah, das erfuhren ihre Kinder später nur in Bruchstücken. Tatsache war, dass der Einfluss des ungarischen Internisten nicht groß genug gewesen war, um einen guten Gynäkologen zu finden. Kaum jemand interessierte sich für die verschreckte Frau, die kaum ein Wort Deutsch sprach. Eine ganze Nacht lang kümmerte sich niemand um die mit ausgeronnenem Unterleib vor der Kreißsaaltüre geparkte Erika. Die Bewegungen in ihrem Bauch verebbten nach und nach. »Aber Mama, wieso hast du denn nichts gesagt?«, sollte Tünde später fragen und Erika würde die Schultern zucken, »ich war es nicht gewohnt, etwas zu fordern, ich traute mich kaum um ein Glas Wasser zu bitten.«

Als die Ärzte am nächsten Morgen hektisch die Geburt einleiteten, schienen die Wehenmittel ihre Eingeweide zu sprengen; das halbtote Kind wurde, wie ein Fisch auf dem

Trockenen, von den gewaltsamen Kontraktionen auf einen Weg gepresst, den es nicht schaffen konnte, es hatte nicht den Funken einer Chance. Hektisch holte der Arzt die Geburtszange und fädelte die metallenen Blätter der Zange, für die er Erikas Beckenboden mit der Schere bis zum Darm zerschnitten hatte, zwischen den Kopf des Kindes und Erikas Weichteile, womit er die umliegenden Nerven zerquetschte – und ob dem ältesten Ének-Kind dabei schon die Hirnblutung zugefügt worden war oder erst im weiteren Geburtsverlauf, ließ sich im Nachhinein nicht rekonstruieren; Tatsache war, dass, als die Zange endlich eingefädelt war, sich die Metallteile mit brutaler Gewalt um den weichen Kopf des Kindes schlossen, das, knirschend ans Licht gezogen, in eine Blutlacke plumpste. Dann die übliche Hektik, es wurde weggebracht, »Ihr Kind muss untersucht werden, es braucht ärztliche Behandlung«, nicht ohne strafende Blicke, »hätten Sie besser gebären können, dann wäre das alles nicht passiert.«

Als Tamás am nächsten Tag mit Blumen in die Christophklinik eilte, traf er eine versteinerte Erika an; sie konnte sich kaum bewegen mit ihrem zerschnittenen Unterleib, und ihnen sagte man, das Kind würde schwer behindert bleiben. Es starb zwei Tage später. Die genauen Gründe erfuhren sie nie, sie fragten auch nicht nach. Ärzte waren eine Autorität, der Tod ein Schicksalsschlag, vermutlich eine Strafe Gottes dafür, dass beide mit ihrer Heirat gegen die Gesetze der Kirche verstoßen hatten. Pali-bácsi war nicht erreichbar, er war außer Dienst, zwei Wochen lang, auch als Erika und Tamás ihre Tochter auf dem Simmeringer Friedhof begruben, in einem kistengroßen Grab, das sie danach nie wieder besuchten, weil der Schmerz sie getötet hätte.

Vielleicht war all dies der Grund dafür, dass Adam, als er drei Jahre später ziemlich gesund auf die Welt kam, von Anfang an als Geschenk Gottes betrachtet wurde; als Wunder nach so vielen Plagen, nach sieben mageren Jahren die sieben fetten verheißend. Er war der Retter, der Messias, und die Rolle des Priesters ward ihm auf den Leib geschneidert, um den Schmerz seiner Eltern zu lindern.

»Den besten Kaffee gibt es beim Sorba«, sagte Robert, nur um einen Grund zu haben, mit Melinda in die Weinberge zu gehen. Ein Spaziergang in der Frühlingssonne, beide wussten, was das bedeutete; eine Möglichkeit, sich zu berühren, besser als im Kaffeehaus; und tatsächlich streiften sich beim Gehen ihre Hände, es war eine angenehme Berührung, stellte sie fest, kein Elektrisieren, wie es damals bei Jim gewesen war, aber ein warmes Gefühl, und auf einmal nahm er ihre Hand und sie ließ sie in seiner liegen.

»Schau, eine Schnecke«, sagte er und beugte sich über einen Grashalm, der am Wegesrand wuchs, und sie bückte sich ebenfalls, die Schnecke streckte die Fühler aus und zog sie blitzschnell zurück, um sie kurze Zeit später wieder auszustrecken.

»Du bist wie sie«, sagte Robert, und als Melinda kritisch ihre Augenbrauen zusammenzog, fügte er schnell hinzu, »sieh nur, wie schnell sie sich wieder entrollt«, und als sie nicht antwortete, sprach er schnell über etwas anderes. In Melinda klangen seine Worte nach, sie wusste, dass die meisten Menschen sie für unkompliziert hielten, umgänglich und hübsch, leichtlebiger als ihre Schwester Tünde – und sie sah das nicht unbedingt als Vorteil, manchmal fühlte sie sich wie ein leeres Buch, in das andere Männer hineinschrieben ohne sie zu fragen, in der Annahme, dass sie ohnehin einverstanden war.

Der Heurige Sorba, ein unscheinbares Häuschen, in dem diesjähriger Wein und andere Spezialitäten kredenzt wurden und dessen Gastgarten sich mit einem umwerfenden Blick über die Donau bis weit in die Döblinger Weinberge erstreckte, hatte geschlossen.

»Was machen wir jetzt«, sagte Robert ratlos und Melinda fragte sich, wieso er nicht eines der unzähligen anderen Lokale vorschlug oder sie zu sich einlud.

»Mir ist kalt«, sagte sie. »Ich wohne unten, im hässlichsten Teil, bei der Kronen Zeitung. Zum Glück war ich arm genug für eine famose Gemeindewohnung. In Wien kann Pech auch Glück bedeuten.« Er legte seine Jacke an der Garderobe ab und ließ sich von ihr die kleine Dachwohnung zeigen, den von Pflanzen überwucherten Balkon, und sie hatte keine Ahnung, dass er daran dachte, dass sie keinen Platz bieten würde für zwei, geschweige denn für drei. Er fühlte sich wie jemand, dem eine Freundin ihre Briefmarkensammlung zeigt, obwohl ihn vielmehr interessierte, wie sie es machte, dass die Jeans nicht von ihren runden Hüften rutschten, die unterhalb der Taille einen köstlichen Bogen formten.

Mittlerweile trennte sie nur noch ein einziger Schritt, den er flugs überwand und sie um die Taille fasste, erleichtert stellte er fest, dass sie ihn nicht abwehrte, er küsste sie immer noch nicht, sondern befreite ein Haar, das sich in ihrem baumelnden Ohrring verfangen hatte, der ihren biegsamen weißen Hals betonte. Und als sie den Kopf drehte, glaubte er wieder, es wahrzunehmen, das spöttische Funkeln in ihren Augen, und er hatte das Gefühl, als müsse er handeln, sofort, bevor der richtige Moment für immer verstreichen würde, sie würde es ihm nicht verzeihen, wenn er ihn ungenützt verstreichen ließ, und endlich, endlich beugte er seinen Kopf zu ihrem hinunter und berührte ihre Lippen mit seinen.

***

Agnes ließ nicht lange auf sich warten. Am nächsten Sonntag erschien sie Adam noch zerbrechlicher als zuvor. Ihr Blick erinnerte ihn an ein Eichhörnchen.

»Geht es Ihnen gut?«, fragte Adam vorsichtig. »Sie sehen ein wenig müde aus.«

Agnes senkte die Augen. »Ich habe mit meinem Freund gestritten«, sagte sie dann.

Er servierte Tee mit Kandiszucker. »Ach so«, sagte er in nachsichtigem Tonfall, als handle es sich um die lässlichen Probleme eines Teenagers. »Und – wieder versöhnt?«

Agnes schüttelte den Kopf und begann, eine verworrene Geschichte zu erzählen, die er nicht ganz verstand; es ging um kleine Eifersüchteleien, ganz und gar harmlose Dinge. »Er ist ja eh nett«, seufzte sie und Adam schenkte ihr einen ganz kurzen Blick, der sie aufforderte, weiterzureden.

»Er hat halt ein bisschen wenig – Tiefe«, sagte sie.

»Ich mag Männer, die sich…« – sie ruderte mit ihren Händen – »…einer Sache intensiv widmen, die Ursachen erforschen, jede einzelne Minute ihres Lebens dem verschreiben, das finde ich so… anziehend.« Sie senkte dichte dunkle Wimpern über ihre Augen. Sein Buch, das war so ein Projekt; es würde ihn endlich als ausgewiesenen Fachmann in der Theologenlandschaft markieren. Doch nicht nur die Kollegen würde er damit von seiner Kompetenz überzeugen, sondern auch seine Familie, die ihn dann nicht mehr als kleinen Buben sehen würde, der Hamster verheiratete und in komplizierten Riten begrub, sondern endlich als Experten.

Adam war von Agnes' Worten ganz warm geworden, während er an Lenka dachte, die ihm am Morgen vorgeworfen hatte, vor seiner Familie zu flüchten, und er zum ersten Mal gedacht hatte, ›vor welcher Familie?‹ Am liebsten hätte er Agnes gesagt, »heiraten Sie auf keinen Fall zu früh, das wäre sehr unvernünftig von Ihnen, und schon gar nicht Ihren Freund; wenn, dann heiraten Sie jemanden, der mehr Tiefe hat.«

An den folgenden Sonntagabenden fühlte er sich beschwingt und glücklich; es machte ihm nichts aus, in das Durcheinander nach Hause zu kommen. Jan saß in seinem Hochstuhl und verfolgte ihn mit finsteren Blicken, die Adam in seinem Rücken spürte.

Lenka lief immer öfter in ausgeleierten T-Shirts herum, mit Breiflecken am Oberkörper, die blonden Haare zu einem praktischen Zopf geflochten, doch wenn er am Sonntagabend nach Hause kam, fand er sie trotzdem begehrenswert, er wollte sie für sich haben, wenigstens eine Viertelstunde lang, um dabei schuldbewusst an Agis Haselnussaugen zu denken, doch wo fängt Sünde an, schon bei den Gedanken?

An einem dieser Abende beobachtete er, wie sie Pavol ins Bett brachte, ihm liebevoll über den Kopf strich und seine kleinen Hände streichelte, die im Schlaf zu Fäusten geballt waren, und ihm kam ein böser Verdacht. Vielleicht hatte sie ihn nur geheiratet, um einen Versorger zu haben, für sich und ihre Kinder, die sie in sein Nest gesetzt, ihm untergeschoben hatte, zwei Kuckuckskinder.

Wenn Agnes ihn besuchte, konnte er es kaum fassen, einer Frau gegenüberzusitzen, die ihn bewunderte, und auf einmal packte ihn eine undefinierbare Sehnsucht, die Frau zu umarmen, sie hochzuheben, klein und leicht wie sie war, sie zu fragen, wo sie hinwollte und mit ihr dorthin zu fahren, sie auf ein Hotelbett zu werfen und die Nase in ihren dunklen Locken zu vergraben. Würde er jemals die Chance haben, solch eine Haselnussfrau zu bekommen und Haselnusskinder, eigene? Schockiert von seinen Gedanken nestelte er an der Teekanne herum, »heiraten Sie auf keinen Fall so früh, Agnes«, sagte er, »Sie sind noch so jung und haben viel Zeit«, und sie sagte, »wollen Sie mich nicht Agi nennen, alle nennen mich so.«

»Gerne«, antwortete er, »ich bin Adam«, und sie sagte, »oh, das will ich gar nicht, ich sage lieber Herr Professor zu Ihnen.«

Sein Telefon läutete, bestimmt war es Lenka, die fragen würde, wo er steckte, und er schaltete es ärgerlich ab. Eine dunkle Ahnung in ihm erhob sich, schwamm an die Oberfläche als wisse er, weshalb um alles in der Welt er sich so schnell für sie entschieden hatte. Das Seltsame war, er konnte den Gedanken nicht greifen, es war, als glitte er ihm aus den Händen, und das Wissen, beinahe entdeckt, rieselte wieder in sein Unterbewusstsein zurück.

Die ganze Zeit über saß Agi da und betrachtete ihn, und schließlich sagte sie, »Sie denken viel über Theologie nach, nicht wahr, Herr Professor?«

Adam verschluckte sich und hustete, der Kaffee spritzte auf Agis weiße Bluse und ihre Augen weiteten sich erschrocken und er sprang auf, holte einen Lappen und rief, »entschuldigen Sie bitte, Verzeihung, ich bin so ein Idiot«, und er machte sich daran, die Kaffeeflecken von ihrer Bluse zu wischen, doch sie nahm ihm den Lappen sanft aus der Hand, »ist nicht nötig, ich ziehe mich nachher sowieso um.«

Kaum war sie draußen, sank er über der Abwasch zusammen, stützte die Stirne auf das kühle Metall der Küchenfront. Was war nur in ihn gefahren, hatte er geglaubt, an ihrer Bluse herumwischen zu können, die durchsichtig geworden wäre, und was hätte er dann gesehen, kleine, feste Hügelchen? Er begann zu schwitzen, wie gut, dass sie ihn eingebremst hatte, sonst würde er noch wegen Belästigung einer Studentin verklagt, aus purer Ungeschicklichkeit. Er wischte sich gerade den Schweiß von der Stirn, als es erneut an seiner Türe klopfte. Sein kurzes Hoffen wurde erhört – es war wieder Agi.

»Ich wollte nur sagen«, sie biss sich auf die Unterlippe und sah zu Boden, »ich wollte nur sagen, dass ich Ihre Arbeit bewundere, Herr Professor. Und ich bräuchte jemanden, der meine betreut.«

Kapitel 4

Frau Doktor«, klang Schwester Marias Stimme eindringlich aus dem Hörer. »Kommen Sie, Herr Romanoff ist gestorben.«

»Frau Doktor«, Tünde kam diese Anrede immer noch fremd vor. Sie fühlte sich wie einer von diesen Rettungsfahrern, die vorgeben, Notarzt zu sein, bis alles auffliegt und die Polizei kommt. Dabei brauchte sie keine Polizei mehr, ihre Katastrophe war schon da.

Mit klammen Fingern kramte sie nach ihrem Gewand, das sie zuvor über die Sessellehne geworfen hatte, und etwas in ihr zog sich schmerzhaft zusammen. Was würde sie selbst machen, kurz bevor sie sterben würde? Noch einmal ans Meer fahren? Es schien, als würde ein leiser Wunsch an die Oberfläche ihres Bewusstseins klopfen: Sie wusste die Antwort, doch der Weg dorthin schien so lang, so steinig, und das Wichtigste dazu fehlte ihr.

Tünde tastete nach ihren Pantoffeln und taumelte aus dem Zimmer. Der rote Leuchtknopf des Liftes wies ihr den Weg. Während sich der vierzig Jahre alte Aufzug mit Ächzen und Stöhnen in Bewegung setzte, lehnte sie ihre Stirn an das kleine Dachfenster des Krankenhauses. Draußen hing der Mond wie ein friedlicher Lampion am Himmel. Es hatte etwas Tröstliches, dass er selbst über diesem seltsamen Biotop voller Krankheit und Tod schien; in dieser Nacht stand er außergewöhnlich hoch. Als sie merkte, dass es gar nicht der Mond war, sondern der Scheinwerfer eines Baukrans, fühlte sie sich betrogen.

Sie fürchtete sich vor der Begegnung mit Herrn Romanoff, dem sie um zwanzig Uhr noch eine Infusion verabreicht hatte und der jetzt tot war. Und am meisten hatte sie Angst davor, was die Begegnung mit dem ersten echten Toten in ihr auslösen würde.

Als sie sich Romanoffs Zimmer näherte, sah sie schon von Weitem im Lichtkegel zwei Personen sitzen, eine alte Frau und einen jüngeren Mann. Sie stützten sich gegenseitig, der junge Mann schluchzte. Sie warfen Tünde einen flehenden Blick zu und sie wagte es nicht, ihnen in die Augen zu sehen.

Leise öffnete sie die Tür zum Zimmer. Die Haut des Toten war bleich, doch weder so wächsern wie die der Formalinleichen, noch so unpassend rosig wie die der Leichen von der Pathologie, und von ferne sah er aus, als würde er einfach nur schlafen. Er verbreitete eine solche Ruhe, dass Tünde unwillkürlich stehenblieb. Statt der befürchteten Angst spürte sie ungewohnten Frieden und eine große Ehrfurcht vor etwas, das stärker war als das Leben und das Krankenzimmer erfüllte. Der Arm des Toten war überraschend kalt, und auch das fand sie beruhigend, so, als herrschten endlich wieder klare Regeln im Durcheinander von Leben und Tod, in dem es so schwierig war, Worte zu finden, die richtigen Worte, denn auf die kam es an, kam es immer an, vor allem dort, wo man es am wenigsten erwartete.

Nachdem sie in die Augen des Verstorbenen geleuchtet hatte, um zu überprüfen, ob seine Pupillen starr blieben, drückte sie seine Lider vorsichtig zu, und unwillkürlich drängte sich ihr der Gedanke auf, wer das wohl einmal bei ihren Augen machen würde.

»Ich habe mit den Angehörigen gesprochen, sie haben keine Fragen mehr«, sagte Schwester Maria und reichte Tünde das Kartonkärtchen, das sie mit dem Namen und Todeszeitpunkt beschriften sollte. Tünde blieb kurz stehen. Was macht man neben einem Toten, sagt man noch etwas zu seiner Seele, spricht man ein Gebet? Sie wollte nur den Zeitpunkt hinauszögern, wo sie wieder den Angehörigen unter die Augen treten musste. Sie hatte keine Ahnung, was sie ihnen sagen sollte – warum wurde man im Studium auf alles Mögliche vorbereitet, nur nicht auf das Wichtigste? Sie erinnerte sich, wie sie Zuckerlösungen durch Glasgefäße titriert hatten, irgendwann im zweiten Semester. Es war lustig gewesen, sie hatten mit den Flüssigkeiten herumgepritschelt wie kleine Kinder, doch kein Mensch hatte ihr jemals gesagt, was man den Angehörigen eines Toten sagt, außer: »Es tut mir leid.«

Tünde atmete tief durch und öffnete die Tür zum Flur, in der irrealen Hoffnung, dass die Angehörigen verschwunden waren, doch sie waren noch da, natürlich waren sie da, sie hingen an der Tür wie Blutegel, nach einer positiven Wendung dürstend, so als könne Tünde mit den Fingern schnippen und ihnen sagen, »es war nur ein böser Traum, Ihr Mann oder Großvater oder Bruder oder Geliebter lebt, es war alles nur ein Traum, wachen Sie auf.«

»Es tut mir leid«, murmelte sie stattdessen und merkte, wie der junge Mann und die alte Frau innerlich einknickten, die letzte Hoffnung wurde ihnen genommen, ausgerechnet von ihr, und sie dachte, was das für ein Scheiß-Beruf sei, sie hatte geglaubt, Menschen helfen zu können, und was tat sie stattdessen, sie nahm ihnen ihre letzte Hoffnung. Tünde konnte ihren Schmerz körperlich fühlen, es war, als dringe er in ihre Ohren ein wie ein quälendes Geräusch.

»Ich bin die ganze Zeit bei ihm gesessen«, schluchzte die alte Frau, »stundenlang, tagelang, er klammerte sich ans Leben wie ein vollgesoffener Zeck. Und kaum gehe ich fünf Minuten aufs Klo, stirbt der Poldi. Einfach so.« Sie krümmte sich vor Schmerzen, Seelenschmerzen, sie waren genauso schlimm wie körperliche.

Tünde kramte in ihren Gedanken; sie erinnerte sich, was ihr eine Freundin einmal vom Tod ihrer Großmutter erzählt hatte. »Wissen Sie, vielleicht hat Ihr Mann genau darauf gewartet, dass er kurz alleine ist, um Sie nicht zu belasten«, sagte sie zu der alten Frau. Und als sie sah, wie die Erleichterung von ihrem Gesicht Besitz ergriff, füge sie hinzu, dass dies oft so sei, und in diesem Moment machte es ihr nichts aus, die Erfahrung einfach nur vorzutäuschen. Die alte Dame bedankte sich und Tünde durchflutete eine stille

Freude, und ihre Frustration wich einem jener Momente, in denen sie sich freute, Ärztin zu sein. Sie konnte in Bereiche vordringen, die den meisten Menschen verborgen blieben, nicht nur in offene Bäuche, sondern auch in Seelen blicken, um ihnen zu helfen, ›all dies war es wert‹, dachte sie, und sie ahnte noch nicht, dass sich ihr Blick Stück für Stück trüben würde, bis sie genau diesen Blick in die Seelen nicht mehr ertrug.

Als Tünde nach dem Ausfüllen des Totenscheins wieder zum Lift trottete, saß dort der Portier, wie jede Nacht, und las im Lampenschein seine Zeitung.

»Was sehen'S denn so bleich aus, Frau Doktor«, fragte er. »Ham'S grad Ihren ersten Toten g'sehen?« Er faltete seine Zeitung zusammen. »Ach Gott«, sagte er, »Sie werden noch so viele Tote sehen… wollen'S an Kaffee?«

Tünde nickte dankbar und dachte an Verenas Worte, dass dies die schönsten Momente seien, wenn jemand einem einen warmen Kaffeebecher reicht und irgendetwas Freundliches sagt.

Als sie kurz nach Mitternacht in ihr Dienstzimmer trottete, fiel sie in einen unruhigen Schlaf. Sie träumte von einer dunklen Straße, auf der nach und nach alle Lichter erloschen, bis sie das Quietschen des Pagers aus dem Schlaf riss.

Tünde rief die Nummer an, es war Lisa. Ihre Stimme klang besorgt.

»Komm schnell«, sagte sie. »Frau Bergmann, du weißt schon, die, die gestern die Hüftprothese bekommen hat – sie hat fürchterliche Atemnot.«

»Mist. Postoperative Lungenembolie«, war Tündes erster Gedanke. Während sie die Hühnerleiter hinunterlief, schalt sie sich für ihre überschießende Fantasie, die sie immer gleich an das Schlimmste denken ließ. Soweit sie wusste, hatte Frau Bergmann auch an Asthma gelitten, vielleicht war das ein Grund, ganz bestimmt war es das. Was konnte man nur tun, um sein Kopfkino am Anspringen zu hindern, sie brauchte ein Lokalanästhetikum für Innen, auch für die Seele. Während sie die leeren Flure überquerte, rief sie sich die wichtigsten notfallmedizinischen Maßnahmen ins Gedächtnis. Lisa wartete schon beim Bett der Patientin, mit vor Aufregung geröteten Wangen.

Frau Bergmann saß zusammengekrümmt in ihrem Bett und keuchte. In dem Wirrwarr auf ihrem Nachtkästchen sah Tünde neben einem abgegriffenen Konsalik und Fotos von Kindern und Hunden auch mehrere Asthmasprays, die sie angeblich bereits verwendet hatte.

»Ich habe ihr schon Blut aus der Vene abgenommen«, sagte Lisa. »Lauf schnell ins Labor und werte es aus.«

Da das Labor nachts unbesetzt war, mussten die Turnusärzte die Geräte bedienen, die die wichtigsten Blutwerte anzeigten. Als Tünde das Blutröhrchen in die entsprechende Maschine gestellt hatte, lief sie auf die Station zurück. Sie horchte mit dem Stethoskop auf die Lungen der Patientin, doch durch das Husten und Keuchen hindurch konnte sie kaum etwas hören. Lisa hatte ihr schon die Sauerstoffbrille aufgesetzt; über einen dünnen Plastikschlauch strömte Sauerstoff aus der Leitung in der Wand in Frau Bergmanns Nase.

Tünde lief wieder ins Labor und holte die Ergebnisse der Blutabnahme ab; ein Wert war, wie erwartet, erhöht.

»Ruf die Oberärztin an«, sagte Lisa. »Frau Bergmann ist frisch operiert; die Heller sollte das wissen.«

Tünde hoffte inständig, dass die Heller gut gelaunt war.

»Ja, Ének hier, die Turnusärztin«, sagte sie. »Entschuldigen Sie, dass ich störe – aber Frau Bergmann hat Atemnot. Ich dachte, vielleicht könnte sie eine postoperative Embolie…«

Es krachte und knirschte in der Leitung. »Sie sollen nicht zu viel denken«, sagte die Heller unwirsch. »Hat sie ihre Sprays genommen?«

Tünde bejahte. »Ja, und wir haben schon Blut abgenommen, Sauerstoff hat sie auch schon und D-Dimer ist erhöht…«

»Das ist es nach Operationen immer, Frau Kollegin«, unterbrach die Heller sie gereizt. »Wie hoch ist die Sauerstoffsättigung? Nehmen Sie ihr jetzt gleich Blut aus der Arterie ab – wenn Sie das nicht ohnehin schon gemacht haben.« Dann legte sie auf.

»Bei der Bergmann ist das nicht so leicht«, murmelte Lisa. »Damit haben sich heute schon alle herumgeplagt. Ich rufe mal auf der Intensivstation an, ob ihnen ein Blutstropfen aus der Fingerkuppe reicht. Die haben dort ein Gerät zum Auswerten.«

Sie telefonierte kurz und schüttelte dann genervt den Kopf.

»Das Gerät ist kaputt«, sagte sie. »Dann musst du es aus der Handgelenksarterie versuchen.«

Sie drückte Tünde das Tablett mit den Utensilien in die Hand. »Wir sind hier eben noch im vorigen Jahrhundert«, seufzte sie. »Los, du schaffst das schon.«

Tünde kniete neben Frau Bergmanns Bett nieder und streckte das Handgelenk der Patientin durch. Es würde nicht so einfach werden wie die Blutabnahme aus einer Vene – und außerdem ziemlich schmerzhaft. Tünde hasste es, Patienten wehzutun. Sie hatte diese Art von Blutgewinnung erst einmal ausprobieren können, mit der Hilfe von Janno, einem Assistenzarzt von der Internen, der ihr geraten hatte, an der Stelle des Pulsschlags möglichst tief zu stechen. Sie hoffte, dass es diesmal gelang. Frau Bergmann keuchte und nahm gar keine Notiz von ihr. Tünde tastete nach dem Puls, setzte die Nadel an und stieß sie in die Tiefe. Frau Bergmann zuckte zusammen.

Tünde blickte auf das Plastikröhrchen in ihrer Hand, das sich mit hellem Blut füllen sollte, doch es blieb leer. Vorsichtig bewegte sie die Nadel ein wenig, um die richtige Stelle zu finden; vergebens. Keine Spur von Blut, nicht einmal ein Tröpfchen. Resignierend zog Tünde die Nadel wieder heraus. Frau Bergmann röchelte. Mit brennendem Gesicht ließ Tünde sich von Lisa ein neues Röhrchen bringen, versuchte es ein zweites und drittes Mal, auch auf der anderen Seite – ohne Erfolg.

›Mist‹, dachte sie verzweifelt, ›verdammter Mist, wieso gibt es keine Einschulung für sowas!‹

Frau Bergmann röchelte inzwischen bedrohlich. Nach dem vierten Versuch flüsterte Lisa: »Ruf die Heller nochmals an. Sie soll herunterkommen und dir helfen.« Tünde kramte das Diensttelefon hervor.

»Ja, bitte?« Die Stimme der Heller klang noch eine Terz gereizter.

»Entschuldigen Sie bitte«, sagte Tünde zerknirscht, »aber ich... ich schaffe es nicht. Ich habe es viermal versucht. Können Sie mir bitte helfen?« Nach kurzem Zögern fügte sie hinzu: »Ich habe noch keine Gelegenheit gehabt, es zu üben. Ich weiß, es ist meine...« Am anderen Ende tutete es. Die Heller hatte einfach aufgelegt. Mit schwitzenden Händen rief Tünde nochmals an.

»Hören Sie mal, ich bin Chirurgin«, schrie die Heller in den Hörer. »Und kein Turnusarzt!«

»Ja, gerade deshalb«, sagte Tünde verzweifelt. »Ich weiß nicht, wen ich sonst fragen soll. Bitte helfen Sie mir.«

»Wie oft, sagten Sie, haben Sie es versucht?«, fragte die Heller, einen Tick versöhnlicher.

»Viermal«, sagte Tünde zerknirscht.

»Dann versuchen Sie es eben ein fünftes Mal.« Dann legte sie wieder auf.

Tünde hielt Lisa das tutende Diensttelefon hin; ihre Hände zitterten.

Lisa tippte sich mit dem Zeigefinger auf die Stirn. »Ruf sie nochmals an«, flüsterte sie. »Sie hat die Verantwortung! Sie muss dir helfen!«

Entschlossen drückte Tünde die Wiederwahltaste.

»Frau Doktor Heller«, sagte sie mit verräterischem Zittern in der Stimme, »ich schaffe es nicht. Es tut mir leid. Es ist mein erster Nachtdienst heute und Frau Bergmann röchelt nur noch… bitte helfen Sie mir.«

Ein Albtraum. Der erste Dienst und sie war drauf und dran, eine Patientin umzubringen.

»Ich komme ganz sicher nicht wegen einer arteriellen Blutabnahme hinunter«, erwiderte die Heller ruhig. »Das müssen Sie alleine schaffen. Wenn Sie es bei den Armen nicht schaffen, nehmen Sie eben die Femoral-Arterie in der Leiste…«

– »…aber der Patientin geht's beschissen!«, schrie Lisa erbost im Hintergrund. Inzwischen waren alle anderen Patienten im Zimmer aufgewacht und starrten sie ängstlich an. Die Femoral-Arterie zählt zu den größten Gefäßen des menschlichen Körpers. Sie zu punktieren ist definitiv keine Sache für Anfänger, man muss die Stelle danach mit einem Sandsack komprimieren und Tünde hatte noch nie einen derartigen Eingriff gesehen, geschweige denn durchgeführt.

»Das mache ich nicht«, sagte Tünde mit zitternder Stimme, »das traue ich mich nicht.« »Nun – dann versuchen Sie es eben noch ein paar Mal«, sagte die Heller süffisant. Es krachte in der Leitung. Sie hatte wieder aufgelegt. Tünde stand da, Tränen der Wut liefen ihr über die Wangen. Lisa stand daneben und ballte die Fäuste. Frau Bergmann lag bleich da und rührte sich nicht mehr. Tünde hätte am liebsten das Diensttelefon an die Wand geworfen.

»Wieso…« – presste sie bebend vor Wut hervor – »… bekommt jeder Bäckerlehrling eine Einschulung und von uns erwartet man, dass wir blind in Hauptschlagadern stechen, lässt uns den ganzen Tag Sachen machen, bei denen wir nichts lernen, und wirft uns dann einfach so ins kalte Wasser! Was ist das für eine beschissene... beschissene...«

»Pass auf.« Lisa riss ihr entschlossen das Diensthandy aus der Hand. »Wir rufen jetzt den Doktor Mansfeld auf der Intensivstation an. Irgendwer muss dir ja helfen, wenn sich die Heller weigert.«

Hubert Mansfeld war ein sehr beliebter Oberarzt um die sechzig mit grauen Schläfen, der etwas Tapsiges an sich hatte wie ein Teddybär. Er stammte aus einem verzweigten österreichischen Landadel, allerdings sprach er nur ungern über seine Familie. Er sprach überhaupt wenig, war aber sehr freundlich, vor allem zu Neulingen. Dass sich Frau Bergmann bald in seiner Obhut befinden würde, erleichterte Tünde.

Lisa drehte sich um und murmelte etwas ins Telefon.

»Er übernimmt sie auf die Intensiv«, sagte sie. »Du bleib hier und schreib das auf, in die Krankenakte, verstehst du? Dass du es viermal versucht hast. Dass du die Heller angerufen hast, dass sie sich geweigert hat, dir zu helfen. Nur, falls du wegen sowas mal vorm Richter stehst. Dann interessiert niemanden, wieso dir keiner geholfen hat.« Kurze Zeit später standen zwei Pfleger mit der Bahre in der Tür.

Dann schlich Tünde zum Stützpunkt, setzte sich mit der Krankenakte zum Tisch und stützte den Kopf in beide Hände. Sie fühlte sich schuldig, hätte sich schlagen können, weil sie so unfähig war. Gleichzeitig wuchs eine Wut in ihr, auf die blöden hierarchischen Strukturen, die nicht nur bewirkten, dass man sich das Fragen abgewöhnte, sondern auch, dass man die wichtigen Dinge dann eben nicht konnte. Sie fragte sich, wie sie ihre Ausbildungszeit überstehen solle. Mittlerweile war es halb fünf Uhr morgens. Eigentlich lohnte es sich gar nicht mehr, schlafen zu gehen. Im Zimmer legte sie sich aber doch noch hin und fiel in einen tiefen, kurzen Schlaf. Sie träumte von einem riesigen, tödlichen Luftembolus, der sich in einem schwarzen Tunnel den Weg zu einem pochenden Herzen bahnte.

Am nächsten Morgen saß sie mit zerknittertem Gesicht in der Morgenbesprechung und versteckte das Brötchen, das sie schnell aus der Schublade der Stationsküche genommen hatte, die für die Obdachlosenausspeisung vorgesehen war und aus der Turnusärzte keinesfalls etwas stehlen durften.

»Das Neueste«, sagte Dr. Mansfeld zu Primarius Lingutti. »Frau Bergmann, die Hüftpatientin, ist letzte Nacht zu uns auf die Intensivstation verlegt worden. Zum Glück gerade noch rechtzeitig. Sie hatte eine postoperative Lungenembolie.«

Tünde fing an zu husten und verschluckte sich fast an ihrem Stück Brot, das sie bislang in der Wangentasche versteckt hatte wie ein Hamster. Verena, die neben ihr saß, klopfte ihr auf den Rücken.

»Zum Glück geht es ihr mittlerweile schon etwas besser«, sagte Lingutti. »Unsere Irma hatte Dienst. Da war die Patientin ja bestens aufgehoben.« Anerkennend nickte er in Irma Hellers Richtung. Tünde musste wieder husten, versuchte, ihren Blick aufzufangen. Doch Irma Heller blickte weder nach links noch nach rechts. Ihre Miene blieb versteinert. Nach der Morgenbesprechung packte Tünde Janno, den netten Assistenzarzt von der Internen, am Kragen. »Du musst mir unbedingt zeigen, wie man aus der Arterie Blut abnimmt«, sagte sie. »Ich hätte Frau Bergmann letzte Nacht fast…«

Janno fiel ihr sanft ins Wort. »Auf der Intensivstation gibt es Geräte, die das sofort messen. Und in allen anderen Spitälern auch. Dort stochert im Akutfall niemand in den Arterien herum. Du bist also nicht an irgendwas schuld, nur weil du es nicht gleich geschafft hast. Die Heller hätte die Bergmann viel früher transferieren sollen und euch den ganzen Zirkus ersparen. Meiner Meinung nach ging es ihr nur um reines Machtgehabe. Die wollte dich in deinem ersten Nachtdienst mal so richtig auflaufen lassen, damit du dich beschissen fühlst. Und in Zukunft Angst vor ihr hast und sie nicht mehr mit Fragen belästigst.«

Tünde erschrak. »Ich hatte das Gefühl, ich habe die erste Patientin umgebracht«, flüsterte sie heiser. Janno legte versöhnlich den Arm um sie.

»Siehst du – und genau das wollte sie erreichen«, sagte er. »Leider zielt der Turnus genau darauf ab. Wenn man sich blöd fühlt, stellt man keine Fragen und geht niemandem auf die Nerven. Mach dir nichts daraus. Es wird besser werden, je weiter du in der Rangordnung aufsteigst.«

Mittlerweile war sie sich nicht mehr sicher, ob sie das auch wollte.

***

Melinda stand nackt im Badezimmer und betrachtete sich im Spiegel. Wenn ihr die Inspiration zum Malen ausgegangen war, half es meistens, sich in die Badewanne zu legen, die Augen zu schließen und die Farben unter ihren Augenlidern in schneller Folge wechseln zu lassen. Meist blieb dann das Beste dieser Bilder in ihrem Gedächtnis haften, das sie dann in das Bildnis einer Blume oder eines Himmels einfließen lassen konnte. Das Problem war, dass sie immer sehr schnell im Nichtstun hängenblieb. Ihre Inspirationen waren so flüchtig wie die Farben auf ihrer Netzhaut; es reichte ein störender Gedanke, ein Selbstzweifel, und sie stoben auseinander wie eine Herde von Schafen. Diesmal war es die Frage, ob Robert wohl zu ihr passte, und während das Badewasser einlief, betrachtete sie ihren Körper, der nicht mehr der eines jungen Mädchens war.

Melinda hatte das Gefühl, als sei für Robert seit dem ersten Kuss alles klar.

Er küsste ein wenig linkisch, aber ehrlich, dachte sie, schien keine Stelle auslassen zu wollen, sah sie dazwischen immer wieder an, als handle es sich um eine komplizierte Baustelle, auf der er herumging und mal da, mal dort die Leitungen prüfte.

Schon war ihr sein Geruch vertraut, seine Atemzüge und sein Seufzen im Schlaf, als sie endlich seinen Gürtel löste.

Als er ihre Jeans hinunter streifte, trug sie hauchdünne himmelblaue Unterwäsche, irgendwas mit Spitze, er sah es nicht genau, schob sie mit zwei Fingern beiseite und spürte, wie feucht sie war, wie eine tropische Frucht, und vielleicht war endlich der richtige Moment gekommen, für sie beide. Doch sie schob ihn weg, im letzten Moment, als sie bereits schwer atmend auf die Couch gesunken waren, er lag auf ihr, stützte sich mit den Armen auf, und sie stemmte sich gegen seine Brust, »nicht alles auf einmal«, flüsterte sie und er blinzelte sie verwirrt an, hatte sie ihm nicht vorhin signalisiert, dass sie alles wollte?

Mühevoll kam er zum Sitzen, seine Erektion zeigte himmelwärts, »ist schon in Ordnung«, flüsterte er, »kein Problem«, doch genau in dem Moment, als er zu erschlaffen drohte, beugte sie sich über ihn, umschloss ihn sanft mit ihren Lippen und er erstarrte. Und umschloss ihn, bis er die Beherrschung verlor und sich, heftig und stoßweise, in ihren warmen Mund ergoss.

»Bleib bei mir«, murmelte er, als sie sich später von seiner Brust löste, ihr war nicht ganz klar, ob er den Tag meinte, oder den Ort oder die Zukunft, »schon gut, ich bleibe«, sagte sie, »mach dir keine Sorgen, ich hole mir nur ein Glas Wasser.«

Sie kam zurück und balancierte zwei Gläser auf einem Tablett, »komm schnell«, sagte er und hielt ihr die Decke auf, die immer auf der Couch lag, und sie kroch darunter wie in eine schützende Höhle, die sie vom Rest ihres Lebens trennte. Seine Arme waren ein Berg, sein Atem ein Wind und seine Brust eine duftende Wiese, auf der alle möglichen Kräuter wucherten, sich der Sonne entgegenstreckten. Da waren auch harte Felsen, an denen sie sich rieb, lustvoll, ohne Ende, und irgendwann hatte sie das Gefühl, als würde ein Eimer aus den Tiefen ihres Körpers hochgezogen werden wie aus einem tiefen Brunnen, immer höher und höher, bis er kippte, und es war, als würde etwas in ihr bersten und flüssiges Gold bis in ihre Fingerspitzen rinnen und dort zu Goldstaub zersplittern.

Als sie aufeinander ruhten, nackt und satt wie zwei Tiere, wollte sie sich nie wieder entscheiden müssen, noch nie hatte sie so klar gefühlt; er solle sie füttern, wenn sie Hunger hatte, ihr Wasser einflößen und mit ihr in der tröstlichen Trägheit unter der Decke verharren, vielleicht würde dann alles perfekt werden, perfekt und gut und fehlerlos.

»Würdest du mich auch mögen, wenn ich mein restliches Leben nur malen würde?«, fragte sie, und er sagte nicht, was er dachte, nämlich dass es ihm im Grunde ganz egal war, was sie machte, solange sie nur ihre Hingabe nicht verlor und ihre weichen Lippen.

An einem strahlendblauen Tag stellte Robert sie seiner Familie vor.

»Das ist meine Freundin«, sagte er, »meine Freundin«, das klang so schön verpflichtend, und Gertrude musterte Melinda kühl. Sie war eine große, schlanke Frau, deren eisgraue Augen Melinda an ein Perlhuhn erinnerten, auch ihre

Haare waren dünne graue Federn, und im Gegensatz zu Erika trug sie keinerlei Make-up, als habe sie es nicht nötig, sich hinter Schminke zu verstecken.

»Ich habe gehört, Sie haben zwei Geschwister und sind die mittlere«, sagte sie. »Da lernt man soziale Kompetenz.«

Melinda öffnete den Mund, um etwas zu sagen, doch Robert drückte unter dem Tisch beruhigend ihre Hand. Über der Suppe erzählte sie, dass ihre Schwester Ärztin sei, und Gertrude zog kritisch ihre Augenbrauen zusammen, »soso, Ärztin, wo denn?«

»Im St. Ehrentraud«, sagte Melinda, und sofort hellte sich Gertrudes Gesicht auf, »ach ja, in dem Ordenskrankenhaus, wo ich an der Blase operiert worden bin, ich habe mich dort so geborgen gefühlt. Da ist nicht alles so steril.« Melinda verschluckte sich und hustete, sie überlegte, ob sie die Geschichte von der unsterilen OP-Schwester erzählen solle, doch etwas in ihr riet ihr zu schweigen.

»Wenn ich Ärztin geworden wäre, hätte ich mich auch dort beworben«, sagte Gertrude, »ich wollte es gerne, aber dann kamen die Kinder.« Sie sagte das ernst, als handle es sich um eine unvermeidliche Krankheit, die Frauen ab der Zeit nach der Matura befallen kann, und als sei es eine unabänderliche Tatsache, dass ihre Biographien abbrechen, während sich ihr Uterus füllt, »seht her, ich habe meinen Lebenstraum für neues Leben geopfert«. »Robert hat mich so gebraucht«, fügte sie mit einem Blick auf ihren Sohn hinzu, der ihm so unangenehm war, dass er woanders hinsah. »Was ist schon ein Beruf gegen das Glück, Kinder großzuziehen, nicht wahr, so viele Frauen heutzutage schätzen das nicht mehr.«

Melinda war mit der Suppe fertig und Gertrude sprang auf, um ihr nachzuschenken, doch Melinda lehnte ab und stammelte eine Entschuldigung, in Wirklichkeit bedrückte sie die Atmosphäre, sie konnte nicht essen, wenn sie sich unwohl fühlte.

»Ich kenne das von meinen Müttern«, sagte Gertrude.

Während sie Melindas Teller mit dem Braten füllte, erzählte sie, wie sie Stillberaterin geworden war, es ginge ja doch immer irgendwie, wenn man sich nicht auf nur einen Beruf kaprizierte. »Sagen Sie mal Ihrer Ärztinnenschwester, sie soll bei den Wöchnerinnen ruhig streng sein, die brauchen eine ordentliche Führung.« Melinda sah betreten auf ihren Teller und in einem letzten Versuch, das Thema zu wechseln, sagte sie, »es ist so ein schönes Wetter heute, man muss das wirklich genießen.«

Endlich gesellte sich Roberts Vater Arthur zum Tisch, er kam aus seinem Arbeitszimmer, traumwandlerisch reichte er Melinda eine schlaffe Hand, »schön, Sie kennenzulernen«, sagte er, »verzeiht mir, ich musste noch arbeiten. Sie sind also Ärztin, habe ich gehört«, und Melinda entgegnete, »nein, nein, das ist meine Schwester, ich bin Malerin«, und Arthur sagte, »Malerin, soso«, und dann ohne Übergang, »die Suppe ist zu wenig salzig, Gertrude, bring mir doch das Salz«, und Gertrude sprang dienstbeflissen auf.

»Nie machst du die Suppe so, wie ich sie will, nur um mich zu ärgern«, brummte Arthur und Gertrude rief aus der

Küche ins Wohnzimmer, »sag das ruhig vor allen anderen, möglichst noch ein bisschen lauter!«

»*Du* kannst sie doch nachsalzen, Papa«, verteidigte Robert seine Mutter und Arthur sagte, »sie ist doch schon in der Küche«, und Gertrude sagte, »ach was, ich wollte ohnehin das Salz holen, streitet doch nicht.«

Melinda legte ihr Besteck auf den Teller. Sie kannte solche Dialoge von ihren Eltern, ein ewiges Hickhack, genährt aus Enttäuschungen wie aus einer unterirdischen Quelle, doch wenn sich ein Dritter einmischte, verbündete man sich in Windeseile, vor allem vor den Kindern. Sie staunte jedes Mal, wenn Erika aus Tamás' und ihrer Vergangenheit erzählte, es kam ihr so fremd vor, als hätten die Figuren, von denen sie erzählte, nichts damit zu tun, was sie heute waren. »Glaubst du, ist es ein normaler Bestandteil des Elternseins, sich irgendwann zu hassen?«, fragte sie Robert später, als sie endlich alleine waren, und er zuckte die Schultern, »weiß nicht, hoffentlich nicht, keine Ahnung, meine Eltern streiten glücklicherweise nie.«

Robert machte Melinda im Lieblingsrestaurant seiner Eltern einen Heiratsantrag. Er hatte das Paket mit dem Ring sorgfältig versteckt, so dass sie keine Ahnung hatte, was sich darin verbarg, als er es nach dem Vanillesoufflé vorsichtig auf ihren Teller legte. Er starrte auf ihre manikürten Hände, mit denen sie vorhin noch seinen Penis liebkost hatte, seine Hoden, beiläufig, wie sie es immer machte, als würde sie nebenbei über ihr neuestes Bild nachdenken.

›Sie muss annehmen‹, dachte er, ›sie muss; ich bin der Mann, der ihr am meisten bieten kann‹, sie war eine Frau mit Qualitäten, offenbar hatten das auch schon Männer vor ihm erkannt, aber mit seinem Verlobungsring, da würde er der erste sein, das konnte niemand toppen.

Robert sah sie erwartungsvoll an und sie wusste, dass sie das Schächtelchen öffnen musste, sie wusste auch sofort, was sich darin befand, ebenso wie ihre Zukunft verlaufen würde, wenn sie seinen Antrag annahm; eine Eigentumswohnung, sein festes Gehalt; ein helles Atelier und zwei bis drei Kinder. Er hätte nichts dagegen, dass sie malte, schon allein das war ein Wert, er würde sie nicht in unerfüllende Jobs drängen, sie würde nicht als Zeichenlehrerin vor einer renitenten Klasse stehen müssen, während ihre Bilder im Keller verschimmelten, so, wie es das Schicksal ihrer Mutter gewesen war; sie würde zu Hause malen können, er würde ihr ein Atelier einrichten und sie all seinen Bekannten zeigen wie einen kostbaren Edelstein, »seht her, das ist meine Frau, und ratet mal, wo ich sie gefunden habe.«

Ergriffen steckte sie den Ring an, der Diamant bündelte das Licht, die Gäste im Hintergrund applaudierten, und wieder einmal war es zu spät, um etwas zu sagen.

»Bedeutet das: Ja?«, fragte er hoffnungsvoll.

»Ich… glaube ja«, sagte Melinda. »Nur nicht sofort«, fügte sie hinzu und Robert erwiderte, »selbstverständlich nicht, wir lassen uns alle Zeit der Welt, ich möchte nur ein Zeichen meiner Liebe setzen…« – und Melinda ergänzte in Gedanken, »und ein Zeichen der Treue.«

»Ich möchte nicht mehr, dass du Modell sitzt«, sagte er prompt und Melinda antwortete, »wieso denn, ich erlaube ohnehin nur Mauricio, mich zu malen, und er ist nicht an Frauen interessiert«, und Robert sagte, »dieser Mauricio interessiert mich nicht, ich möchte es nur einfach nicht, und wenn du mit mir zusammen sein willst, solltest du dich daran halten.«

»Schön«, sagte Melinda, »aber womit soll ich dann mein Geld verdienen, bis ich mit dem Studium fertig bin; soll ich mir einen Teilzeitjob in einer Drogerie suchen oder in einer Arztpraxis malochen, wie es meine Schwester so lange getan hat, dann werde ich nicht genug Zeit zum Malen haben, und ich möchte nicht wie meine Mutter enden, als erfolglose Künstlerin.«

»Wenn meine Frau Malerin wäre«, sagte Robert mit einem Lächeln, »dann würde ich dafür sorgen, dass sie nie wieder arbeiten muss, für den Rest ihres Lebens.«

Und dieses Lächeln hatte sie im Kopf, als sie am nächsten Tag mit den Fingern über ihre Pinsel strich. Der Diamant des Verlobungsrings blitzte an ihrem Finger und bündelte die Sonnenstrahlen, die durchs Fenster schienen. Es war so einfach; auf einmal hatten sich alle Türen für sie geöffnet. Sie würde heiraten; Robert hatte einen gutbezahlten Job als Architekt; sie würde zu Hause malen können, sich keine Sorgen um ihr Überleben machen müssen. Die einzige Prämisse war, dass sie einige Kinder bekam, um ihre Schwiegermutter zufriedenzustellen, aber das war in

Ordnung so, sie hatte sich sowieso immer Kinder gewünscht. Ein kleines Bündel in einem spitzenbesetzten Stubenwagen würde sie beim Malen kaum stören, zumindest weniger als eine Arbeit zum Geldverdienen. Sie alle würden noch sehen, dass sie, Melinda, es als einzige der Familie schaffen würde, berühmt und erfolgreich zu werden.

Und so setzte sie sich vor den Computer, suchte Ausstellungsmöglichkeiten und verwarf sie wieder, schrieb E-Mails und tätigte Telefonate, doch es war schwierig, niemand wollte einer jungen, unbekannten Künstlerin eine Auftrittsfläche bieten, und die ganze Zeit hatte sie den glitzernden Verlobungsring vor sich wie einen rettenden Anker. Irgendwann zog sie ihre Schuhe an und lief ziellos durch die Stadt.

Die laue Sommerluft machte sie durstig, sie setzte sich in ein Café in der Kärntner Straße.

Und da sah sie sie plötzlich vor sich, die neue Fassade der Sparkassenbank, die erst vor einigen Monaten eröffnet worden war.

Einer plötzlichen Eingebung nach betrat sie das Gebäude.

»Mein Name ist Melinda Ének«, sagte sie zur freundlichen Dame am Schalter. »Ich studiere an der Angewandten und möchte bei Ihnen eine Ausstellung machen – es würde bestimmt zum Prestige Ihres Hauses beitragen«, fügte sie hinzu, denn schließlich wusste sie, im Gegensatz zu ihrer Mutter, um ihren Wert.

Die Dame kratzte sich kaum merklich mit dem Ende des Kugelschreibers am Kinn. »Kommen Sie am Montag um halb zehn zu Herrn Magister Markovic, der ist für PR und Kommunikation zuständig«, sagte sie.

Es war leichter gegangen, als Melinda gedacht hatte.

Wenn nur ihre Schwester nicht gewesen wäre, die ihr wieder einmal Ratschläge gab. »Du musst ganz seriös wirken«, sagte Tünde. »Unbedingt eine glatte Strumpfhose anziehen, keine gemusterte. Du darfst bloß nicht aussehen, als kämest du aus dem Prekariat.«

»Niemals«, funkelte Melinda. Magister Markovic, das klang nach altem, dickem Mann mit Brille, und sie durchwühlte ihren Kleiderschrank nach dem richtigen Gewand für ihr Vorstellungsgespräch. Es war hoffnungslos, alles viel zu kurz und ausgeflippt, höchstens das dunkelblaue Kostüm mit dem knielangen Rock war geeignet, obwohl es ihr wie eine Maske erschien, hinter der sie sich versteckte.

Am nächsten Morgen erwachte sie mit einem verkaterten Gefühl, da sie abends wieder einmal viel zu lange vor einem Bild gesessen war. ›Nicht mehr lange‹, dachte sie, ›dann bin ich gesettled, mit einem eigenen Atelier in einem Haus mit weißem Zaun und Vorgarten, und dann werde ich ein Kind haben und mich endlich ausruhen können und jeden Tag auf einen Koffeinfreien ins Café Dommayer gehen und die Leute betrachten.‹

Sie deckte die hektischen roten Flecken an ihrem Dekolleté rasch mit etwas Make-up ab und kramte in ihrem Kleiderschrank nach einem Halstuch, aber fand keines, ebenso wie nach einer hautfarbenen Strumpfhose, die sie natürlich zu kaufen vergessen hatte, und daher verzichtete sie leise fluchend auf beides und zog die halterlosen Strümpfe an, die sie für den nächsten Abend mit Robert gekauft hatte. Nachdem sie eine Viertelstunde lang nach ihrem Schlüssel gekramt hatte, bemerkte sie auf ihrer Bluse Schweißflecken, die man sehen würde, wenn sie die Kostümjacke auszog, deshalb suchte sie hektisch nach einem Deo, warf dabei Roberts Mundwasser um, sodass es auf dem Badezimmerboden zerschellte, sprang in letzter Sekunde über die scharf nach Menthol riechende Pfütze, klemmte ihre Mappe unter den Arm und machte sich auf den Weg, bevor sie noch mehr Unheil anrichten konnte.

Sie kam sieben Minuten nach dem vereinbarten Termin an und wäre beinahe gegen die lebensgefährlich gut geputzte Drehtür gelaufen. Die Dame hinter dem Schalter grüßte sie freundlich, sie war soeben mit einem dunkelhaarigen Mann im Gespräch, den Melinda als wichtigen Kunden einordnete, dem gut geschnittenen Anzug nach zu schließen.

»Verzeihung«, unterbrach sie. »Ich bin wegen Herrn Markovic hier.«

»Der ist schon da«, sagte der Mann im Anzug. »Milan Markovic, guten Tag. Schön, Sie kennenzulernen.«

Und sofort musste sie an Jim denken, er hatte genau dieselbe Krümmung der Nase, und unglücklicherweise spürte sie, wie sich eine Hitze auf ihrem Gesicht ausbreitete. Eine Entschuldigung murmelnd folgte sie ihm in den Besprechungsraum und faltete nervös ihre Mappe auseinander, so dass die Aquarelle einzeln auf den Tisch fielen. Markovic runzelte interessiert die Stirn.

»Wieso können Sie so gut malen?«, fragte er und Melinda traf ein langer, dunkler und sehr aufmerksamer Blick, wie sie feststellte, bevor sie schnell wegsah. Die Bilder waren schön, Sommerlandschaften, Blumen, nichts, was Milan nicht schon gesehen hatte, doch ihn faszinierten die Erinnerungen, die sie in ihm wachriefen, an einen einsamen Sommer in einem bosnischen Dorf, an den verfaulenden Blumenstrauß im Haus seiner Eltern. Dort war er gestanden, als er verstanden hatte, dass der Krieg bleiben würde, für sehr lange Zeit. Dann wieder Winterbilder, verschneite Tannen in düsterer Enge, und er ärgerte sich, dass sich diese Frau so ungehemmt ihrem geliebten Hobby, der Malerei, hingeben durfte, während andere Menschen hart arbeiten mussten, wie er und seine Frau.

Er hielt die Bilder gegen das Licht und Melinda fielen seine Hände auf, sie hatte eine Schwäche für Männerhände, sie waren lang und kräftig, sie erkannte schwarze Härchen auf seinen Fingern und sofort war ihr auch der goldene Ring aufgefallen, den er am Finger trug; er glänzte wie ihrer.

»Sehen wir sie uns in der oberen Etage an«, sagte Milan, »dort ist das Licht besser und dann sehen wir gleich, ob sie dorthin passen oder nicht.«

Er ließ ihr den Vortritt, und sie ging den Flur entlang, während er in einigem Abstand folgte. Ganz unabsichtlich streifte sein Blick ihre Beine, und blieb plötzlich ohne jede Absicht an einem Detail hängen; er war sich zunächst nicht sicher, ob er richtig sah oder sich irrte, ob im Schlitz ihres grauen Rockes ein Zentimeter eines schmalen Spitzenrandes zu sehen war, hautfarbene Spitze von hautfarbenen Strümpfen. Stirnrunzelnd bemühte er sich, das Detail zu erspähen, bevor der Flur zu Ende war, rein aus Neugier, und tatsächlich, ihren weißen Oberschenkel zierte ein klein wenig hautfarbene Spitze, ziemlich weit oben, und das verwirrte ihn.

Als sie sich auf das schwarze Ledersofa mit den roten Kissen setzten, fragte sie ihn, ob er sich ihre Bilder hier vorstellen könne, und ihm fiel auf, dass ihre Augen grün waren, grüne Augen sind selten, er räusperte sich, sie sprach und er bemühte sich, aufmerksam zuzuhören, doch vor seinem inneren Auge sah er immer den Zentimeter dünner hautfarbener Spitze, und es brachte ihn zum Lächeln, weil er etwas wusste, von dem sie nicht wusste, dass er es wusste. Gleichzeitig stellte er sich vor, wie der weiße Schenkel weiterging, oberhalb des Spitzenrandes, und er griff nervös nach seinem Autoschlüssel in seiner Sakkotasche, um die Gedanken zu vertreiben, während sie redete und ihn dazwischen fragend ansah.

»Natürlich«, sagte er zerstreut, nur um irgendwas zu sagen, und nickte, »selbstverständlich, gerne.«

Ihr Gesicht erstrahlte und sie lächelte, ihm fielen ihre Lachfältchen auf, wieso hatte Annika sie sich wegspritzen lassen, dachte er, und wieso trug sie nie solche Strümpfe, und dabei nickte er unablässig, als sei er ein eifriger Schüler, der eine gute Note will.

»Toll, ich danke Ihnen sehr«, sagte sie, und ihr Lächeln bekam eine warme Note und die roten Flecken an ihrem

Ausschnitt verblassten, offenbar entspannte sie sich in demselben Ausmaß, in dem er immer angespannter wurde. »Kann ich die ganze Verkaufsfläche haben?« Sie strahlte ihn an, als habe er ihr ein großes Geschenk gemacht, er wusste nur nicht, welches.

Und da bemerkte er, dass er keine Ahnung hatte, wovon sie sprach, er hatte ihr nicht zugehört, sondern die ganze Zeit an ihre Strümpfe gedacht, was war er nur für ein alter Esel, wie kam er da wieder heraus?

»Super. Dann sage ich Ihrem Chef, dass ich mit Ihnen gesprochen habe«, strahlte sie, und er zuckte zusammen; Meier, der alte Gockel, würde ihr in allem zustimmen, sein Grauer Star ließ ihn zwar nicht mehr richtig sehen, aber sobald er eine weibliche Stimme hörte, wurde er weich, und nun würde er womöglich Unsummen für eine Ausstellung einer unbekannten Künstlerin ausgeben müssen, und für all dies war er verantwortlich.

»Dann melde ich mich nächsten Montag«, sagte sie, »ich freue mich sehr!«

Milans Blick fiel auf das schwarze Ledersofa, das seine Frau billig gefunden hatte, es passe in ein Puff, aber nicht in eine Bank, hatte sie gesagt, doch Milan dachte plötzlich, wie gern er Melinda dort sitzen sehen würde, der hauchzarte Stoff ihrer Strümpfe auf dem schwarzen Leder, er staunte, dass er so etwas dachte.

»Möchten Sie vielleicht noch einen Kaffee?«, hörte er sich fragen, obwohl er nichts weniger wollte als einen Kaffee, sein Magen schien bereits durchlöchert vor Hunger, doch zu seiner Überraschung flammte ihr Lächeln wieder auf und sie sagte »ja, gerne« und setzte sich umständlich zurück auf das Sofa, gegenüber von ihm. Sie zupfte ihren Rock zurecht, als wolle sie auf keinen Fall, dass er ein paar Zentimeter zu hoch rutschte, er sah es genau und wartete, ob sie die Beine übereinanderschlagen würde, doch sie tat es nicht.

»Sie können wirklich gut malen«, sagte er, während er an der Kaffeemaschine hantierte, »ich habe solche Bilder noch nie gesehen.«

Er ertappte sich dabei, dass er einen Blick auf ihre Schuhe warf, sie trug lackglänzende schwarze Pumps mit hohen Absätzen, im Gegensatz zu seiner Frau war sie weiblich, das war das richtige Wort, und er stellte Tassen und Untertassen, Wassergläser und die Zuckerdose auf den niedrigen Tisch als decke er für ein Festmahl, und die ganze Zeit bemühte er sich, an Annika zu denken, wieso reizte ihn das Fremde so, nur, weil er es nicht kannte?

Zum Glück redete Melinda wie ein Wasserfall, über Malerei und alles mögliche andere, es war ein Glück, weil er so nur ernst zu nicken brauchte und auf die Tischplatte starren, während er sich ihre Beine gespreizt vorstellte und die lackglänzenden Pumps über ihm.

»Ich brauche vor allem die Publicity, über die wir sprachen«, sagte sie und er atmete auf, offenbar hatte er ihr vorhin kein Geld versprochen, er würde den alten Meier schon von ihr überzeugen, sie war ja wirklich talentiert, und hübsch noch dazu, sie würden sich bis zur Ausstellung noch einige Male treffen können.

Erschrocken von seinen eigenen Gedanken stand er auf und reichte ihr die Hand.

»Na dann – ich freue mich auf unsere Zusammenarbeit«, sagte er und blickte dabei zu Boden, während sie ihre Bilder an sich raffte und aus dem Raum wehte, wobei sie einen zarten Hauch von Blumenduft hinterließ. Als sie weg war, blickte er sich nach allen Seiten um, dann hob er nachdenklich die Kaffeetasse mit der Lippenstiftspur an seine eigenen Lippen und roch daran, bevor er sie, verärgert über sich selbst, ins Abwaschbecken stellte.

Der Saal der Sparkassenbank füllte sich; das leise Raunen und Klappern von Absätzen auf dem Parkettboden schwoll an wie ein Crescendo des Erfolgs. Das war Melindas Ausstellung auch, sowohl für die Bank, als auch für sie, und sie fragte sich, wo Milan all die Besucher hergezaubert hatte. Wie ein Dirigent lief er zwischen den Gästen herum, hielt die Eröffnungsrede, kündigte die Musiker an, schickte die Cateringmädchen durch den Saal und Melinda stand bei ihren Bildern, hörte den langweiligen Phrasen eines ältlichen Diplomkaufmannes zu, doch zwischendurch schweifte ihr Blick immer wieder zu Milan. Natürlich wusste sie, dass er all dies machte, weil es sein Beruf war, doch sie hoffte, dass ihm auch ihr Erfolg am Herzen lag, vielleicht bildete sie es sich nur ein, es war jedenfalls ein reizvoller Gedanke, an den sie gerne glaubte. Vielleicht hatte er ihr Potenzial erkannt, das anderen verborgen blieb. Sie entdeckte Robert irgendwo in der Menge, er kaute an einem Liptauerbrötchen und starrte vor sich hin und sie zog gleich wieder den Kopf ein, wollte jetzt nicht mit ihm reden, er wirkte so fehl am Platz als sei er nur aus Höflichkeit hergekommen, bis ihm eine dicke grauhaarige Dame auf die Schulter klopfte, die er strahlend begrüßte.

Melinda tauchte in der Menge unter und tat, als würde sie die Kellnerin rufen, denn die letzte, mit der sie jetzt reden wollte, war Gertrude in ihrem Tweedkostüm. Sie selbst hatte ein schwarzes Stretchkleid angezogen, das ihre Hüften optimal betonte, leider auch ein klein wenig ihren Bauch, obwohl sie absolut nicht schwanger war, und Melinda hatte das Gefühl, als würde Gertrude seit ihrer Verlobung ständig ihren Körper auf erste Anzeichen hin taxieren und bei dem kleinen Bäuchlein, das sich ausschließlich aufgrund von zu viel Prosecco rundete, würde sie die Blicke ihrer Schwiegermutter bestimmt nicht von sich fernhalten können.

Stattdessen hielt sie Ausschau nach Tünde, doch ihre Schwester war nirgends zu sehen, vermutlich steckte sie wieder einmal in einem Nachtdienst fest. Milan war etwas abseits an einem Stehtisch zusammengesunken und betrachtete sein Werk mit zufriedenem Lächeln. Melinda fiel auf, dass er etwas gebückt stand, in der Haltung, die große Menschen oft in unbemerkten Momenten einnehmen; für einen Augenblick sah sie ihn vor sich, in dreißig Jahren, mit grauen Schläfen und dicker Brille, und während ihr vor Roberts orthopädischen Schuheinlagen ekelte, störte sie dieser Gedanke nicht einmal, manche Männer sind auch noch mit weißen Haaren und falschen Zähnen erotisch, während andere ihre Attraktivität schon nach zwei Ehejahren ablegen; lag es daran, dass man die erste Sorte meist nicht heiratete? Ein wenig ärgerte sie sich, dass er ihr nicht persönlich gratulierte, das öffentliche Lob war schön, aber ein Händedruck von ihm wäre noch schöner gewesen, ein kurzer Druck des Oberarms oder ein Lächeln, und sie ging so auffällig vorbei, dass er sie bemerken musste und mit einem stillen Lächeln deutete er tatsächlich ein Zuprosten an. Wie von einer unsichtbaren Schnur gezogen, blieb sie mitten im Gehen stehen und stellte sich an seinen Tisch.

»Ein voller Erfolg, nicht wahr«, sagte er und hob andeutungsweise sein Glas, »so wie ich es Ihnen gesagt habe«, und er griff nach der Wasserkaraffe, um auch ihr einzuschenken, ›wieso Wasser‹, dachte sie enttäuscht, ›ich habe mindestens Champagner verdient.‹

Als er ihr das Glas reichte, berührten sich ihre Hände für einen Moment, ihre schmalen hellen und seine großen honigfarbenen, und beklommen blickte sie auf, als könne sie seinen Blick mit dem ihren auffangen, auch auf die Gefahr hin, dass er sie amüsiert betrachten würde oder voll Hohn, weil er sie durchschaute, doch seine Augen hinter der randlosen Brille waren fast schwarz und sie konnte seinen Blick nicht deuten. Für wenige Sekunden saugten sich ihre Pupillen aneinander fest und vielleicht war es das Gefühl, endlich gesehen zu werden, das sie veranlasste, eine Sekunde zu lang in seinem Blick hängenzubleiben, und er schlug die Augen zuerst nieder, weil er an den Tag dachte, an dem sie einander kennengelernt hatten.

»Gut gemacht, Herr Magister«, hörte Melinda eine bekannte Stimme hinter sich und zuckte zusammen; es war Robert, der sich demonstrativ zwischen sie beide stellte.

»Nun, das verdanken wir dem Können Ihrer Frau«, sagte Milan und senkte die Augen, und Robert legte besitzergreifend den Arm um Melinda – zufrieden, dass Milan sie als seine Frau tituliert hatte, obwohl sie das noch gar nicht war.

Melinda staunte; vor zwei Sekunden war noch nichts gewesen und jetzt standen sich die beiden Männer gegenüber, Brust an Brust wie zwei Hähne. Sie hatte sofort gemerkt, dass ihr Verlobter Milan nicht mochte. Er mochte generell keine Männer, die mit ihrer Anwesenheit sofort den Raum füllten. Es gab Frauen, die sich allein an eine solche Aura hefteten, egal, wie hässlich ihr Besitzer war.

Robert trug die Haare jetzt kürzer und hatte einen Dreitagesbart stehen lassen, weil Melinda das mochte, sie mochte kratzige Borsten über weichen Lippen, hatte sie einmal gesagt, doch jetzt, zum Anzug, sah das irgendwie dämlich aus, er sah aus wie ein abgehalfterter Mafiaboss, fand sie und ärgerte sich, dass er sich nicht rasiert hatte.

Milan stellte sein Glas ab. »Einen schönen Abend wünsche ich Ihnen noch«, sagte er entwaffnend und lächelte Melinda zu; und als er sich zum Gehen wandte, zog sich etwas in ihr schmerzhaft zusammen, so als habe ihr jemand einen gefüllten Teller vor der Nase weggenommen.

Robert sah ihm nachdenklich hinterher.

Er legte den Arm um sie und fragte, was sie jetzt mit dem angebrochenen Abend machen würden. Melinda zuckte die

Achseln; kaum hatte Milan den Raum verlassen, hatte sich eine unerklärliche Trauer über sie gesenkt, der Glanz des Abends war erloschen.

»Hat er eigentlich eine Familie?«, fragte Robert und Melinda wusste sofort, wen er meinte, »ja, er ist verheiratet und hat zwei Kinder«, sagte sie, und es kam ihr wie das Eingeständnis einer Niederlage vor.

»Ich muss mir die Hände waschen«, sagte sie dann und verschwand wortlos in der Menge, die sich langsam lichtete. Im sicheren Schutz des Waschraums kramte sie in ihrer Handtasche nach ihrem Handy.

»Tünde, wo steckst du?«, raunte sie in den Hörer. »Der Abend war toll, doch jetzt wird es mühsam, bitte komm und rette mich vor meiner Schwiegermutter, sie ist schon hier und hält nach Bäuchen Ausschau«; sie spürte, wie ihre Stimme immer höher kletterte. »Ja, Robert ist auch hier, natürlich; wieso sollte er nicht hier sein, er ist ja mein Verlobter.«

Melinda hatte gar nicht bemerkt, dass jemand hinter ihr stand, und als sie sich umdrehte, stieß sie beinahe mit ihrer Schwägerin zusammen.

»Lenka! Bist du auch hier«, rief sie, »ich wusste nicht, dass ihr nach Wien kommt!«

»Ich; nicht wir«, korrigierte Lenka und grinste. »Und? Stehst du auf ihn? Ich habe gesehen, wie du ihn angesehen hast«, und Melinda zuckte zusammen und spürte, wie die gefürchtete Röte ihren Hals entlang hochstieg.

»Auf wen?«, fragte sie, um Zeit zu gewinnen, doch Lenka unterbrach sie brüsk.

»Ich meine nicht Robert, das weißt du«, sagte sie; »sondern diesen Bankmenschen da« ... und sie kam mit dem Gesicht ganz nah an Melindas heran.

»Lenka«, setzte Melinda an, doch ihre Schwägerin unterbrach sie.

»Keine Sorge, ich sage Robert nichts. Und? Was kann er? Also, beim Küssen und so.« Sie lehnte sich an die Wand und kramte umständlich ein Zigarettenpäckchen aus ihrer Handtasche. Melinda hatte den Eindruck, als würde sie ein klein wenig schwanken.

»Lenka – wir arbeiten bloß zusammen«, sagte sie, »er hat mir die Ausstellung organisiert, deshalb haben wir uns ein paar Mal getroffen. Ich bin verlobt, ich denke über solche Sachen nicht einmal nach!«

Lenka sah sie aus stahlgrauen Augen an. »Du lügst«, stellte sie dann fest. »Ich erkenne sowas. Slavko hat mir immer vorgelogen, alles für unsere Familie zu tun. Er hat gar nicht gemerkt, dass seine Stimme dabei nicht mehr aus seiner Brust kam, sondern von irgendwo hier...« – sie griff sich an die Kehle. »Er lebt jetzt übrigens wieder in Ingolstadt. Ich habe ihn in der Stadt gesehen, er betreibt eine Fressbude, gleich gegenüber von Adams Institut. Er verkauft dort Döner. Immer noch besser als Frauen.«

»Lenka«, sagte Melinda.

»Wenn's doch wahr ist. Ich glaube, er hat mich mit Adam gesehen. Er stand hinter seiner Glasscheibe und säbelte ein großes Stück Fleisch vom Spieß hinunter. Ich habe richtig Angst bekommen, dass er uns mit dem Messer hinterherläuft.«

»Lenka«, wiederholte Melinda. »Ihr wart doch mal eine Familie.«

»Das spielt überhaupt keine Rolle«, sagte Lenka. »Nur ihr spielt immer die Heilige Familie. Aber jede Familie hat so ihr schmutziges kleines Geheimnis.«

»Lenka«, zischte Melinda, »du hast zu viel Rotwein getrunken. Komm, ich helfe dir hinaus. Du solltest dich hinlegen. Warum ist Adam nicht mitgekommen?«

»Er ist in Ingolstadt geblieben, weil er am Institut zu tun hat. An seinem heiligen Institut«, wiederholte sie bedeutungsvoll.

»Wo sind die Kinder?«, fragte Melinda und Lenka verzog den Mund. »Bei ihm, das heißt, bei der Frau von den Diakonissen«, sagte sie, »ich habe sie bei ihm gelassen. Wenn er behauptet, solch ein guter Vater zu sein, dann soll er sich auch um sie kümmern.«

Melinda nickte, nahm sie am Ellbogen und schob sie nach draußen und in das nächste Taxi, das am Straßenrand anhielt.

Sie sagte dem Fahrer ihre eigene Adresse, »bringen Sie sie dorthin«, und reichte Lenka ihren Schlüssel und einen Geldschein. Dann kramte sie ihr Handy hervor und wählte die Nummer ihres Bruders.

***

Adam erzählte Lenka nichts von Agi. Er traf sie nun schon mehrere Monate lang, immer sonntags am Institut. Lenka erzählte er, dass er sein Buch nachkorrigieren müsse, was ja auch stimmte. Dass er es liebte, wenn sie mit ihrer Zwitscherstimme zur Tür hereinkam und ihre Locken schüttelte, sagte er niemandem. Er genoss ihre Bewunderung, die Art und Weise, wie der Milchschaum beim Kaffeetrinken an ihren Lippen hängenblieb und sie ihn mit der Zunge ableckte. Ihre Arbeit kam voran, da sie sehr fleißig war; er besserte da und dort Details aus, doch im Großen und Ganzen hätte sie es auch ohne ihn geschafft.

»Ich will es eben perfekt machen«, sagte sie, »wissen Sie, ich mag es, wenn man ein Ziel hat«, und dabei sah sie ihn mit undefinierbarem Ausdruck in den Augen an.

Sie zitierte leidenschaftlich gern Stellen aus dem Alten Testament, wie die aus dem Buch Judit, in dem eine Frau das Vertrauen eines Mannes gewonnen hatte, um ihn schließlich zu köpfen, und irgendwann sagte er, »ich habe den Eindruck, Sie interessieren sich gar nicht für altkatholische Ethik, Sie sind vor allem auf die Geschichten aus, nicht wahr?« Im Vergleich zu ihr war Lenka schwerfällig, nicht nur äußerlich, sondern auch im Denken. Über Grießbrei konnte man mit ihr streiten, dachte er, da kannte sie sich aus, wusste auf den Cent genau, wo Kakao im Angebot war und wo die Haferflocken, und wenn er sie damit aufzog, sagte sie wütend, »dann schau halt, dass du mehr Geld nach Hause bringst, Herr Professor, von irgendetwas müssen wir ja leben.«

Nach solchen Sticheleien fühlte er sich wie ein Versager, niemand konnte ihm übel nehmen, wenn er sich lieber mit Agi unterhielt, die eigens aufs Institut kam, um ihn zu treffen, und ihn bewunderte.

»Ich habe mich übrigens von meinem Freund getrennt«, sagte sie beiläufig, als sie so nebeneinander saßen. Sie hatte ihre nackten Arme entblößt und ihm fiel auf, welch schmale Handgelenke sie hatte und welch helle Haut, die an ihren Unterarmen von rosa Strichen durchkreuzt war, die aussahen wie die Kratzer einer Katze.

»Das tut mir leid«, sagte Adam, weil er nicht wusste, was er sonst sagen sollte.

»Schon okay«, sagte Agi. »Ich wusste irgendwann einfach nicht mehr, was ich mit ihm anfangen sollte.«

Sie suchte eine ganz bestimmte Stelle im Text, ihr schmaler Zeigefinger mit den abgekauten Nägeln fuhr über die Zeilen und Adam trat nahe an sie heran, um ihr zu helfen, beugte sich fast über sie, plötzlich wurde ihm klar, wonach ihre Haare rochen, es war Honig, wie in Jans Kakao, und die Honigaura eines solchen schönen Nackens anstelle einer schnöden Tasse Kakao nahm ihm den Atem. Wie dumm von ihrem Freund, dass er mit solch einem Meer an Locken nichts hatte anfangen können, hatte nicht schon Al Pacino darin baden wollen, und mit ihrer Alabasterhaut und dem marmornen Fleisch darunter, das so sauber roch und vielleicht auch nach

Brausebonbons schmeckte, dort, wo es sich teilte. Agis Blick blieb auf die Papiere gesenkt, plötzlich schnippte sie mit den Fingern ihren Kugelschreiber, mit dem sie ununterbrochen gespielt hatte, quer über den Tisch, und sie sprang auf und beugte sich nach vorne über die Tischplatte.

Adam stand wie erstarrt, sein Blick glitt von ihrem weißen Nacken, über dem sich die dunklen Locken geteilt hatten, über ihren Rücken bis zu ihren Hinterbacken, sie trug enge Jeans, und er starrte auf die Naht in der Mitte, dann auf die Rundung, ob dort ein Abdruck ihrer Unterwäsche zu sehen war, und er konnte nicht anders, sein ganzer Körper versteifte sich vor Lust. Sie hatte den Kugelschreiber endlich erwischt, doch sie blieb einen Hauch zu lange vornübergebeugt stehen, zwei Sekunden, die er registrierte und in denen sich ihre Zukunft entschied. Er beugte sich vor und griff ebenfalls danach, seine Hand berührte ihre zufällig, ganz kurz, und sie drehte den Kopf und sah ihn an, ihre Gesichter waren nur wenige Zentimeter voneinander entfernt und in seinem Kopf dröhnte das neunte Gebot, »du sollst nicht begehren deines Nächsten Frau«, doch sie war ja gar niemandes Frau, dachte er, und dann an seine Verzweiflung in jener Nacht, nach jenem Film mit Al Pacino, als er realisiert hatte, dass er vielleicht niemals, niemals den Duft einer Frau riechen würde, wie dieser Blinde, und an die langen Sitzungen im Beichtstuhl danach, verdammt, es waren schon ganz andere ihren Begierden erlegen, und Agis Lippen öffneten sich einen Spalt und er sah in ihren Augen ein Funkeln, als wüsste sie ganz genau, was als nächstes geschehen würde.

Kapitel 5

Vielleicht war ja das eher etwas für sie, dachte Tünde, als sie nach einem Jahr auf der Chirurgie, wo sie vor allem zum Instrumentehalten geparkt worden war, auf die Interne Frauenabteilung wechselte. Allerdings bereitete ihr Chefarzt Dragotic Kopfzerbrechen.

Drago, wie er von den meisten genannt wurde, stammte aus einem kroatischen Dorf, war als Pflegehelfer an die Klinik gekommen, und hatte sich unter dem strengen Regiment der Stationsschwester Irmgard bis zum Oberarzt hinaufgearbeitet. Er hatte ein festes Auftreten und war bei vielen Turnuskollegen beliebt, aber Tünde fand einfach nie den richtigen Zugang zu ihm.

»Da bist du also jetzt«, sagte Basia, nachdem sie Tünde um Haaresbreite zum zweiten Mal fast mit ihrem Putzwagen überrollt hätte. »Hat Irmgard die Schreckliche dich schon hinausgeworfen?«

»Hm«, Tünde grinste verständnislos.

»Komm mal da rein.« Basia packte sie am Ärmel und zog sie in die Stationsküche, einen langgestreckten Raum mit einem großen Tisch in der Mitte, der sich vor Leckereien nur so bog.

»Die Irmgard ist nicht nett. Sie hasst Turnusärztinnen«, sagte sie. »Vermutlich wäre sie selbst gern eine geworden. Und sie ist im Dauerclinch mit Drago. Sie verkraftet es nicht, dass ihr ehemaliger Stationshelfer nun ihr Vorgesetzter ist. Sie schreien einander bei jeder Visite an. Aber gegen die Turnusärzte halten sie zusammen. Das musst du einfach akzeptieren.«

Tündes Stimmung sank.

»Und nimm dich vor Schwester Marylou in Acht«, fügte Basia hinzu. »Wir nennen sie nur Black Mary. Sie ist die ärgste Schreckschwester. Die darfst du nicht ganz ernst nehmen. Verstanden?«

Tünde sagte nichts mehr. Basia sah auf die Uhr und deutete auf den gedeckten Tisch.

»Geh jetzt auf die Station«, sagte sie. »Und lass dich bloß nicht gegen zehn herum hier blicken. Da gehen Mary und alle hier frühstücken und wollen nicht gestört werden.«

Tünde nickte schweigend.

»Hör mal, ich verrate dir jetzt mein Motto«, sagte Basia. »Wenn du hier überleben willst, darfst du dir – nicht – auf – die – …äh, pardon, auf *den* – Kopf – scheißen – lassen!«

Kaum hatte sie das ausgesprochen, öffnete sich die Tür und Black Mary stürmte herein.

»Frau Doktor!«, schrie sie. »Wo sind Sie? Der Herr Oberarzt sucht überall nach Ihnen!«

Tünde murmelte einen kurzen Gruß und hastete auf die

Station. Dort wartete schon Dragotic mit verdächtig rotem Kopf.

»Frrrau Doktorrr«, rief er. »Wo waren Sie?«

»Ich...« – hastig kramte Tünde in ihrem Kopf nach einer brauchbaren Ausrede. Sie traute sich nicht zu sagen, dass sie sich in der Teeküche Überlebenstipps von der Putzfrau geholt hatte.

»Sie haben – immer – hier zu sein! Verstanden?«, rief Dragotic und Tünde nickte eifrig.

»Natürlich«, sagte sie. »Ich wollte Schwester Irmgard ohnehin fragen, was ich helfen...«

Irmgard unterbrach sie rüde.

»Also, das mit der Ergometrie bei der Kardinger halte ich für einen Unsinn«, sagte sie in Dragotic' Richtung.

Der Kopf des Oberarztes wurde noch röter. »Wie meinst du das?«, bellte er zurück.

»Ich würde mit der Vierundzwanzig-Stunden-Blutdruckmessung anfangen... aber ich bin ja nur die Schwester...«, sagte sie und kramte demonstrativ nach der Krankenmappe im Visitenwagen. »Hör mal, Irmi«, sagte Dragotic. »Wir sollten uns vor der Visite darüber einigen, oder willst du vor den Patienten darüber diskutieren?«

Irmgard kräuselte die Lippen. »Wenn es denn sein muss?«

Tünde blickte abwechselnd von einem zum anderen, als stünde sie bei einem Tennismatch. Mary war nirgends mehr zu sehen, offenbar war sie frühstücken gegangen. Tünde beschloss, die Zeit zum Lernen zu nützen und zog ihr EKG-Buch aus der Tasche. Irmgard bemerkte es sofort, schürzte missbilligend die Lippen, und schon fiel auch Dragotic' Blick auf sie.

»Frrrau Doktorrr! Haben Sie nichts zu tun«, rief er.

»Nun, ich habe ja gefragt…«, begann Tünde.

»Sie sollen nicht fragen! Sie sollen ganz genau hier stehen und zuhören!«, schrie er. »So, und jetzt gehen wir auf Visite.«

Einträchtig marschierten die beiden los, gingen von Krankenbett zu Krankenbett, während Tünde hinterher hoppelte und sich den Kopf zerbrach, wann genau ihre Kommunikation in solch eine schlechte Richtung abgebogen war. Vielleicht war es ihre Schuld und sie konnte es bei der Visite wiedergutmachen. Als sie vor Frau Kardingers Bett standen, reckte sie ihren Hals, um einen Blick in die Krankenakte zu erhaschen, die Irmi in den Händen hielt – genau so, dass Tünde sie nicht einsehen konnte. Sie räusperte sich.

»Was war denn nochmal die Vorgeschichte?«, fragte sie. »Seit wann hat sie Vorhofflimmern?«

Irmgard wandte langsam ihren Kopf und sah sie an, als sei Tünde geistesgestört.

»Wir brauchen noch alle Blutdrücke hier im Zimmer«, sagte sie. »Drago, soll die Frau Doktor schon mal Blutdruck messen gehen?«

»Gute Idee«, sagte Dragotic. Und zu Tünde gewandt fügte er hinzu: »In Zukunft möchte ich, dass Sie das jeden Dienstag und Freitag machen und bis zur Visite in die Kurven eintragen. Und – herrje, Irmi, was hast du denn da wieder für einen Blödsinn geschrieben, das kann ja kein Mensch lesen!«

Die beiden wandten sich ihrem jahrelangen Streit zu, der sie in trauter Zwietracht vereinte. Tünde umklammerte ihr Stethoskop. Erst als sie sich umdrehte, merkte sie, wie stark sie die Zähne aufeinander presste.

Auf dem Weg ins Dachgeschoß huschte ihr Schwester Walfrieda mit eilfertigem Lächeln entgegen. Alex, der umschwärmte, einzige männliche Turnusarzt, kam gerade aus dem Waschraum. Er hatte letzte Nacht Dienst gehabt und sah blass aus.

Er betrat das Dienstzimmer, griff in den Schrank und zog seine Jeans heraus. Aus der Gesäßtasche fiel eine Packung Marlboro. Er fluchte und bückte sich, um die Schachtel aufzuheben. Auf einmal stutzte er. Das könne nicht wahr sein, sagte er und Tünde fragte neugierig, was er meine.

Alex stand da und starrte auf seine Hose, die er in der Hand hielt.

»Meine Jeans«, stammelte er. »Meine fetzigen, ultracoolen, ausgefransten Jeans…« – Tünde versuchte, über seine Schulter zu sehen.

»Was ist denn mit denen?«, fragte sie amüsiert.

Alex stöhnte. »Die Fransen. Sie hat die Fransen abgeschnitten! Einfach ab – ge – schnitten!« Er hielt seinen Kopf mit beiden Händen, während Tünde versuchte, sich das Lachen zu verbeißen.

Die Geschichte von den abgeschnittenen Fransen machte bald darauf die Runde im Speisesaal. »Das ist noch gar nichts«, sagte Dr. Mansfeld.

»Einmal ist der gute Alex in einem T-Shirt vom Reinhardt-Museum in den Dienst gekommen. Ihr wisst schon, wo ein Logo von so einer Nixe drauf ist.«

Die Turnusärzte starrten ihn gespannt an.

»Also, er hat privat dieses T-Shirt angehabt«, sagte Mansfeld. »Dann ist er in den Dienst gegangen und hat sich vorschriftsmäßig umgezogen und das T-Shirt in den Schrank gehängt. Na, und natürlich hat die alte Waffel, also die Walfrieda, wie immer im Dienstzimmer herumgeschnüffelt… und in seinem Schrank…« – Mansfeld gluckste und konnte nicht zu Ende sprechen.

»Was hat sie gemacht?«, rief Mariella. »Doch nicht etwa das Logo herausgeschnitten, weil die Nixe nichts anhat?«

»Nicht ganz«, prustete Mansfeld. »Aber fast. Sie hat einen schwarzen Faserschreiber genommen und die Nixe übermalt!«

Tünde und ihre Kolleginnen bogen sich vor Lachen. Plötzlich warf Mariella einen Blick auf den Gang, von wo sich Schritte näherten. »Antonella im Anmarsch«, zischte sie. Tünde legte schnell einen Finger auf die Lippen, bevor die Antonoff um die Ecke bog. Augenblicklich war es still. Mansfeld löffelte seine Suppe und schaute konzentriert in den Fernsehapparat.

»Wie schaffst du es eigentlich, dass du hier so gut zurechtkommst?«, fragte Tünde später Mariella, der eine immer dickere Haut zu wachsen schien. Sie zuckte scheinbar gleichgültig mit den Schultern.

»Ach weißt du«, sagte sie. »Ich versuche, mich an den kleinen Dingen zu freuen. Der Vorteil ist, dass hier alles dermaßen scheinheilig ist, dass die, die in Ordnung sind, ziemlich gut zusammenhalten. Also die, die einfach nur das ganze Theater mitspielen und versuchen, sich die Zeit hier möglichst nett zu gestalten.«

»Ich hasse es, so zu tun als ob«, murmelte Tünde.

»Ach geh«, sagte Mariella. »Manchmal…« – sie lächelte geheimnisvoll – »kann man durchaus auch von einigen profitieren. Und die schirmen dich dann irgendwie von den Depperten ab.«

»Du meinst solche wie Primarius Läutner, die dich auch mal nähen lassen und so?« fragte Tünde.

»Zum Beispiel«, sagte Mariella und kramte in einer Schublade.

Frau Hirzenberger tauchte im St. Ehrentraud auf wie ein Wesen aus einer anderen Welt. Sie war telefonisch als ausgetrocknete alte Dame angekündigt worden, was nicht selten vorkam. Doch als Tünde ihre Decke wegzog, blieb ihr die Sprache weg.

Vor ihnen lag ein vogelartiges Knochengerüst, dessen Alter man nicht hätte schätzen können. Die Rippen standen einzeln hervor, die Schultern waren hochgezogen und vom langen Liegen unbeweglich geworden und dort, wo die rechte Schulter auf die rechte Wange traf, war ein tiefer, blutender Krater zu sehen. Der Leib wölbte sich nach innen, die Beine waren spastisch angezogen. Sie sah aus wie die

Menschen aus dem Geschichtsbuch, die gerade aus einem Konzentrationslager befreit worden waren, mit den hohlen Augen, als sei der Körper nur noch eine leere Hülle und der Geist schon längst woanders.

»Eine lebende Tote«, flüsterte Tünde.

»Ihr Sohn hat sie angeblich die letzten Monate gepflegt«, sagte Irmgard. »Offenbar wollte er das Geld fürs Pflegeheim sparen.«

»Zuerst bekommt sie eine Infusion, dann machen Sie das Aufnahmegespräch, Frrrau Doktorrr«, sagte Dragotic. »Mit dem Sohn. Er wartet draußen.«

Vorsichtig hoben sie den Körper der federleichten Frau an, um die Rückseite zu sehen. Der Rücken der Frau war ein einziges Geschwür aus fauligem Fleisch. So, wie sie aussah, hatte sie monatelang nichts mehr zu essen bekommen. Tünde spürte, wie ihr die Tränen hochstiegen.

»Ich denke, dass wir sie in ein Extrazimmer schieben werden«, sagte Irmgard. »Den Gestank können wir anderen Patienten nicht zumuten.« Frau Hirzenbergers Sohn stand betreten am Gang. Nachdem seine Mutter notdürftig versorgt worden war und an den nötigen Infusionen hing, schnappte sich Tünde einen Anamnesezettel und marschierte auf ihn zu. Noch nie war sie auf einen Angehörigen so wütend gewesen. ›Scheißkerl‹, dachte sie. ›Lässt seine Mutter bei lebendigem Leib verfaulen.‹

Er stand da in seinem teuren Tweedmantel und mit einer Aktentasche in der Hand und sie wusste nicht, wie sie mit ihrer Aggression umgehen sollte, ihr limbisches System spürte

Lust, diesem Kerl die Faust ins Gesicht zu schlagen, allein ihr Frontalhirn hielt ihre Gefühle im Zaum.

»Kommen Sie«, sagte sie und ging mit ihm in das Aufnahmezimmer. »Wie lange geht das schon so?«

Die Augen von Hirzenberger Junior flatterten hin und her.

»Ich… also… sie hat die letzten drei Wochen nur sehr wenig gegessen«, stotterte er. »Da dachte ich, ich bringe sie mal ins Spital.«

Tünde starrte ihn mit offenem Mund an. Der Mann log wie gedruckt.

»Drei Wochen«, wiederholte sie. Er nickte zögernd.

»Herr Hirzenberger«, sagte sie, bemüht, die nötige Schärfe in ihre Stimme zu legen. »In dem Zustand hat Ihre Mutter monatelang nichts mehr zu essen bekommen! Ihre Haut ist ein einziges Geschwür, weil sie seit vielleicht einem Jahr nicht bewegt wurde, geschweige denn gewaschen. Ist Ihnen das eigentlich klar?«

»Ich… nein, nein, nein, nein«, sagte Herr Hirzenberger und schüttelte den Kopf. »Es geht höchstens seit drei Wochen so. Sie wollte nicht in ein Heim.«

Tünde schüttelte den Kopf. »Ihre Mutter wiegt knapp dreißig Kilo«, sagte sie. »So etwas entsteht nicht in drei Wochen.« Er schüttelte krampfhaft seinen Kopf.

»Ich weiß es wirklich nicht«, sagte er. »Darum habe ich sie ja ins Spital gebracht.«

›Jetzt, wo sie bei lebendigem Leib verfault ist‹, dachte Tünde. Sie entschloss sich, die Sache anders aufzuziehen.

»Was sind Sie von Beruf?«, fragte sie.

»Anwalt«, sagte der Mann. Das Wort tropfte in die Stille.

»Anwalt«, wiederholte Tünde. Sie versuchte, ihre Wut irgendwie aufzuschieben und den Anamnesebogen auszufüllen.

Als sie mit der Anamnese fertig war, stürzte sie zum Stützpunkt.

»Der Typ ist Anwalt«, rief sie wutentbrannt. »Er redet sich aus allem heraus. Sagt, er habe nichts mitbekommen. Es ginge erst seit drei Wochen so... der Mann lügt wie gedruckt. Also, ich finde, wir sollten das melden. Bei der Behörde, keine Ahnung, da, wo man Misshandlungen...«

Dragotic nickte und sagte dann ungewohnt sanft: »Sie haben ganz recht, Frau Doktor. Ich werde mich darum kümmern. Jetzt schauen wir aber erst einmal, dass es ihr bald wieder besser geht!«

Frau Hirzenberger dämmerte drei Tage lang vor sich hin. Tünde sprach Dragotic mehrmals an, ob er schon Meldung bei der Behörde oder Polizei oder wo auch immer erstattet hatte.

»Ich bin an dem Fall drrran, Frrrau Doktor«, sagte er immer. »Wir müssen noch warten. Noch ein wenig Geduld. Hoffen wir, dass sie überlebt.«

Frau Hirzenberger überlebte nicht. Nach weiteren drei Tagen fanden die Schwestern sie tot im Bett. Sie sah nicht viel anders aus als in ihren letzten Lebenstagen. Ihr Sohn ließ sich nie wieder blicken. Das Zimmer, in das man sie zum Sterben geschoben hatte, war leer – der Gestank hatte sich verflüchtigt.

»Herr Oberarzt«, sagte Tünde, nachdem die mumiengleiche, mit einem Leintuch zugedeckte Leiche ins Kühlhaus befördert worden war. »Haben Sie schon etwas in die Wege geleitet, wegen des Falls? Was meinen Sie, müsste man nicht noch Lingutti informieren? Ich könnte das gerne machen, ich habe ja die Anamnese geschrieben…«

Sie erschrak. Dragotic explodierte förmlich.

»Hast du noch alle Tassen im Schrank?«, schrie er. »Lingutti informieren? Der Sohn ist Anwalt, willst du, dass wir alle gekündigt werden? Nur, weil wir unsere Nase in Dreck stecken, der uns nichts angeht? Die Patientin ist tot, der Fall ist erledigt. Und jetzt verschwinde!«

Tünde stand wie versteinert da, während sie das Gefühl hatte, dass die Welt, die sie in ihrem Kopf endlich zusammengesetzt hatte, wieder auseinanderfiel. Ihr Chef hatte doch so getan, als sei ihre Idee gut gewesen. Doch offenbar hatte er nur zugestimmt, damit sie vorerst einmal den Mund hielt. Ihr wurde klar, dass er nichts in die Wege geleitet hatte – er hatte sie nur hingehalten, damit sie keine Unruhe auf die Station brachte – bis Frau Hirzenberger tot war. Ihre Motivation, für ihn, für Lingutti, für das ganze verlogene St. Ehrentraud zu arbeiten, zerbröselte zu Staub.

»Ich verstehe«, sagte Tünde mit erstickter Stimme.

»Dann ist es ja gut«, sagte Dragotic.

Hektisch durchblätterte er die Krankenakten. »Wir gehen gleich auf Visite«, sagte er. »Wieso stehen da immer noch keine Blutdrücke?«

Draußen stand Basia und stemmte ihre Hände in die Hüften. »Du lässt dir schon wieder auf den Kopf scheißen«, sagte sie. »Bei uns in Polen sagt man…«

»Ach, was soll's Basia«, sagte Tünde resigniert. »Mir ist schon alles egal. Weißt du, ich habe innerlich schon längst gekündigt. Ich bin nur noch hier, weil…«

Basia zog sie am Ärmel beiseite und schubste sie in den Putzraum. »Was ist los, Mädchen«, sagte sie. »Sag mal… du bist gar nicht glücklich als Ärztin, oder was?«

Tünde starrte sie betroffen an. War es so offensichtlich?

»Ich habe mir das immer schon gedacht«, sagte Basia, »wenn ich dich so am Gang gesehen habe. Du musst tun, was dich glücklich macht, sonst gehst du irgendwann kaputt. Und lass dir ja nicht…«

»Ich weiß schon«, sagte Tünde schwach und wandte sich mit Tränen in den Augen zum Gehen. Nach sieben Jahren Ausbildung solch eine glasklare Diagnose zu hören, und das von der Putzfrau, war mehr, als sie im Moment ertragen konnte.

Beim Mittagessen griff sie seufzend nach der Krankenhauszeitschrift, die vom Mutterspital in Krems herausgegeben wurde. Tünde hatte eigentlich keine Zeit zum Lesen, schließlich konnte Drago sie jederzeit nochmal zu irgendwelchen sinnlosen Tätigkeiten rufen, daher blätterte sie die Zeitung nur flüchtig durch, während sie mit der anderen Hand die Suppe löffelte. Das Heft stellte die beliebtesten Mitarbeiter des Monats vor und Tünde betrachtete interessiert die Fotos, auf der Suche nach zumindest einem Bild eines möglichen kompetenten, freundlichen Vorgesetzten. Auf der letzten Seite stutzte sie. Mitarbeiter des Monats war offenbar Primarius Hofstätter, ein HNO-Arzt, Leiter der Abteilung in Krems, mit Steirerhut. Er posierte mit seinem zehnjährigen Sohn und seiner fünfjährigen Tochter auf einer Blumenwiese, was nett gewesen wäre, wenn man das ganz kleine Detail rechts im Bild übersehen hätte: Hier lag der sauber abgetrennte Kopf eines Rehbocks neben ihnen und blutete soeben aus.

»Ich bin ein absoluter Familienmensch«, schrieb die Redaktion über den Herrn Primarius. »Meine Hobbies: Ich gehe gern auf die Jagd. Mein Traum ist: Einmal eine Jagdsafari mit meiner Familie in Südafrika.«

Angewidert schob Tünde den Teller mit der Suppe weg.

So musste man also sein, wenn man Mitarbeiter des Monats werden wollte, dachte sie. Kein Wunder, dass sie bis jetzt noch keinerlei Vorbild gefunden hatte. Für Weicheier wie sie war hier offenbar kein Platz.

Lilly, die Psychologin, kam herein und setzte sich zu Tünde. Sie sah sehr müde aus.

»Lingutti hat mir gerade eröffnet, dass ich Leiterin der Psychologischen Abteilung werden soll«, seufzte sie. »Der gerade einmal zwei Mitarbeiterinnen angehören: Die Matejczik und ich.«

»Das ist doch toll«, sagte Tünde, doch Lilly erwiderte, »ich möchte das aber nicht, ich möchte das ganz und gar nicht.«

»Warum?«, fragte Tünde. »Da könntest du ein paar neue Ideen einbringen…«

»Pssst!« Lilly hielt sich den Zeigefinger vor den Mund. »Willst du wissen, warum mich das stört? Weil ich in Zukunft dann für alles verantwortlich gemacht werde, was in dem Laden läuft…« Sie senkte ihre Stimme.

»Die Matejczik ist total verrückt«, flüsterte sie. »Als Leiterin müsste ich ihre Ansichten teilen, aber das kann ich nicht. Stell dir vor, sie redet den Patienten ein, dass ihre Probleme vom Teufel verursacht werden!«

Langsam stellte Tünde ihr Glas ab. Die Sache kam ihr irgendwie bekannt vor.

»Die Patienten kommen dann immer ganz aufgelöst zu mir«, sagte Lilly. »Es geht ihnen nach den Gesprächen mit der Matejczik wirklich dreckig. Du weißt schon, dieses ständige ›Ihre Sünden sind an Ihrer Krankheit schuld‹, und all das. Zurzeit sammle ich die Beschwerdebriefe, die sie mir schreiben, um dann mit dem Lingutti darüber zu reden. Vielleicht kann er diesem Treiben ein Ende setzen.«

Tünde hatte das Gefühl, als lichtete sich ein diffuser Nebel vor ihren Augen. »Ich hatte auch so eine Patientin«, sagte sie. »Ganz am Anfang voriges Jahr, ich weiß leider nicht mehr, wie sie geheißen hat. Aber sie war in Tränen aufgelöst und flehte mich an, sie nicht zur Matejczik zu schicken.«

Lilly nickte.

»Frag doch mal die anderen, ob sie auch davon gehört haben«, sagte sie, »zum Beispiel Verena.«

»Ich kann jetzt nicht«, sagte Verena. »Ich muss gehen. Um die Ecke beim Schuhgeschäft wartet Hubert auf mich. Ich nehme ihn heute ins Fitnesscenter mit.«

»Hubert? Welcher Hubert? Du bist also nicht mehr mit deinem Freund zusammen?«

Tünde lächelte.

Verena schien zu zögern. »Na, unser Hubert«, sagte sie dann. Und auf Tündes verwirrten Blick hin antwortete sie: »Der Mansfeld. Klingelt's?«

»Wie bitte? Ihr seid zusammen?« Tünde riss Mund und Augen gleichzeitig auf. »Ich dachte, er ist verheiratet und hat drei Kinder und...«

»Geh bitte«, sagte Verena. »Sei doch nicht so naiv. Wir arbeiten in einem Spital.«

Tünde war so überrascht, dass sie sich setzen musste. Ausgerechnet der Teddybär, als Frauentröster für frustrierte Turnusärztinnen! Sie fand die Vorstellung so grotesk, dass sie lachen musste.

»Vor mir hatte er was mit Tina«, sagte Verena. »Du weißt schon; die, die immer schon um sechs Uhr kam, damit sie die Frühmesse besuchen konnte. Mansfeld probiert sich halt so durch. Aber sehr diskret. Die Schwestern merken nichts. Beim Läutner bin ich mir da nicht so sicher. Aber da sagt natürlich keiner was.«

Tünde schüttelte verblüfft den Kopf. »Ich hatte keine Ahnung«, sagte sie. »Wo trefft ihr euch denn – ich meine, ihr werdet wohl kaum im Dienstzimmer...« Kaum hatte sie das gesagt, kam sie sich unendlich blöd vor.

Verena lächelte. »Ist dir noch nie aufgefallen, dass wir immer gemeinsam Nachtdienst haben?«, fragte sie. »Glaubst du, bei uns ist es anders als sonstwo?«

Tünde schüttelte immer noch den Kopf.

»Seid ihr denn noch nie von der Walfrieda erwischt worden?«, fragte sie.

»Huberts Familie unterstützt den Verein«, raunte Verena. »Das bleibt aber unter uns, okay? Und jetzt muss ich los, wir wollen schwimmen gehen. Du kannst gern mitkommen.«

Tünde grinste und nickte. »Ich schweige wie ein Grab.« Sie warf ihrer Freundin eine Kusshand zu. Die Vorstellung, mit den beiden im Whirlpool zu planschen, war einfach zu skurril für sie.

Es war nicht die einzige Liebesaffäre im St. Ehrentraud, die Tünde nicht mitbekam. Es war ein Phänomen. Offenbar schien es genügend Gelegenheiten zu geben, wenn man Tag und Nacht zusammenarbeitete, in adrenalinbehafteten Situationen, und angesichts von so viel Leid und Tod die Gelegenheiten für Sex wahllos annahm wie ein Verdurstender in der Wüste Wasser. Verena mit Mansfeld, Läutner mit Lilly – Alex, mit dem sie beim Kaffeeautomaten darüber sprach, lachte nur. Es sei völlig klar, dass sich in gemeinsamen Stress schon mal sexuelle Erregung mischte, sagte er, das sei auch wissenschaftlich untersucht worden, und wer das nicht ausnütze, sei selber schuld, sagte er. »Was im Dienstzimmer passiert, bleibt im Dienstzimmer.« Tünde fand die Vorstellung, eine Affäre mit einem Kollegen zu haben, der seinem Kumpel über einem offenen Bauch ihre Körbchengröße flüstern würde, so peinlich, dass sich ihr in Gedanken die Zehennägel aufrollten.

»Ich finde es trotzdem nicht in Ordnung, wenn man seinen Partner betrügt«, sagte sie und Alex grinste. »Du musst im Turnus noch viel lernen.«

***

Am letzten Tag der Ausstellung half Melinda dabei, die Bilder abzuhängen. Eigentlich war es Aufgabe der Hausarbeiter, doch Milan war plötzlich im Veranstaltungssaal aufgetaucht, mit der Leiter unter dem Arm, als Melinda schon befürchtet hatte, ihn nie wieder zu sehen. Während er auf der Leiter stand und die Bilder abhängte, verstaute sie die letzten Schrauben und Schnüre in ihrer Tasche, nur damit sie einen Grund hatte, in seiner Nähe zu sein. Sie stellte sich möglichst nahe neben die Leiter, vielleicht konnte sie doch noch was von seinem Schweiß erhaschen, sie wollte wissen, wie er roch, doch sie nahm nur einen schwachen Duft von Babyshampoo wahr, vielleicht hatte er zu Hause schnell geduscht und nach der falschen Flasche gegriffen. Er stand mit geöffneten Beinen auf der Leiter, hielt sie mit seinen Schenkeln fest und einen Moment lang stellte sie sich vor, seine Beine entlangzustreichen, und fragte sich, wie er wohl reagieren würde.

Immer wieder ertappte sie sich beim Gedanken an seine Frau; sie fragte sich, wie sie wohl aussah und ob sie ihr ähnlich war. Tatsächlich hatte sich Melinda bei der Vernissage unauffällig umgesehen, ob sie irgendwo eine Frau entdecken konnte, um die er seinen Arm legte, ob er eine Handtasche hielt oder irgendein Kind auf die Stirn küsste, doch sie hatte niemanden gesehen, warum sollte er sie ihr auch vorstellen, er war nicht zum Spaß hier, er machte nur seinen Job, offiziell war gar nichts zwischen ihnen, rief sie sich immer wieder ins Gedächtnis, Blicke zählten nicht, und kein Mensch kann Gedanken lesen – zum Glück. Sie dachte ungern an seine Kinder, die Tatsache, dass er welche hatte, erschien ihr wie ein unrechtmäßiger Vorsprung, als habe er eine Premiere besuchen dürfen, zu der sie nicht eingeladen war und vielleicht sollte sie es ihm gleich machen und auch ein Kind bekommen, dachte sie, dann würden sie in der gleichen Liga spielen und vielleicht würden dann auch ihre Gedanken an ihn verschwinden, Gedanken, die nicht in Ordnung waren, die sie aber nicht abstellen konnte. Vielleicht würden sie einander ja eines Tages in einem Altersheim wiederbegegnen, wenn sie ganz alt waren und sich das Problem mit seiner Familie schon längst gelöst haben würde, tagträumte sie, sie müsste es nur schaffen, bis dahin den Kontakt aufrechtzuerhalten, und dann würde sie keine Sekunde lang zögern und ihn sofort zum Essen einladen, und er würde bestimmt zusagen, denn dann würden sie beide keine Zeit mehr zu verlieren haben und dann würden sie in ein Hotelzimmer wanken, einander gegenseitig stützend, und es würde ganz egal sein, ob er dann vielleicht schon halb blind sein würde und sie halb lahm, sie würde ihn immer noch umwerfend finden, selbst wenn er falsche Zähne und sein dichtes lockiges Haar gegen eine Glatze eingetauscht hätte, und es würde reichen, um genussvoll ineinanderzustecken, ihr Gesicht in seinem Brusthaar vergraben, denn das klappt auch im Liegen.

Solange sie Milan jeden Tag sah, hatte sie sich gefühlt als sei ihr Leben in etwas Weiches getaucht, wie in Zuckerwatte; nun würde dies ein Ende haben und sie zerbrach sich den Kopf, wie sie es anstellen konnte, ihn auch in Zukunft regelmäßig zu sehen. Doch es war gar nicht nötig, denn beim Verabschieden sagte er, »sollten Sie wieder neue Bilder haben, melden Sie sich. Wir können wieder eine Ausstellung machen.« Ihr fiel ein Stein vom Herzen, denn damit hatte er ihr den Ball zugespielt und mit der Verheißung weiterer Treffen konnte sie leben.

»Wie gesagt – melden Sie sich«, wiederholte er und dann senkte er die Augen und ging davon und sie fragte sich, bis wann es genau sei, es war für sie wichtig. Sie hielt es nicht mehr lange in der leeren Bank aus, ohne ihn war sie doppelt leer, und sie ging auf die Straße, eine Rolle mit Plakaten unter dem Arm, und steckte ihre rechte Hand in die Wärme ihrer Manteltasche, um das Gefühl seines Händedrucks darauf zu bewahren.

Robert war gerüstet. Er hatte gemerkt, dass zwischen Milan und Melinda irgendetwas Geheimnisvolles vor sich ging, ein Hin- und Herfließen einer höheren Energie, die er nicht benennen konnte, und die jedenfalls nicht für ihn bestimmt war. Er spürte, dass Melinda anders war, wenn sie Milan vorher getroffen hatte, sie war dann empfänglicher für Worte und Gefühle, wie eine Muschel, die sich geöffnet hatte, ihr Blick war unstet, und manchmal ging sie geradewegs in ihr Atelier, um zu malen.

»Ich habe Inspiration«, sagte sie dann, »die kommt nun einmal nicht von neun bis fünfzehn Uhr, du verstehst das nicht«; und er ärgerte sich, sowohl, weil sie provozierend auf seinen offenbar langweiligen Beruf anspielte, als auch, weil er selbst diese Art von Inspiration anscheinend nicht auslösen konnte, dann klagte er, dass er ohne sie nicht einschlafen könne, und wenn sie sich doch zu ihm legte, nach ihren Farben riechend, merkte er, dass sie mit den Gedanken ganz woanders war.

Irgendetwas schienen diese Zustände mit diesem Milan zu tun zu haben, vielleicht hatte er ihr auch nur Tipps gegeben, wie sie noch besser berühmt werden könne, diese PR-Typen hatten ja alle möglichen psychologischen Tricks auf Lager, vielleicht hatte er irgendwelche neurolinguistischen Diagramme auf sein Flipchart gekritzelt und jetzt bildete sie sich ein, sie befolgen zu müssen. Und Robert wusste: Es gab nur eine Chance; er musste ihr etwas bieten, was dieser Milan ihr nicht bieten konnte, und aus diesem Grund hatte er Shirin Sefidi beauftragt.

Melinda, ihre Plakate immer noch unter dem Arm, sah von der Straße aus, dass in ihrem Wohnzimmerfenster noch Licht brannte.

Bestimmt hatte Robert auf sie gewartet, um das Ende der erfolgreichen Ausstellung zu feiern, vielleicht hatte er Sekt in langstielige Gläser gegossen, und auf einmal graute ihr vor dem Wiedersehen, denn der einzige Ort, wo sie hinwollte, war Milans Nähe.

Als sie zu Hause ankam, öffnete Robert beschwingt die Tür. Offenbar hatte er gekocht; in der Wohnung roch es nach Zwiebeln, doch er trug einen Anzug, seltsam, sie hoffte, dass das kein Verführungsversuch werden solle, sie hatte einmal erwähnt, dass ihr Anzüge bei Männern gefielen und sie die Illusion der Seriosität erotisch fand, doch dabei war sie ein wenig beschickert gewesen und jetzt war eindeutig der falsche Zeitpunkt dafür.

Auf dem Küchentisch standen zwei Sektgläser.

»Hast du Damenbesuch gehabt?«, fragte sie mit hörbarer Ironie und wünschte, er würde auf den Scherz eingehen; sie wunderte sich, dass es sie nicht einmal stören würde, wenn er bejahte, denn dann wäre sie weniger alleine mit ihren untreuen Gedanken; doch er verstand nichts und lächelte breit.

»Unsinn«, sagte er, »du bist mein Damenbesuch, meine kleine Schnecke, gratuliere zur erfolgreichen Ausstellung, ab jetzt wirst du berühmt!«

Sie verzog das Gesicht, »nenn mich nicht so«, sagte sie ungewohnt aggressiv und er stutzte, »wieso, ich habe dich immer so genannt, seit unserem Spaziergang in den Weingärten, erinnerst du dich?«

»Nun, dann nenn mich ab jetzt nicht mehr so, es geht mir auf die Nerven. Ich bin nicht wie eine Schnecke, vielleicht nur bei dir.«

Sie wollte ihn provozieren, damit er wütend auf sie war; vielleicht würde er sich dann auf sie stürzen und sie ohne Rücksicht nehmen, gleich hier in der Küche, es wäre eine gute Möglichkeit, eigentlich die einzige, um Milan zu vergessen. Doch leider lächelte er wieder freundlich und sie fragte sich, was sie tun könne, um irgendeine Reaktion bei ihm hervorzurufen, die anders war als sein freundliches Lächeln, das sie plötzlich unsagbar kindisch fand.

»Ich habe gekocht«, sagte er, »es gibt Huhn mit Reis«, und er sah sie flehend an und schielte in Richtung der Sektgläser, und mit beinahe lustvoller Freude, ihn zu kränken, sagte sie, »ich habe aber keinen Hunger, ich möchte mich hinlegen.«

»Wahrscheinlich bist du traurig, dass die Ausstellung nun ganz vorbei ist«, sagte er und folgte ihr zögernd ins Schlafzimmer, und sie dachte, warum immer dieses Zögern, wieso packte er sie nicht einfach, vielleicht würde es ihr besser gehen, wenn sie einen Mann hätte, der das konnte, Milan würde das sicher können, und sie schob den Gedanken beiseite, dass sie dies zu wissen glaubte, obwohl zwischen ihnen rein gar nichts gewesen war außer einem freundschaftlichen Händedruck.

»Sei nicht traurig, meine Süße«, sagte Robert plötzlich, »ich habe eine Überraschung für dich«; sie sah ihn erschrocken an, auf einmal erinnerte sie sich an das teure Parfum, das er ihr zum letzten Geburtstag gekauft hatte und das sie abstoßend fand, hoffentlich hatte er nicht irgendetwas gekauft, das er für frivol hielt, wie Wäsche oder so.

»Das ist aber nett von dir«, sagte sie und inzwischen ärgerte sie auch schon sein Hundeblick; er würde alles tun, um sie zufriedenzustellen, und sie brachte es nicht übers Herz, ihm zu sagen, dass sie sich nach Streit sehnte, nach handfestem Streit, so dass wenigstens ein paar negative Emotionen hochkommen würden in ihrer langweiligen

Beziehungssuppe, die immer noch besser sein würden als keine, ein paar Aggressionen, alles würde sie erregender finden als diesen lähmenden See aus Harmonie, in dem sie scheinbar schwammen.

Er hielt ihr den glänzenden Prospekt von Shirin Sefidi hin, Tausendundeine Hochzeit stand darauf, »Weddingplanner Klosterneuburg. Wir erfüllen all Ihre Wünsche.« Sie verstand noch immer nicht, oder wollte nicht verstehen.

»Du hast gesagt, du hättest zu wenig Zeit, um eine Hochzeit zu planen, und deshalb sollten wir noch warten«, fügte er hinzu und seine Stimme erstarb beinahe, »aber ich hab es mir anders überlegt«, flüsterte er. »Lass uns Nägel mit Köpfen machen und heiraten – lieber früher als zu spät.«

Melinda ließ sich auf einen Sessel fallen, »ich kann das jetzt nicht beantworten«, mit schlechtem Gewissen dachte sie an Milans weiße Leinenhose, wie er auf der Leiter gestanden war, durch deren dünnen Stoff sie alles gespürt hätte, wenn sie sich nur getraut hätte, auf die Suche zu gehen.

»Aber ich«, sagte er, »und ich werde dich dazu bringen, dass du auch willst«, und da kniete er schon vor ihrem Sessel, hatte sich auf alle Viere niedergelassen und steckte sein Gesicht unter ihren Rock, den sie überrascht mit beiden Händen festhielt.

»Nicht, Robert, was machst du da«, rief sie, mehr aus Überraschung als aus Verärgerung, doch sein Kopf war stärker als ihre Hände, er stieß ihn wie ein Widder nach vorne zwischen ihre Schenkel und plötzlich war seine Zunge überall, wie ein zappelnder Fisch, tastete sich vor, erfreut, dass sie keinen

Widerstand spürte, und sie rief, »hör auf, Robert, hör sofort auf, nicht jetzt, hörst du«, und packte ihn am Kragen, als müsse sie einen wilden Stier zähmen, doch sein Kopf war stärker, und gleichzeitig spürte sie, wie ein Schauer sie durchflutete wie der Flügelschlag von Schmetterlingen, ihr Griff um seinen Kragen wurde schwächer, der Fisch wand sich, zappelte im Netz, und besiegt lehnte sie sich zurück, sie hatte gedacht, ihm entfliehen, ihn wegstoßen zu können, doch er war stärker und sie löste sich besiegt in ihrem neuen Willen auf.

»Ich fasse es nicht«, flüsterte Melinda und betrachtete mit stockendem Herzen den Hochzeitskatalog, den Robert ihr vors Gesicht hielt. Ihr Unterleib pulsierte noch von seinen Küssen, er trat hinter sie und schob ihre Haare beiseite und während er den Reißverschluss ihres Kleides öffnete, merkte er, dass sie sich eine Träne aus dem Augenwinkel wischte.

›Sie weint vor Rührung‹, dachte er, endlich einmal hatte er alles richtig gemacht.

Sie durchblätterte den Katalog mit den gestellten Fotos von strahlenden Bräuten auf grünem Gras, umgeben von pastellfarbenen Cupcakes, und auf einmal dachte sie, wozu all das Zögern, hier ist das wahre Leben, sie konnte nur dieses haben oder einen unrealistischen Traum, und immerhin könne sie sich ja hin und wieder vorstellen, er sei Milan.

Als habe er ihre Gedanken erraten, packte Robert seine letzte Waffe aus.

»Wie geht es eigentlich diesem Bankmenschen?«, fragte er

listig und Melinda verbarg geschickt ihr Zusammenzucken, »gut«, sagte sie, »ich meine, ich habe keinen persönlichen Kontakt zu ihm, abgesehen von der Ausstellung.«

Robert nickte, sie konnte es fühlen, während seine Finger unter den Rand ihres Büstenhalters glitten.

»Ich habe mich unlängst bei der Bank nach ihm erkundigt, er arbeitet jetzt weniger, weil seine Frau wieder schwanger ist. Richte ihm doch Glückwünsche aus, wenn du ihn siehst«, sagte er.

Melindas Augen weiteten sich; es war, als würde sie ein Güterzug überrollen; ihr Körper versteifte sich eine Zehntelsekunde lang, nur so kurz, dass Robert es auf die Berührung seines Fingers mit ihrer Brustwarze hätte schieben können, die auch prompt ihre Form veränderte, welch ein Glück, dass seine Frau so leicht zu durchschauen war. Doch ihr Körper reagierte autonom, in ihrem Kopf dröhnten die Worte, seine Frau ist schwanger, seine Frau war schon wieder schwanger, diese Möglichkeit hatte sie überhaupt nicht bedacht in ihrem kindischen Egoismus. Wieso hatte er es ihr nicht erzählt, doch wieso hätte er auch sollen, sie standen sich nicht so nahe, dass er über seine Familienplanung Rechenschaft ablegen musste, dachte sie. Schon regte sich Zorn in ihr, der Zorn der ungerecht Behandelten; wie konnte er es wagen, wie konnte er seiner Frau ein Kind machen, während sie sich ständig nach ihm verzehrte, grundlos eigentlich, wie ihr schien, und wie aus Rache erwiderte sie Roberts Küsse, biss ihm fast die Lippen wund, zog ihn angezogen, wie er war, aufs Bett, ließ ihm gar keine Zeit, seine Hose auszuziehen, ein Öffnen des Reißverschlusses musste genügen, und sie setzte sich auf seinen Schoß, während er triumphierend ihre Hüften hielt, und schon überflutete sie das altbekannte Gefühl wie aus einem Eimer, der aus dem Brunnen gezogen wird, und ihr letzter Gedanke, bevor sich der Eimer über sie ergoss, war, ›was soll's, wozu einem Trugbild hinterherlaufen, besser ein langweiliger Mann als ein falscher Traum, ich bevorzuge das Reale.‹

Die ganze Familie staunte, wie schnell die beiden ihre Hochzeit vorbereiteten. Vor allem Gertrude strahlte, in Erwartung baldiger Enkelkinder, und Tünde, die alte Romantikerin, in Erwartung eines pastellfarbenen Brautjungfernkleides, nur Lenka fragte in einem verschwiegenen Moment, ob das alles nicht ein wenig voreilig sei. Melinda stürzte sich in einen Rausch aus Tüll, Blumen und Zuckertorten; alles musste ausprobiert, verkostet, nichts durfte dem Zufall überlassen werden. Die größte Herausforderung bestand darin, die Gäste ins Waldviertel zu karren, wo auf Roberts Wunsch die Hochzeit stattfand; sie selbst hatte so schnell keinen Wunsch geäußert, daher geschah vieles so, wie Robert es wollte. Erst als der große Tag näher rückte, merkte sie, wie sehr sie das kränkte; viel lieber hätte sie im Burgenland eine ungarische Hochzeit gefeiert mit Ziehbrunnen anstelle der dichten, dunklen Wälder; um wieviel lieber wäre sie mit einer Pferdekutsche als einer Limousine zur Kirche gefahren, und ihre Streitereien über Kleinigkeiten brachten immer mehr Verschiedenheiten zwischen ihnen zutage, lauter scheinbar unwichtige Details, an denen sie jedoch hingen wie kleine Kinder, die sich um eine Puppe streiten.

Die Angst begleitete sie auf dem ganzen Weg zur Kirche, fuhr im Brautauto mit und kumulierte auf dem roten Teppich, der zum Altar führte, vor dem ihr Verlobter wartete.

Man sagt, dass sich die Angst des Reiters auf das Pferd überträgt, aber im Nachhinein konnte niemand sagen, ob dies der Grund war, weshalb Tamás Éneks Herz so plötzlich gestolpert war. Während sie selbst vornüberfiel, sah sie im Blick ihres Vaters einen Ausdruck, der seinen nahenden Tod vorwegnahm. Und deshalb fuhr sie so, wie sie war, im Hochzeitskleid ins Spital mit, als die Orgel verstummt und vom Martinshorn des Rettungsautos abgelöst worden war, als sie ihren Vater auf die Bahre gehievt hatten und die Gäste sogar in den vordersten Reihen mitbekommen hatten, dass dies kein Hochzeitsspiel war, sondern purer Ernst.

»Sagt die verdammte Hochzeit ab, sie ist nicht wichtig«, hatte sie gesagt, und angesichts der Tragödie hatte jeder ihr die harten Worte verziehen, doch in Wirklichkeit war sie froh gewesen, dass ihr Vater ihr wieder einmal im letzten Moment aus der Patsche geholfen hatte. »Zumindest die Flitterwochen dürft ihr nicht absagen«, keuchte Tamás Ének wenig später in gewohnter Sturheit unter seiner Sauerstoffmaske hervor, »sonst lasse ich mir den Bypass nicht machen.«

Der Arzt im Hintergrund klopfte mit dem Kugelschreiber auf die Krankenakte. Robert warf zuerst seinem zukünftigen Schwiegervater und dann Melinda einen mahnenden Blick zu.

»Also gut«, sagte er, »dann fahren wir zuerst auf Hochzeitsreise und holen die Hochzeit später nach, wenn du wieder gesund bist.«

»Du bist so ein Starrkopf, Papa«, hatte Melinda gerufen und vor Wut mit dem Fuß aufgestampft, »was, wenn das dann in unserer Abwesenheit schief geht mit diesem Stent?«, doch Tünde trat ihr gezielt auf den Fuß, so dass Tamás erleichtert geseufzt hatte, »gut, ihr seid alle einverstanden, dann gute Reise und wir sehen uns nach meiner Operation.«

Robert musste Melinda förmlich zum Flughafen schleppen und dann weinte sie den ganzen Hinflug lang; erst jetzt verstand sie, was Tünde meinte, wenn sie sagte, dass der Tod stets im Schatten wartet. Melinda hatte das Gefühl gehabt als warte er unten, auf dem Boden, den sie überflogen, während ihrem Vater eine Vene aus dem Bein gezogen und an die Herzkranzgefäße genäht wurde, und erst, als sie Tündes SMS bekam, dass er alles halbwegs gut überstanden hatte, realisierte sie, dass sie auf Korsika war.

»Und«, sagte Robert, der ihren Mietwagen im Lichte der untergehenden Sonne in Richtung Ferienhaus steuerte, »bist du nun bereit für unsere Flitterwochen?«

Melinda lächelte. Sie hatte ein solcher Lebenshunger gepackt, dass sie zu allem bereit war. Sie schob ihre Sonnenbrille auf die Stirn und betrachtete das türkisblaue Meer, die Felsen, die sich zackig gegen den Himmel erhoben; Wien und ihre Geschwister, ihre Eltern und Milan waren weit weg; neben ihr saß ihr zukünftiger Mann, ein echter Mensch aus

Fleisch und Blut, der sie soeben beinahe geheiratet hätte und wieso das nicht der Fall gewesen war, war eigentlich egal.

Sie hatte wenig Kleidung mitgenommen, hauptsächlich Wäsche, um den seltsamen Phantommann aus ihren Gedanken zu verdrängen. Ihr Koffer ließ sich kaum noch schließen vor lauter Strapsen und Seidenhemdchen, als sei sie Vertreterin einer Wäschefirma, und bald bereute sie, dass sie auf feste Schuhe oder Pullover verzichtet hatte, denn die Abende waren kühl; doch die hellen Strahlen der Tagessonne bleichten die Erinnerungen an Milans Hände, Nase und Augenbrauen aus und in der grillendurchzirpten Abgeschiedenheit ihres Bungalows gelang es ihr tatsächlich, ihn eine Zeitlang aus ihren Gedanken zu verdrängen. Der Alltag fiel von ihr ab wie Sand, der in der Sonne trocknete. Am Strand, der zu den Bungalows gehörte, hatte eine junge Familie vor ihnen einen Platz belegt und Melinda sah der kleinen Tochter mit den wie bei einer Porzellanpuppe aufgeworfenen Lippen nach, die in ihrer Badehose herumstakste, die ihr dank der gut gefüllten Windel bis zu den Knien hing.

»Vielleicht sollten wir auch ein Baby bekommen«, sagte sie, als sie sich abends auf der Terrasse einer Bar halbbeschwipst zu den Klängen des Barpianisten wiegten, und er fragte, »was meinst du mit auch?«, und sie sagte, »na so wie die Familie am Strand, findest du nicht, die Frau sah so sexy aus.« Robert lächelte wie erwartet und sagte, dass es an ihm nicht liege.

Sie fühlte sich hin und her gerissen; einerseits würde sie Robert dann für immer an sich binden, andererseits würde sie damit vielleicht eine Wunde heilen, von der niemand etwas ahnte, eine Wunde, die sie sich aus Unbedachtheit selbst zugefügt hatte, niemals hätte sie gedacht, dass sich so kurz nach ihrer Verlobung ein anderer Mann in ihre Gedanken drängen könnte, der sich in ihnen festgeklebt hatte wie Zuckerwatte. In solchen Momenten wünschte sie, dass ihr die Entscheidung abgenommen würde, so wie bei ihrer Hochzeit, er solle sie sofort schwängern, am besten gleich hier im Türrahmen, noch bevor sie es sich anders überlegen konnte. Im nächsten Moment stellte sie sich das Leben mit einem Kleinkind vor, das die ganze Zeit schrie, seltsamerweise nicht mit einem Baby, denn das konnte sie sich überhaupt nicht vorstellen, und sie sah vor sich, wie sie mit Robert streiten würde und sich dann heimlich aus dem Haus schleichen, um Milans dunkle Hände an ihrem Körper zu spüren, und all das war kein Problem, nicht der Betrug an ihrem Verlobten oder die Heimlichtuerei, sondern das Kind, das im Hintergrund schreien würde, und dem sie nicht antun konnte, heimlich an einen anderen zu denken als an seinen Vater.

Doch dann wischte sie diese Bilder wieder beiseite und beschloss, die Natur entscheiden zu lassen, die sich immer richtig entschied, wie sie dachte, doch das war falsch, denn die Natur entscheidet immer richtig für sich selbst und nimmt keine Rücksicht auf Befindlichkeiten.

Die Übelkeit, die Melinda zwei Wochen nach der Ankunft in Wien wie von einer Naturkatastrophe aufschrecken ließ und vor der Kloschüssel niederzwang, traf sie mitten in der Nacht. Während ihr Magen quälend ins Leere pumpte, fragte sie sich, was sie zuletzt gegessen hatte. Dann fiel ihr siedendheiß ein, dass ihre Periode längst überfällig war. Mit eiskalten Händen kramte sie einen Schwangerschaftstest aus dem Schrank. Als der doppelte rosa Strich auf dem Plastikstäbchen auftauchte, war das erste, was sie fühlte, nackte Angst. Im Fernsehen wurden solche Momente immer zelebriert, Frauen versteckten den angepinkelten Test mit einer rosaroten Schleife versehen unter den Kopfkissen ihrer Männer, um die Botschaft zu überbringen. Melinda hingegen wankte ins Schlafzimmer und rüttelte den schlafenden Robert an der Schulter.

Melinda hatte diese Leere am Ende des ersten Lebensdrittels, die so viele ihrer kinderlosen Freundinnen quälte, niemals gespürt; vielleicht, weil die Malerei sie sowieso bis ins hohe Alter ausfüllen würde. Es schien, als habe ihre Seele damit noch warten wollen, im Gegensatz zu ihrer Schwiegermutter.

»Du lehnst die Schwangerschaft innerlich ab«, sagte Gertrude beim nächsten Sonntagskaffee vorwurfsvoll, »deshalb ist dir so schlecht.«

»Schwachsinn«, meinte Tünde, »das ist dein Hirnstoffwechsel. In drei Monaten wird es dir besser gehen.«

Auch der Arzt riet Melinda, ihre Schwangerschaft zu genießen, und sie fragte sich, was mit ihr nicht stimmte, da sie sich schwerkrank fühlte, als raube ihr ein Tumor die letzte Lebenskraft.

Silvester würde mühsam werden, immerhin war es zweitausendacht, noch zwei Jahre bis zum Runden. Ihre Schwester hatte Dienst, so wie auch zu Weihnachten. Immerhin hatte Tünde jetzt einen netten Freund, Raoul, er brachte ihr Blumen ins Krankenhaus, als Kompensation für ihr eigenes Verblühen. Sie sprachen schon von Verlobung, was Melinda sehr erleichterte. Sie und Robert würden jedenfalls mit ihren Eltern feiern müssen, was sie immer mehr als Last empfand. Seit seiner Herzoperation war ihr Vater schwierig geworden. Erika musste ihn an seine Blutverdünner erinnern, an seine Kontrolltermine, die er nicht mehr in Anspruch nehmen wollte. Nicht einmal Tünde konnte ihn überreden, zu einem Neurologen zu gehen, auch nicht, als er über Blitze in seinem Kopf sprach. Und deshalb versuchte Melinda, nicht vor ihren Eltern zu jammern, weder über die Schwangerschaft noch über sonst irgendetwas, denn indirekt war sie am Zustand ihres Vaters schuld, sie hatte ihn da hineingerissen, wenn auch nicht bewusst, denn er hatte sie retten müssen mit seinem Herzinfarkt, damals am Weg zum Altar, und so sagte sie, es gehe ihr gut, es sei alles in Ordnung und sie täuschte Fröhlichkeit vor. Als Tünde sie zwei Tage später anrief, wollte sie dasselbe sagen, sie öffnete schon den Mund und schloss ihn erst wieder, als Tünde schluchzend sagte, »hör zu, es ist etwas Schreckliches passiert.«

***

Als Adam, halb über Agi gebeugt, nach dem Kugelschreiber griff, ahnten beide, was geschehen würde; es war, als seien sie mit der ersten Berührung unwiderruflich in die Aura des anderen eingetaucht.

»Was möchtest du?«, fragte Adam, um Zeit zu gewinnen; er wollte nicht derjenige sein, der anfing, auch wenn das, was geschehen würde, bereits in der Luft hing wie eine Gewitterwolke, bei der nur ein elektrischer Funke genügte, um sie zu entladen.

»Wir sollten«, begann er, doch ihre Hand auf seiner brachte ihn mit sanftem Druck zum Schweigen, und er roch ihr frisch gewaschenes Haar, Honig, es war tatsächlich Honig, wonach sie roch, und er tauchte kaum merklich die Nase in ihr Haar, das sich wie ein dunkler Wald vor ihm kräuselte. Er sah ihre feinen Poren, erstaunlich, wie Haut aus der Nähe aussieht, und den zarten Flaum auf ihrer Oberlippe, wie ihn dunkelhaarige Frauen haben, darunter wölbte sich ein hoher Amorbogen, ihre Lippen, leicht geöffnet, sie schienen ihm vollendet wie eine tropische Frucht. Ihr Mund kam seinem so nahe, es war nicht möglich ihm auszuweichen, selbst wenn er es gewollt hätte, sie pflückte förmlich einen Kuss in einer hauchfeinen Bewegung, und es machte nichts, denn er würde immer noch sagen können, dass es Zufall gewesen war, dass er es nicht gewollt hatte, sie hatte ihn verführt wie

Eva im Paradies, bereits die Erbsünde war die Schuld der Frauen gewesen.

»Sag, dass du es willst«, flüsterte er und sie hauchte ein kaum hörbares Ja, sie wollte geküsst werden, und geliebt, vom Professor, sie wollte die Muse sein, die ihren Meister verführt. Er hatte alles in die Länge gezogen, ihre ganze Zusammenarbeit war ein Vorspiel gewesen, das auf den Höhepunkt zusteuerte, all die Andeutungen und Blicke hatten sie schon in Vorfreude erschauern lassen und nun war sie fast am Ziel und er hatte es gemerkt und trotzdem nicht aufgehört und das weckte eine wilde Freude in ihr, endlich wurde sie gesehen.

»Was willst du jetzt«, flüsterte er, als wolle er sagen, »ich mache alles, was du willst, solange du es nur sagst«, und sie flüsterte, »Sie will ich, wollte ich von Anfang an.«

»Das ist aber verboten«, raunte er in gespielter Hilflosigkeit, doch sie hatte sich zu ihm umgedreht und war schon dabei, sein Hemd aufzuknöpfen, es war erstaunlich, welch flinke Hände sie hatte, sie waren plötzlich überall, ihre Hände, und brachten seine Mauern zum Einsturz, die er zu seiner Verteidigung aufgebaut hatte; sie stürzten ein wie die Mauern von Jericho auf Trompetenklänge eingestürzt waren. Was hatte sie auch so vor ihm stehen müssen, vornüber gebeugt an den Tisch gepresst, nur irgendein Stoff zwischen ihm und ihrer Gesäßspalte, offenbar war sie in Duldungsstarre verharrt wie die weiblichen Tiere, wenn sie begattet werden wollen, was sollte er auch tun, sie hätte stoppen können, nicht er.

»Ich will dich spüren«, flüsterte sie und schmiegte sich an ihn, tastete mit den Fingern unter sein Hemd und öffnete den Gürtel seiner Hose, er hatte keine Ahnung, was genau sie dort machte, spürte nur seine zum Bersten stramme Erektion, gegen die er nichts tun konnte, und sie führte seine Hände zu dem Knopf ihrer Jeans, wie von selbst schoben sie alles Trennende beiseite, sie ließ ihn den widerspenstigen Stoff hinunterziehen, es war schwierig bei der Rundung ihrer Hüften, doch je länger es dauerte, desto mehr wuchs ihre Erregung, und sie nahm seine Hand und führte sie zwischen ihre Schenkel, fragte, ob er spüre, wie bereit sie war, und er konnte nicht antworten, konnte nicht mehr denken, schließlich führte sie seine Hand, eine höhere Energie atmete ihn, wie hätte er sich wehren können, vor allem, da sie sich wieder umdrehte und er sie unwillkürlich gegen die Tischkante presste. Ob sie sich sicher sei, flüsterte er, und sie nahm seine Finger in den Mund, saugte an ihnen und er spürte die Wärme, die ihn einsaugte, sie war gleich der Hitze, die er zwischen ihren Hinterbacken spürte, und genau in dem Moment, als er bereit war, in die dunkle Enge hineinzutauchen, piepste etwas, seine Hand, die soeben noch feuchte Lippen liebkost hatte, tastete verärgert auf dem Schreibtisch, was zum Teufel war das, es hörte nicht auf zu piepsen, und zum Platzen gespannt hatte er endlich die Quelle des Geräusches identifiziert, es war sein Mobiltelefon, auf dessen Display Melindas Antlitz blinkte.

Er wollte auf Stopp drücken, doch seine Finger erwischten die falsche Taste, die Feuchtigkeit auf seinen Fingern hinterließ eine klebrige Spur auf der Tastatur, schon klang die klagende Stimme seiner Schwester aus dem Hörer, erfüllte seine Ohren und den Raum zwischen ihm und Agi, die, von seinem Becken an den Schreibtisch gedrückt, erstarrt war.

»Sag, Adam, du weißt, dass deine Frau in Wien ist«, schnarrte es aus dem Hörer, irgendetwas quietschte, offenbar eine Überlagerung der Töne, »sie übernachtet bei mir, es fährt heute kein Zug mehr zurück«, sagte sie, »wieso bist du nicht mitgefahren, was ist los, wie geht es den Kindern?«

»Du, ich kann jetzt nicht«, keuchte er, »ich bin gerade bei etwas Wichtigem, ich rufe dich später an«, und dann drückte er auf den roten Knopf, schaltete sein Telefon ab und warf es von sich, es landete zufällig im Abfalleimer unter dem Schreibtisch, und Agi kicherte im Glauben, es sei ein gezielter Wurf gewesen, »sehr gut«, flüsterte sie, und die Worte dröhnten in seinem Kopf, sehr gut, sehr gut, sehr gut, ließen sein Glied anschwellen, das durch die Unterbrechung seiner nervtötenden Schwester erschlafft war; nun war es zum Bersten und jetzt gab es kein Zurück mehr, er stieß in Agi hinein und mit einem Aufschrei lief ein Zittern durch seinen Körper, und er brach über ihr zusammen und hielt sie keuchend fest.

Sie hatte aufgestöhnt bei dem plötzlichen Stoß, jetzt bewegte sie vorsichtig ihr Becken, doch da war nichts mehr, und sie fragte sich, warum ein warmer Bach an Flüssigkeit ihren Oberschenkel entlang rann. Verwundert drehte sie sich um, er hatte sich verschämt zurückgezogen, stand mit erschlafftem Penis da, seine Hose hing ihm bis zu den Knien und in seinen Augen glänzte neben Stolz auch Schuldbewusstsein, er zuckte verwirrt die Achseln, als würde er sagen, »es tut mir leid.« Sie blickte von seinem Gesicht zu seinem erschlafften Glied, das in dem Gewirr aus gekräuselten schwarzen Haaren herunterhing, als sei nichts geschehen, und dann zu dem Flüssigkeitsfaden auf ihrem Oberschenkel, sie fühlte sich leer wie eine angebrochene Milchpackung, die plötzlich stehengelassen worden war, die unbefriedigte Lust flackerte noch irgendwo in ihrem Leib, wo sie langsam verglühte und es machte sie wütend, sie versuchte, das Brennen zwischen den Schenkeln zu ignorieren und dann verstand sie. »Das war alles?«, flüsterte sie fassungslos, »ich dachte, du würdest… wir würden…«

»Hör mal, es tut mir leid, okay?«, sagte er, während er sich den Reißverschluss hinaufzog, »ich habe das nicht beabsichtigt, es ist einfach passiert, sei mir nicht böse, du wolltest es ja auch, oder, du wolltest es doch«, und Agi flüsterte, »ja, aber nicht so«, und plötzlich zuckte sie zusammen, als würde ihr etwas einfallen, und sie murmelte, »ich muss dringend unter die Dusche, hast du hier eine Dusche?«

»Warum eine Dusche, hier ist das Theologische Institut und kein Schwimmbad«, er staunte über seine harten Worte, die von selbst so aus seinem Mund fielen.

Er konnte das Erschrecken auf Agis Gesicht nicht deuten, warum hatte sie es so eilig, von ihm wegzukommen, noch vor wenigen Minuten hatte es ihr nicht schnell genug gehen können, jetzt zog sie eilig ihre Jeans über die Hüften, in ihren Augen stand blanke Enttäuschung oder so etwas wie Tränen.

Er legte ihr die Hand auf die Schulter.

»Hör mal, wir können alles nachholen«, sagte er, »wir haben so viel Zeit«, und er glaubte seine eigenen Sätze schon nicht mehr, welches nächste Mal, es würde kein nächstes Mal geben, es durfte kein nächstes Mal geben, schließlich war es eine Sünde, die größte Sünde, die er hatte begehen können. Nach dem kurzen Zersplittern des Bildes hatte es sich wieder neu zusammengesetzt, er sah wieder klar, wie durch ein Mikroskop, seltsam, wie anders es noch vor wenigen Minuten gewesen war. ›Das ist das Problem mit dem Sex‹, dachte er, ›genau das ist das Problem, dieser Kontrollverlust, es kann nicht gesund sein für die Menschen, es überfordert sie.‹ Er hätte gar nicht erst anfangen sollen, er hätte sie nicht küssen sollen, niemals berühren sollen, er hätte nicht einwilligen sollen, sie zu betreuen, hätte sie nie aufs Institut einladen sollen, aber sie war es, die plötzlich hier aufgetaucht war, als habe sie von Anfang an den teuflischen Plan gehabt, ihn zu verführen, als wäre er von Anfang an nur Spielball weiblicher List gewesen.

»Bis bald«, sagte sie leise, während sie schon bei der Türe stand. »Wann kommst du wieder?«, rief er, lief ihr nach, um sie einzuholen, seine Stimme klang brüchig, »wir können das besprechen, hör mal, jeder kann einen Fehltritt machen, wie soll ich dich denn jetzt weiter betreuen?«, doch sie war schneller, lief schon die Stufen zur Straße hinunter, während er unschlüssig und frierend vor dem Haus stand und auf den immer gleichen Hauptplatz starrte, der sich nicht verändert hatte. Die Bäume, die Kirche, der Kebabladen gegenüber waren gleich, während sich seine Welt verändert hatte, er nur noch nicht wusste, wie. Mit einer Leere im Kopf trottete er zurück in sein Zimmer, das nach Samen roch, der dazu dienen sollte, mit seiner Frau Kinder zu zeugen. Die Sünde lastete schwer auf ihm, vor einem Schreibtisch voller verstreuter Papiere, vor dem er von nun an immer sie sehen würde, mit nacktem Gesäß und nach vorne gebeugt.

Es war bereits spät, als er Pavol und Jan bei der Diakonie abholte. Frau Rosalie, die Frau von der Kinderbetreuung, die Lenka nur akzeptiert hatte, weil sie so attraktiv war wie eine Ranunkel, öffnete ihm die Tür im altbekannten cremefarbenen Twinset unter dem sorgenvollen Gesicht. Adam sah Pavols hellen Schopf, der sich hilfesuchend an ihr Bein klammerte, von Jan war weit und breit nichts zu sehen.

»Entschuldigen Sie, dass es so spät geworden ist«, stammelte Adam, »ich habe so viel Arbeit gehabt, meine Frau ist leider krank geworden«, das entsprach der Wahrheit, Lenka schien es wirklich nicht gut zu gehen, er konnte ja nicht sagen, dass sie abgehauen war, eine gute Mutter machte so etwas nicht.

»Sie Ärmster, es ist toll, wie Sie das schaffen«, sagte Rosalie. Sie bot ihm einen Kaffee an, und er musste an Lenkas Worte denken, Väter könnten gar nichts falsch machen, Frauen fänden sie immer sexy, nur die Mütter machten alles falsch, ob Stillen oder Fläschchen, Tragetuch oder Kinderwagen, während man bei einem Mann schon gerührt war, wenn er einem Kind mit einem Feuchttuch den Popo abwischen konnte. »Jan hat sich die ganze Zeit versteckt«, sagte Frau Rosalie, »sagen Sie, gibt es Probleme in Ihrer Familie?«

»Nun – Sie wissen ja, es sind ihre leiblichen Kinder, nicht meine, aber ich habe sie natürlich adoptiert«, sagte er, und sie nickte ernst, »ja, das ist bestimmt schwierig für Ihre Frau, vielleicht sollte sie mal zum Psychologen gehen, wir haben hier einen sehr guten – wissen Sie, der Zustand der Mutter beeinflusst die ganze Familie.«

Sie rührte gedankenverloren ihren Tee um.

»Es gibt so wenige intakte Familien«, sagte sie, »die Leute haben kein Durchhaltevermögen mehr; katholische Familien wie Ihre bilden eine rühmliche Ausnahme.« Adam starrte auf seine Fußspitzen, weil er nicht wusste, wohin er sonst schauen solle.

»Reden Sie mal mit ihr«, sagte Frau Rosalie.

Am nächsten Tag zu Mittag tauchte Lenka wieder auf.

»Wie war's in Wien?«, fragte er, und Lenka senkte die Augen, »gut – Melindas Ausstellung war toll – nur der Rotwein war stark, du weißt, ich vertrage keinen Alkohol, deshalb habe ich sicherheitshalber bei ihr übernachtet.«

Jan kam herbeigerannt und klammerte sich an Lenkas Bein.

»Mama, wo bist du gewesen?«, schrie er, und Lenka sagte mit aufgesetzter Fröhlichkeit, »in Wien, bei unserer Familie, es ist auch deine Familie, weißt du«, und Jan sagte finster, »nein, ich habe keine Familie und ich will auch keine«, und wie zum Beweis hob er ein Buttermesser vom Tisch, hob es über seinen Kopf und ließ es auf Pavols Stoffschaf hinuntersausen. »Ich habe ein Schwert, ich habe ein Schwert, ich töte dich«, rief er in seinem unaufhörlichen Singsang, »dann hast du auch keine Familie mehr.«

»Wieso haben wir keine Tochter?«, sagte Lenka vorwurfsvoll zu Adam, »überleg doch mal, wie schön das wäre, ein Ponyhof statt der ewigen Kämpferei, keine Waffen, stattdessen mit Puppen spielen?«

Adam starrte sie erschrocken an.

»Ich habe keine Zeit, ich muss mein Buch schreiben«, sagte er, und sie lächelte geheimnisvoll, »überlass das mir, Kinder kann man sowieso nicht planen«, und er fügte im Geiste hinzu, »ja, zum Glück.«

Agi kam nicht mehr aufs Institut, und Adam lenkte sich mit viel Arbeit ab. Manchmal ertappte er sich dabei, sie sich vorzustellen, dann sah er sie neben ihm am Schreibtisch stehen, den Lockenkopf über die Papiere gebeugt. Mit seinem Buch kam er voran, doch seine Beziehung zu Lenka kühlte immer mehr ab, »du bist nie da, wenn ich dich brauche«, sagte sie, und als ob sie sich an ihm rächen wolle, nahm sie die Kinder an den Tagen, wo er zu Hause war, zu langen Spaziergängen mit, ohne vorgekocht zu haben.

Es war praktisch, wenn sie nicht da war, sie merkte das mit dem Händewaschen nicht, das kurz nach dem Vorfall mit Agi angefangen hatte. Fünf Minuten waschen für jeden sündigen Gedanken, und wenn er Hand anlegte, zehn; es war gut, dass das Institut außer ihm selbst sonst nur einen Mitarbeiter hatte, der nie etwas mitbekam.

»Wir müssen reden«, sagte sie schließlich, als die Kinder schon im Bett waren.

»Ich bin nicht glücklich mit uns«, sagte sie und er erstarrte. War sie dahintergekommen, dass er sie betrogen hatte, nur dieses eine Mal, das er so sehr bereute? Bei den Altkatholischen gab es keine Beichte, und dennoch war er hingegangen, immer wieder, in Kirchen verschiedener Stadtviertel, wo man ihn nicht kannte, er hatte um Gnade gefleht – aber wie hatte sie es erfahren? Hatte er irgendetwas von Agi eingesteckt, ein corpus delicti wie eine Haarspange oder ein fremd riechendes Taschentuch mit einem dunklen, gekräuselten Haar darauf? Er versuchte fieberhaft sich zu erinnern, ob er irgendeinen Gegenstand von ihr hatte, außer dem abgekauten roten Kugelschreiber, an dem höchstens DNA-Spuren gewesen sein konnten. Verraten konnte ihn niemand haben, da er an den Wochenenden der einzige Mensch, war, der sich im Institut aufhielt, und außerdem war er mit Sicherheit derjenige, dem man Sex mit einer Studentin am Schreibtisch am allerwenigsten zutraute, wenigstens jetzt war ihm sein Ruf als schüchterner Wissenschaftler nützlich.

»Was möchtest du damit sagen?«, fragte er und wich innerlich zurück, typisch, diese stillen Kämpfe, dieses entschlossene Kreuzen der Klingen, auf das man in den Eheseminaren niemals vorbereitet wurde.

Er merkte, dass sie seit Minuten sprach und er nur den Schluss mitbekommen hatte.

»…deshalb glaube ich, dass du mich jetzt… also nicht ständig, aber eben doch…«, sie schluchzte wieder und bevor er sich fragen konnte, was sie meinte, sagte sie, »...betrügst. Hintergehst. Dass du eine Freundin hast.«

Adam starrte sie an. Er hätte sich ohrfeigen können, dass er das, was sie vorhin sagte, nicht mitbekommen hatte, vielleicht war es das Wichtigste gewesen, die Quintessenz von allem sozusagen, und er hatte es einfach verpasst.

»Was meinst du mit ›jetzt‹?«, fragte er vorsichtig, um Zeit zu gewinnen, und prompt hob Lenka die Fäuste, als ob sie auf ihn losgehen wolle. »Keine Ahnung, vielleicht heute früh, vielleicht gestern, vielleicht vorgestern Abend«, rief sie, »ich weiß es nicht. Ich habe nur so ein Gefühl.«

Adam rechnete nach. Das Treffen mit Agi war bereits über einen Monat her – er würde also keinesfalls lügen, wenn er sagte, dass sie sich irrte.

»Das stimmt nicht«, sagte er mit trockener Kehle und fühlte sich nur ein ganz klein wenig schlecht dabei, immerhin kam keine Lüge über seine Lippen, es war Auslegungssache.

Sie schluckte und sah ihn an.

»Nicht?«, fragte sie kleinlaut.

Sie sah ihn sekundenlang an und er hielt ihrem Blick stand. Schließlich senkte Lenka den Kopf.

»Entschuldige«, murmelte sie.

Er beugte sich zu ihr und nahm sie in die Arme. Sie fühlte sich weich an, ein wenig wie Pudding, sie roch nach dem Schweiß, der in Synthetikfasern hängen bleibt und sich irgendwann nicht mehr herauswaschen lässt, selbst bei Kochwäsche nicht, so wie sich manche Worte nie mehr herauswaschen lassen, daher war es immer klüger, im Zweifelsfall zu schweigen. Wann hatten sich ihre Verhältnisse geändert, schließlich war sie ursprünglich die Mächtigere gewesen, die Erfahrenere, Souveränere, und er der Gehemmte? Warum stieß sie ihn plötzlich so ab, ihre ganze runde Weiblichkeit, zu der er sich doch eigentlich hingezogen fühlen sollte, und wieder dachte er an Sarah und Agi, seine Haselnussfrauen – und wusste, dass er sich später wieder würde waschen müssen.

»Ich kann dir ganz, ganz, ganz fest versprechen, dass ich im Moment keine Affäre habe«, murmelte er in ihre Haare.

»Wirklich nicht?« Ihre Miene hellte sich auf. »Und ich dachte schon… weil wir uns so selten sehen. Ich dachte, ich sei zu dick, ich habe halt zugenommen wegen der Kinder«, und er zog sie an sich, das schlechte Gewissen raubte ihm fast den Atem. »Du musst nicht abnehmen«, sagte er. »Ich mag dich, wie du bist.« Er tastete nach dem weichen Fleisch unter der elfenbeinfarbenen Seide und stellte sich Agnes' spitze Brüste vor.

»Ich habe gedacht…« – sie flüsterte etwas in sein Hemd hinein, das er nicht gleich verstand; erst, als er sich von ihr löste und ihr in die Augen sah.

»Vielleicht sollten wir doch noch ein Baby bekommen«, flüsterte Lenka. »Ein gemeinsames. Ich kann ja nichts dafür, dass wir uns erst kennengelernt haben, als ich schon zwei Kinder hatte!«

Sie sagte es flehend und während die Worte von seinem Hören ins Verstehen übergingen, realisierte er, dass sie völlig danebenlag, dass sie sich schuldig fühlte an etwas, das sie am allerwenigsten ändern konnte, und er kam sich so schäbig vor wie noch nie.

»Komm zu mir ins Bett … die Kinder schlafen … heute ist es günstig«, flüsterte sie, und er erkannte ihr Bemühen, verführerisch zu klingen.

»Ich weiß nicht«, sagte er zweifelnd, es klang, als habe er Probleme, ihr zu vertrauen, er wollte nicht zugeben, dass ihn in Wirklichkeit ihr Körper abstieß, der blonde Zopf, der ihn an eine Bäuerin erinnerte, die baumelnden Brüste unter der Bluse.

»Wäre das nicht eine tolle Idee«, flüsterte sie mit schmeichelnder Stimme. »Ein kleines Mädchen, dem man rosa Sachen anziehen kann …«

»Ich weiß nicht. Wir sollten noch warten.« Er hasste sich für seine Unentschlossenheit, sein Erschrecken, dass er sich Agi am Schreibtisch vorstellte, obwohl Lenka doch seine Frau war, mit ihm im Heiligen Sakrament der Ehe verbunden, und er wusste, dafür würde er sich mindestens zehn Minuten waschen müssen.

Lenkas Kinderwunsch wurde zur Besessenheit. Sie verstand nicht, wieso sie von diesem Trottel Slavko mühelos zwei Söhne bekommen hatte, und von Adam kein Mädchen. Auf ihrem Nachtkästchen stapelten sich Ratgeber wie »Das Geheimnis der Spermien«, »Generation Wunschgeschlecht«, »So machen wir ein Mädchen«. Sie begann, seltsame Dinge zu kochen wie Joghurtsuppe und Bananenbrot, strich den Kaffee von ihrem Speiseplan und wurde immer unleidlicher.

»Macht euch das überhaupt noch Spaß?«, fragte ihre Freundin Kristina, die sie am Spielplatz kennengelernt hatte. Jan hatte der Puppe von Kristinas Tochter Paula die Haare ausgerissen, doch während Lenka angekündigt hatte, ihren Sohn gleich zu verprügeln, hatte sich Paula rettungslos in Jan verliebt, was Kristina, die Psychologin, ein typisch weibliches Opferverhalten schimpfte.

»Es geht nicht um Spaß«, sagte Lenka. »Es geht um ein gemeinsames Ziel. In einer Ehe geht es darum, gemeinsam in die gleiche Richtung zu blicken…«

»Fragt sich, wer es will; du oder er«, sagte Kristina, und Lenka war erbost, wie sie so etwas fragen konnte. Wieso musste jeder Satz, den diese Psychologen sprachen, so verdammt wehtun? Bestimmt sprach sie auch mit ihren Klienten so, die in ihrem Masochismus eine Menge Geld dafür ausgaben, dachte Lenka und fügte hinzu, »du musst nicht alles analysieren; Tatsache ist, dass ich bald sechsunddreißig Jahre alt werde. Somit habe ich nur noch rund vier Jahre, davon zwölf Eisprünge pro Jahr; zieht man die Möglichkeiten ab, bei denen der Sex wegfällt, weil ihn die bereits vorhanden Kinder verhindern, kann man von denen rund die Hälfte…«

Kristina verdrehte die Augen. »Das rechnen mir meine Klientinnen auch immer vor«, sagte sie. »Stell dir vor, du bekommst eine Tochter, und sie wird ganz anders, als du es dir erwartet hast. Außerdem kannst du das nicht durchziehen, wenn dein Mann da nicht mitmachen will, zumindest nicht zu zweit.«

»Hör auf, mir Vorträge zu halten!«, rief Lenka wütend.

»Keine Sorge, ich bin nicht eine von denen, die sich in der Ukraine eine Gebärmutter mieten. Ich bin lediglich der Meinung, dass unsere Ehe davon profitieren würde, wenn…«

Kristina wiegte zweifelnd den Kopf. »Wenn du dich da nicht irrst«, sagte sie. »Meist schieben Kinder die Trennung nur auf. Meiner Meinung nach kann gerade einmal guter Sex eine brüchige Ehe kitten. Ich bin ja der Meinung, dass Sex eine Beziehung überhaupt erst erträglich macht.«

Lenka schüttelte verärgert den Kopf. »Du bist unmöglich«, sagte sie.

Sie deckte sich mit Magnesiumkapseln ein und Adam stieß im Badezimmer auf geheimnisvolle Gegenstände, deren Zweck er nicht kannte, Teststäbchen und eine Art Thermometer. Der neueste Trick war, dass Lenka mit dem Kopf nach Süden mit ihm schlafen wollte, allerdings durfte er dabei nicht zu fest stoßen, weil in ihrer Kopfhaut eine Akupunkturnadel steckte, die am falschen Meridian kratzen könnte, wenn sie aus Versehen an das Betthaupt stieß. Auf ihrem Nachtkästchen glimmte ein Räucherstäbchen, das Adam an die kiffenden Rastafaris vom Hauptbahnhof erinnerte.

»Sind das Drogen?«, fragte er entsetzt, doch sie entgegnete, »nein, nein, das ist nur das neueste Zeug einer bekannten Hebamme, das bindet sie mir demnächst an den Fuß.«

»Hör mal«, sagte er, setzte sich an den Bettrand und stützte seine Stirn in beide Hände. »Ich kann so nicht.«

Er hatte ihr den Rücken zugewandt und die Pyjamahose hochgezogen, die sein Versagen versteckte. »Es tut mir leid«, murmelte er. »Lass es uns langsam angehen.« Sie verdrehte die Augen und er wusste, wie wütend sie war.

»Langsam werde ich nicht schwanger«, jammerte sie. »Du weißt, dass die Eizellen nur drei Tage im Monat…«

»Das interessiert mich nicht«, heulte er auf. »Komm mir nicht mit solchen biologistischen Details. Gott schenkt die Kinder. Das alles kann man nicht erzwingen.«

Sie packte ihn an den Schultern, als würde sie ihn erwürgen wollen, sterben lassen wie die unbefruchtete Eizelle in ihr.

»Ich mache hier das ganze Programm, und du bist nicht einmal annähernd bereit, dich untersuchen zu lassen, das finde ich nicht fair!«, rief sie. »Es gibt so Männerärzte, die können Probleme feststellen… ich sollte mal Tünde fragen…«

»Das kommt nicht in Frage!«, rief Adam wütend.

Lenka versuchte es jetzt anders. Sie streichelte seinen Nacken.

»Du arbeitest sehr viel«, sagte sie. »Du solltest dir eine Pause gönnen.«

»Ich arbeite gerne«, verteidigte sich Adam. »Meine Arbeit ist mein Leben. Du wirst sehen, wenn ich erst das Buch fertig habe, dann werden wir…«

»Das Buch, das Buch, das Buch. Du solltest dich entspannen«, sagte sie mit schmeichelnder Stimme. »Wir sollten mal einen richtig langen Urlaub…«

»Ich kann jetzt nicht!«, rief er wütend. »Du machst mich noch verrückt mit diesem Unfug…«

»Unfug«, rief Lenka erbost und näherte sich drohend seinem Gesicht, »Unfug nennst du das also? Meinen Wunsch nach einer Familie? Wer weiß, vielleicht bist du unfruchtbar, ich habe es immer schon geahnt! Du solltest ein Spermiogramm machen, an mir kann es nicht liegen, ich habe schließlich zwei Kinder…«

»Hör endlich auf, ich kann es nicht mehr hören!«, schrie Adam. Sie war wieder stärker, immer war sie stärker, obwohl sie eine Frau war, er fragte sich, wie es möglich war, ob sie ihn vielleicht geheiratet hatte, weil sie von Anfang an spürte, dass sie stärker war, und er biegsam wie ein Stück Weidenholz.

»Ich kann so nicht«, jammerte er. »Du raubst mir meine Männlichkeit!« Er wollte noch etwas hinzufügen, doch er hielt sich in letzter Sekunde zurück, fünf Minuten waschen, das war das Mindeste, und er sagte, »hör mal, ich will nicht auf Biegen und Brechen noch ein Kind.«

›Ein Kind mit dir‹, dachte er in Wirklichkeit, und für die Schuld, die ihn der Gedanke fühlen machte, würde er sich wieder mindestens zwanzig Minuten lang waschen müssen.

Während er sich auf dem Sofa ausstreckte, erinnerte er sich zurück an den Zeitpunkt, an dem er geglaubt hatte, verliebt in Lenka zu sein, sie war ihm wie eine von Gott geschickte Möglichkeit erschienen, aus seinem beengten Leben auszubrechen. Er hatte damals gewusst, dass er Frauen wie Sarah niemals bekommen würde, doch damals war es ihm egal gewesen; in Lenka hatte er immerhin eine echte Frau anstelle eines Trugbildes vor sich. Sie hatte kein Problem gehabt, auf ihn zu warten; er erinnerte sich an die Verlobungsnacht, die seltsam gewesen war, eigentlich schwierig; er hätte die Fähigkeit haben müssen, eine Dampflok zurückzuhalten;

allein Lenkas scheckig blonder Zopf hatte geholfen, denn er war so markant, dass er nicht an Sarah gedacht hatte. Nie hätte er gedacht, dass man für die natürlichste Sache Übung brauchte, es widersprach der kirchlichen Lehre, denn wie soll man etwas üben, das verboten ist?

»Es war mein erstes Mal seit Pavols Geburt, es schmerzt noch ein wenig«, hatte Lenka geflüstert und zufrieden ihren Kopf an seine Schulter gelegt, und auch er war zufrieden gewesen, welch riesiger Vorteil, dass sie nicht der Typ Frau war, von dem er heimlich träumte. Eigentlich war das Relevanteste, dass man einander achtete, nicht wahr, und nur hin und wieder beschlich ihn das unangenehme Gefühl, als habe er von den vielen Seminaren, die er belegt hatte, das wichtigste verpasst.

Für Adam waren Lenka und die Kinder eine willkommene Ausrede, die Feiertage nicht in Wien zu verbringen. Zu Weihnachten herrschte in seiner Familie immer eine gespannte Stimmung, da sich alle beim Versuch, die Harmonie aufrechtzuerhalten, stets in sinnlosen Streitereien verzettelten. Heimlich beneidete er seine Schwester, die sich als Ärztin jährlich zum Weihnachtsdienst melden konnte.

War es früher um allgemeine Fragen gegangen, wie ob zuerst gegessen wurde oder beschert, hatten sie später diskutiert, ob Adam unbedingt in seine eigene Kirche gehen musste, die Weihnachten von den Gläubigen abgewandt und zwei Stunden später feierte, und zum Schluss waren die Themen zu anderen Familienmitgliedern übergeschwappt, die nicht anwesend waren, so dass sie besonders gut seziert werden konnten.

All dies, so dachte Adam, die mühsamen Gespräche, die immer wieder um dasselbe kreisten, und die Streitereien würde er sich ersparen, wenn er Weihnachten nicht mit seiner Familie in Wien verbringen würde. Deshalb, und nur deshalb hatte er beschlossen, die Feiertage über mit Lenka und den Kindern in Ingolstadt zu bleiben und er wusste nicht, dass er diese Entscheidung sein Leben lang bereuen würde, da sie dazu führte, dass er den Tod seines Vaters verpasste und nach Wien kam, als Tamás Ének bereits gestorben war.

Kapitel 6

Im Sommer zweitausendacht bekam Tünde endlich die langersehnte Einladung in ein städtisches Krankenhaus, um den Turnus fertigzumachen. Dumm war, dass sie nach einem Jahr auf der Internen und einem auf der Chirurgie wieder auf eine Interne und Chirurgie eingeteilt wurde. Das Ende des Turnus war damit noch lange nicht in Sicht, doch das interessierte niemanden, denn auch die städtischen Krankenhäuser brauchten Personal zum Instrumentehalten.

Sie wunderte sich, dass sie sich nicht freute, als sie den ersehnten Brief bekam. Aus einer irrationalen Hoffnung heraus hatte sie spekuliert, dass der Magistrat sie vergessen würde, die Ärztekammer, der ganze beamtische Überbau, schließlich wusste man von Fällen, in denen man vergaß, manche Männer zum Grundwehrdienst einzuziehen. Sie fragte sich, wie blöd sie gewesen war, zu hoffen, irgendwann aus dem eigenen Leben abtreten zu können, wie in ein Mäuseloch, um dort in Ruhe Geschichten zu schreiben wie in ihrer Kindheit. Stattdessen würde die nächste Station in ihrem Leben das Krankenhaus an der Wien sein, ein großes Spital in Wien-

Hütteldorf, benannt nach dem Wienfluss, der als dünnes Rinnsal daran vorbeiplätscherte. Es war ein großes Haus mit allen Abteilungen, hier würde sie den Turnus fertig machen, auch wenn sie keine Ahnung hatte, wie viele Jahre lang sie welchen Fächern zugeteilt würde, sie war nur Verschubmasse, ihre Lebensplanung oblag der Personalabteilung.

Sie vereinbarte einen Termin, um Lingutti von ihrer Kündigung zu informieren. Zehn Minuten später rief die Sekretärin sie bereits atemlos auf der Station an.

»Frau Doktor«, keuchte sie, »Sie sollen zum Herrn Chef kommen. Sofort.«

Tünde stutzte. »Aber ich habe doch sowieso um elf einen Termin… weil ich ja wechseln muss…«, doch die Sekretärin wimmerte, »ganz egal, lassen Sie alles liegen und stehen und kommen Sie sofort.«

Verwundert klopfte Tünde an Linguttis Tür. Vielleicht hatte er um elf Uhr eine Sitzung und das Gespräch deshalb vorverlegt, dachte sie. Doch Lingutti riss die Tür mit zornrotem Gesicht persönlich auf.

Tünde verspürte ein flaues Gefühl in der Magengrube. Wollte er sie etwa noch ein halbes Jahr zum Hakenhalten behalten? Hätte sie nicht kündigen dürfen? Vielleicht gab es eine versteckte Klausel in ihrem Vertrag, die sie übersehen hatte. Sofort senkten sich Schuldgefühle über sie, wie damals beim alten Bayrisi, der ihr nie verziehen hatte, dass sie seine Ordination verließ, um ihre Ausbildung zu beginnen. Offenbar gab es einen Fluch in ihrem Leben, der sie zum Besitz alter Männer machte, die sie für ihre Zwecke brauchten. Sie straffte die Schultern. Dann sagte sie mit bemüht klarer Stimme: »Primarius Lingutti. Ich muss leider kündigen. Ich habe eine Stelle in einem städtischen Spital bekommen.«

Sie sah, wie Linguttis Mund sich veränderte. Sein Kiefer wölbte sich abwechselnd links und rechts. »Gut«, presste er schließlich zwischen zusammengebissenen Zähnen hervor. »Gut!«, rief er dann aus, lief in Richtung Wand, drehte um wie ein Tiger im Käfig, kam drohend auf sie zu und stapfte dann mit großen Schritten in Richtung seines Schreibtisches.

»Sehr gut!«, brüllte er und schlug mit der Faust auf die Tischplatte.

Tünde zitterte innerlich. Fieberhaft kramte sie in ihrem Gedächtnis, was sie angestellt haben mochte. Hatte sie jemandem eine falsche Infusion angehängt, oder hatte sie letzten Mittwoch nicht alle Blutdrücke gemessen, weil Lisa sie zur Wiederbelebung eines Herzpatienten brauchte… das würde sie bestimmt erklären können. Sie holte tief Luft. Lingutti tat dies ebenfalls.

»Ich habe gehört, Sie sind mit der Psychologin, dieser Li… Lil… Lilly Sowieso befreundet?«, sagte er zornbebend.

»Lilly… ja, stimmt«, entgegnete Tünde verblüfft. »Lilly Geranig. Wir haben einander bei einer Fortbildung…«

»Das interessiert mich nicht!«, schrie Lingutti. »Ich will nur wissen: Haben Sie mit ihr gesprochen?«

Tünde blickte ihn verständnislos an. »Ja, wir sprechen schon öfter miteinander«, sagte sie. »Sie wollte Sie kontaktieren wegen der Patientin mit den Gallensteinen…«

Lingutti machte ein Geräusch, das zwischen Aufschrei und Quieken lag, begleitet von einem sekundenlangen Grimassieren, als verzöge eine Trigeminusneuralgie sein Gesicht.

Tünde setzte nochmals an. »Sie wollte Ihnen einen Brief weiterleiten... es haben sich viele Patienten beschwert, weil ihnen mit dem Teufel gedroht...«

Lingutti knallte seine Faust auf den Tisch. Der Stehkalender, das Familienfoto, der Becher mit den edlen Füllfedern, alles wackelte.

»Der ist aber nicht wahr, dieser Brief!«, schrie er. »Das ist alles erstunken und erlogen!!« Seine Stimme überschlug sich.

»Sie sollen gefälligst nicht reden, Sie sollen nicht denken, Sie, Sie...«

Tünde zuckte zusammen, als habe man sie geschlagen. Auf einmal fühlte sie sich wieder wie das kleine Mädchen mit den blonden Zöpfen und der halb zugeklebten Schielbrille, die zu viel plapperte und zu viel dachte, die zu zerstreut war, aber trotzdem immer lauter Einser schrieb, so dass die Lehrerin sie ständig für Botendienste verwendete, denn die schaffte sie auch mit dem Kopf in den Wolken, doch dafür vergaß sie immerzu, in welche Klasse sie den Heftstapel bringen sollte, klopfte an die falsche Tür oder es fielen ihr alle Hefte aus der Hand. Auch wenn sie sich noch so sehr bemühte, alles richtig zu machen, machte sie dennoch immer alles falsch; lag es an ihrer Brille oder an ihrer Fantasie, oder einfach ihrem Sein, das mit irgendeinem Fehler behaftet war, so dass sie zu ihrer Schande immer irgendwie aus der Masse hervorragte. Auf einmal fiel es ihr wie Schuppen von den Augen. Lingutti hielt zur Matejczik, weil auch er an den Teufel glaubte; hier im Vereins-Krankenhaus hielten alle zusammen und ein wenig Drohung schadete aufsässigen Patienten wie Kollegen nicht. Bis jetzt hatte Lingutti sich auf all seine Untertanen verlassen können, wie hätte er ahnen können, dass ausgerechnet die harmlos aussehende Tünde aus dem Klosterkindergarten der faule Apfel war, der im Begriff war, seinen ganzen Obstkorb zu vergiften?

»Haben Sie dieser Gera… irgendwas etwa auch irgendwelche näheren Details zu der Patientin weitergeleitet, die sich angeblich beschwert haben soll?«, zischte Lingutti und fletschte die Zähne ganz dicht vor Tündes Gesicht.

»Nein, nein… natürlich nicht«, stotterte Tünde; »ich kann mich ja gar nicht mehr an den Namen der Patientin erinnern«, sagte sie wahrheitsgemäß; »ich habe lediglich gesagt, dass ich auch so einen Fall kenne, da mir Lilly von den anderen erzählt hat, die sich beschwert haben«, und wieder donnerte Lingutti seine Faust auf den Tisch.

»Aber es gibt keine solchen Patientinnen!«, schrie er. »Hören Sie, es gibt – sie – nicht! Die hat Ihre liebe Freundin Lilly – die im Übrigen nicht mehr bei uns arbeitet – nur erfunden! Das ist alles erstunken und erlogen!«

Tünde sank immer tiefer in das Sofa hinein. Ihr graute vor diesem Primar Rumpelstilzchen, der Doppelmoral, die in diesem Haus herrschte – doch eine kleine, diebische Freude stieg in ihr hoch, nämlich dass sie genau vor zwei Stunden ihre Kündigung eingereicht hatte – denn spätestens jetzt wäre sie ebenfalls in hohem Bogen hinausgeflogen. Dem

Lingutti diese letzte, süffisante Genugtuung zu vermasseln, glomm wie ein Leuchtfeuer in ihrem Herzen.

Als sie das große Krankenhaus in Wien-Hütteldorf betrat, hoffte sie, hier endlich einen Ort zu finden, zu dem sie passte. Sie staunte, dass sie die Röhrchen zum Blutabnehmen mit Barcodes beklebt in die Hände bekam – und dass man nicht bestraft wurde, wenn man sich eine Semmel zum Frühstück nahm. Sie war auf die Kinderchirurgie eingeteilt worden und fragte die fröhliche braungelockte Schwester, bis wann sie die Blutröhrchen ins Labor tragen müsse.

Die Schwester sah sie an wie ein exotisches Tier. »Die fahren von selbst, mit der Rohrpost, rund um die Uhr«, sagte sie. »Ich denke, wir brauchen Sie für Wichtigeres.«

Anfangs mochte sie die Nachtdienste auf der Kinderabteilung irgendwie, den warmen Geruch, der ihr entgegenschlug, wenn sie die Zimmertüren öffnete. Den Säuglingen wurden Medikamente in winzigen Spritzen verabreicht; die meisten schliefen, manche quakten leise, wenn das Mittel in der Vene brannte. Tünde kontrollierte die Aufschriften der Spritzen immer manisch dreimal hintereinander, weil sie panische Angst hatte, ein Mittel zu verwechseln und aus Versehen ein Kind zu töten; deshalb brauchte sie für das Austeilen der Infusionen immer viel zu lange. Der Anblick einer Intensivstation war Tünde vertraut, nicht jedoch einer mit Kindern. Beim Anblick des rohen Fleisches nach Verbrühungen, zerschmetterter Körper nach Stürzen aus großer Höhe oder misshandelter Kinder, die mit einem zu Brei geschüttelten Gehirn ein Leben als Pflegefall erwartete, erstarrte sie vor Entsetzen. Täglich warteten nicht nur verzweifelte Eltern, sondern auch Journalisten oder die Kriminalpolizei vor der Tür und schon am ersten Tag wusste Tünde, dass sie sich eine Glocke überstülpen musste, um hier zu arbeiten, eine dicke Glocke aus Glas, die eine Trennung schaffte zwischen dem eigenen Leben und dem, was sie hier zu sehen bekam.

Wie der Junge, dessen Beine bei einem Verkehrsunfall an eine Mauer gedrückt worden waren. Der Autofahrer sagte im Nachhinein, er habe die Bremse mit dem Gaspedal verwechselt, oder seine Blutdrucktabletten seien schuld gewesen; es war auch irrelevant.

In Windeseile wurde Bernhard in künstlichen Tiefschlaf versetzt und auf die Intensivstation geschoben. Die Schwestern wickelten seinen Beinverband auf, wobei ein Stück des Wadenbeinknochens wie ein loses Ersatzteil auf den Boden kullerte. Der Rest eine blutig-fleischige Masse mit Hautfetzen und Knochensplittern darin. »Etwas klebt noch an der Mauer«, sagte der Sanitäter. »Wir konnten nicht alles herunterkratzen.« Doktor Eggenbart, der Leiter der Intensivstation, der seine Freundlichkeit wie ein Visier gegen Blutspritzer, Qualen und Beschimpfungen übers Gesicht gezogen trug, schickte Tünde Blutkonserven herrichten, fünfzehn Stück, und im Vorbeigehen sah sie vor der Tür die Eltern in der irrationalen Hoffnung der Laien, die ärztliche Kunst könne alles wiedergutmachen. Doch Bernhard ging es immer schlechter. In den ersten vierundzwanzig Stunden schüttete

Tünde fast fünf Liter Blut in ihn hinein. Er war käseweiß; die Reste seines linken, knielosen Beins baumelten zusammengeflickt von einem Gestell.

»Eine Amputation wäre besser gewesen«, sagte Eggenbart, »gleich unterhalb des Beckens«, und Tünde saugte vor Schreck die Luft ein. »Besser eine funktionsfähige Prothese als ein kaputtes Organ«, erklärte Eggenbart, »überleg mal, die Gelenke sind zertrümmert, selbst wenn man die Gefäße retten kann, bleibt das Bein ein nutzloser Anhang, der den Rest ruiniert.«

Die Ärzte spalteten sich in zwei Gruppen; die, die zur Beschwichtigung der Eltern das Bein erhalten wollten und die Gruppe um Eggenbart, die für eine Amputation eintrat. Bernhard lag fast eine Woche lang im künstlichen Tiefschlaf, bis sich Eggenbart durchsetzte, und so wurde irgendwann in der Nacht, als sie in ihr Dienstbett fiel, ein Stockwerk tiefer das halbherzig zusammengenähte Bein des Zehnjährigen abgesägt und in einen grünen Müllsack gesteckt.

Am Morgen danach fuhr sie zutiefst deprimiert vom Dienst nach Hause; irgendein kleiner, irrationaler Teil von ihr hatte gehofft, das Bein doch noch retten zu können, und nun kam ihr alles sinnlos vor; der Sonnenschein, die glatte Fahrt auf der Autobahn, die fröhliche Musik im Radio, alles war sinnlos, wenn Zehnjährigen das Bein zermalmt wurde von einem Auto wie ihrem; tränenüberströmt klammerte sie sich am Lenkrad fest und sah vor ihrem inneren Auge den nächsten Unfall mit Toten und Verletzten, ein Schlachtfeld aus Blut, dazwischen das bleiche, aufgedunsene Gesicht des Jungen, der bald aufwachen würde, um zu erfahren, dass er ein Viertel seines Körpers verloren hatte. Während sie vor der roten Ampel stand und auf ihr Lenkrad hämmerte, fragte sie sich, ob es normal war, dass sie um ein fremdes Bein trauerte, wieviel müsste man dann um Kriege weinen, ständig wurde irgendjemandem irgendwo auf der Welt ein Bein abgerissen, manchen sogar beide, eigentlich war die ganze Welt ein einziges Tränenmeer. Doch Bernhards Bein hatte sie gesehen, die blutige Masse und sein beschissenes Leben, das er nun mit einer Vollprothese würde führen müssen, und sie fragte sich, wann sie wieder an einer kieseligen Hausmauer würde vorbeifahren können, ohne daran zu denken, dass an genau so einer noch Fleischmoleküle eines Kindes klebten, Eiweißmoleküle mit seiner DNA, in der alles gespeichert war, als würde das ganze Kind an der Hausmauer kleben wie die Mahnung eines unwiederbringlichen Verlustes. Dabei war sie weder dabei gewesen, noch hatte sie die Säge geführt, wieso weinte sie also? Und auf einmal fühlte sie sich wie ein grausamer Voyeur, der sich durch Mitleid die Absolution holen will, dass das Leben ja doch in Ordnung ist.

Es dauerte über eine Woche, Bernhard aus dem Tiefschlaf zu holen. Er delirierte, in den Tiefen der Restnarkose versunken wie ein Achtzigjähriger, schrie von Autos, die auf ihn zukamen und ihn zerquetschten, und als er nach zwei Wochen zu sich kam, war er ein verängstigter Hase mit stumpfem Blick.

Er hielt den Anblick seines Beinstumpfes nicht aus, trat beim Verbandwechseln um sich und verrenkte seinen Hals in die Gegenrichtung, um nicht hinsehen zu müssen, und die ganze Zeit liefen ihm Tränen über die Wangen, »das bin nicht ich«, schrie er, »das ist nicht mein Bein.«

Drei Wochen später schoben ihn seine Eltern im Rollstuhl hinaus, er verschwand grußlos, und draußen schien immer noch dieselbe Sonne wie vor seinem Unfall.

»Er wird wiederkommen«, sagte Eggenbart, »irgendwann, in ein paar Jahren, wird uns besuchen, vielleicht auf einem Skateboard, mit einer tollen Carbonprothese«, doch für Tünde war das kein Trost, für manche Dinge gibt es keinen Trost.

Nach dem Tod ihres Vaters verfiel Tünde in eine Art Schreckensstarre. Sie fühlte sich wie ein Roboter, der zwar die richtigen Handgriffe ausführte, in dessen Innerem aber eine unendlich große Leere herrschte.

Um das Weihnachtsfest, das ihr zu viele Emotionen abverlangt hätte, zu umgehen, meldete sie sich freiwillig für den Dienst und kaufte sich für ein paar Euro eine rote Mütze und Engelsflügel. Außerdem bat sie einen Freund, ihr »Stille Nacht« auf der Blockflöte beizubringen, vielleicht gab es ja das eine oder andere kranke Kind, dem sie Weihnachten im Spital ein wenig verschönern konnte. Sie dachte an Leon, den Dreijährigen, der geistig beeinträchtigt war und regelmäßig Therapien brauchte, die sich nicht an die Feiertage hielten.

Leon lag in seinem Rollwagen beim Schwesternstützpunkt und schrie unaufhörlich. Tünde begann, »Jingle Bells« zu singen, während sie Aufnahmeformulare ausfüllte, doch die Schwester schüttelte den Kopf.

»Du kannst das bleiben lassen«, sagte sie. »Ich kann auch ›Stille Nacht‹ auf der Blockflöte«, sagte Tünde. »Ich habe mir das extra beigebracht...«

»Vergiss es«, sagte die Schwester. »Wir sind nicht bei den Clowndoctors. Der ist taub wie ein Stein. Geh lieber was arbeiten.«

Tünde ließ ihre Flöte im Schließfach. Es war sechzehn Uhr, als sie mit der Oberärztin auf die Intensivstation eilte, wo ein drei Monate altes Baby aufgenommen worden war, wegen roter Punkte am Oberkörper. Um siebzehn Uhr kamen sie mit grauem Gesicht in die Teeküche zurück. Das Baby war soeben verstorben.

»Zwei Tage rote Punkte«, sagte die Oberärztin und goss sich kopfschüttelnd Kaffee in die Tasse. »Dann kommen die Eltern her, weil das Kind dauernd schreit, und in weniger als einer Stunde stirbt es an einer Meningitis. Ist das nicht schrecklich?«

An diesem Heiligen Abend hatte niemand mehr Lust zu feiern. Als sich Tünde gegen drei Uhr nachts niederlegte, fror sie, obwohl der Dampf an den Fensterscheiben des Dienstzimmers herablief. Sie dachte daran, dass in ihrer Kindheit um Punkt siebzehn Uhr das Christkind gekommen war. Hierher kam nur der Tod.

Ein Mädchen namens Safia kam zu einer zweiten Operation auf die Kinderchirurgie. Bei der ersten war ein Messer entfernt worden, das in der Seite der Dreizehnjährigen steckte. Ihr älterer Bruder hatte sie vor der Schule niedergestochen und sich danach widerstandslos festnehmen lassen.

»Meine Schwester wollte mit einem Schulfreund ins Kino gehen«, sagte er später vor Gericht aus. »Damit hat sie die Ehre meiner Familie befleckt.«

Safia stammte aus einem Land, das Tünde an aufgesprungene Erde und Piraten denken ließ. Sie sah aus wie sechzehn. Ihre Haut war tiefdunkel, ihre Gesichtszüge ebenmäßig. Vor ihrem Zimmer sammelte sich eine Menschentraube und füllte den Krankenhausflur mit aufgeregtem Getuschel. Es waren Safias Brüder, Eltern, Cousins, mehrere verschleierte Frauen.

Nachdem Safia niedergestochen worden war, brachte die Rettung sie unverzüglich ins Spital. Leider übersah man bei der ersten Operation, dass das Messer nicht nur ihre Lunge, sondern auch ihr Zwerchfell durchlöchert hatte. Erst nachdem die Leber zu versagen drohte, wurde eine Computertomographie angefertigt.

Safia weinte nicht. Sie schien keine Schmerzen zu spüren, trotz des Lungenstichs, trotz der Bauchfellentzündung. Ihr Gesichtsausdruck war steinern, völlig emotionslos. ›So ein tapferes Mädchen‹, dachte Tünde. ›Steht wahrscheinlich völlig unter Schock.‹

Die Ärzte mussten sich einen Weg durch die Menschentraube bahnen, die vor Safias Zimmer stand.

»Sie muss noch einmal operiert werden, ihr Bauchfell hat sich entzündet«, erklärte Tünde der Mutter und reichte ihr die Papiere zur Operationseinwilligung. »Das Bauchfell ist die Schicht, die rund um die Organe…«

Die Frau schüttelte heftig den Kopf und deutete auf einen Mann, der offenbar Safias Vater war. Er nahm die Papiere entgegen, doch statt einer Unterschrift malte er würdevoll einen Stern auf das Papier. Erst da verstand Tünde, dass die Eltern offenbar nicht schreiben konnten.

Safia wurde in den Operationssaal gebracht. Die Schwester beugte sich über das narkotisierte Mädchen, um ihm einen Katheter in die Blase zu schieben – und stutzte.

»Komisch«, murmelte sie, »der Katheter geht nicht rein«, und dann flüsterte sie, »Scheiße, sie ist zugenäht.« Zwischen Safias Beinen waren keine Schamlippen zu sehen. Stattdessen befand sich dort eine flache Narbe, vom Damm bis zum Venushügel, glatt und blass wie bei einem amputierten Stumpf und mit einem groben schwarzen Faden vernäht.

Tünde wurde schwindlig. Als sie so alt gewesen war wie Safia, hatte sie im Deutschunterricht zum ersten Mal über weibliche Genitalverstümmelung gehört. Sie hatte erfahren, dass im Gegensatz zur männlichen Beschneidung bei Frauen nicht nur die Vorhaut, sondern der ganze äußere Teil der Klitoris entfernt wird, da diese Praktik auf die Ausschaltung aller sexuellen Gefühle abzielt, mit Rasierklingen, Messern, Scheren oder anderen scharfen Gegenständen. Im schlimmsten Fall werden sowohl die Klitoris, als auch die inneren Schamlippen weggeschnitten und die äußeren Schamlippen bis auf eine reiskorngroße Öffnung vernäht, die in der Hochzeitsnacht vom Ehemann aufgeschnitten wird. Abgesehen von diesen Folterqualen empörte sie die Tatsache, dass den verstümmelten Frauen das Erleben eines sexuellen

Höhepunkts lebenslänglich versagt bleibt. Diese Tatsache erschien ihr wie die sinnlose Zerstörung des Augenlichts. Sie hatte schon damals mehrere Erwachsene gefragt, ob sie davon wüssten, und diese hatten entsetzt verneint; es geschähe doch in ganz fernen Ländern und auch bei Buben, und Tünde war zornig geworden, wegen der Ignoranz des Unterschiedes, und die Erwachsenen hatten sie entsetzt angeschaut, »worüber du dir immer Gedanken machst«, hatten sie gesagt. Damals hatte sie sich gewünscht, einmal einen Beruf zu haben, in dem sie über solche Sachen sprechen durfte, zum Beispiel Ärztin. Tünde hatte gedacht, dass es ihr als Erwachsene leichter gelingen würde, mit solchen Tatsachen umzugehen, doch das stimmte nicht; sie spaltete ihre Emotionen nur leichter ab, die Schubladen standen schon bereit. Dennoch war ihr Problem, dass sie fremden Schmerz immer noch fühlte wie eigenen; eine Tatsache, die sie nicht zu einer besseren Ärztin machte.

Das Jugendamt wurde informiert, die Kinderschutzgruppe – Safia hatte fünf jüngere Schwestern, die man schützen musste, falls sie nicht ohnehin schon ebenso betroffen waren. Tünde meldete sich, um den Papierkram möglichst rasch zu erledigen, es bewahrte sie vor lähmender Untätigkeit. Der Familienauflauf vor Safias Zimmer wurde nach der Operation nicht kleiner, nur den Vater sah man danach nicht mehr. Tünde traute sich nicht zu fragen, ob er bereits wegen Körperverletzung im Gefängnis saß, obwohl er bestimmt nicht wusste, wieso; meistens taten es ja die Frauen einander an. Hatte die Mutter ihre Tochter dabei festgehalten, eine Stammesälteste oder Hebamme, und welchen Schutz konnte man von solch einer Frau erwarten, die selbst verstümmelt war, was sollte die ihrer Tochter gönnen, das ihr selbst verwehrt war?

Safia war freundlich, aber völlig teilnahmslos. Sie ließ alles wortlos über sich ergehen, Spritzen, Infusionen; und Tünde musste an die Aussage von Eggenbart denken, demzufolge die misshandelten Kinder vor allem daran zu erkennen sind, dass sie sich nicht mehr wehren.

Tünde sah, wie Safia den Fernsehapparat aufdrehte und all die Teenie-Serien mit jungen Mädchen anschaute, die Klamotten anprobierten und mit der besten Freundin über ihren ersten Freund tuschelten. Jedes Mal, wenn sie Safias Zimmer betrat, holte sie Luft und zwang sich, die Patientin losgelöst von ihrem schrecklichen Schicksal zu sehen, schließlich war sie eine Frau, nicht nur eine verstümmelte Vulva.

Doch es gelang ihr nicht, das ist das Schreckliche für die Betroffenen, dass das Aufdecken durch andere es für sie nicht immer leichter macht, da sie damit zu gesehenen Opfern werden.

Die fröhliche Geräuschkulisse der Fernsehserien brach Tünde fast das Herz, während sie mit Blutproben und Aufnahmebögen über den Gang huschte, in dem Wissen, dass Safia eine Welt sah, von der sie für den Rest ihres Lebens abgeschnitten sein würde, im wahrsten Sinne des Wortes, für immer.

Tünde war froh, als sie auf die Psychiatrie wechseln konnte. Vielleicht war ja das endlich ihre Bestimmung, da sie hier viele interessante Geschichten erfahren würde. Sie hatte ein Faible für seltsame Menschen und stellte es sich angenehm vor, nebenbei Patienten durch Sprechen zu heilen; außerdem gefielen ihr die Kunstwerke, die die Patienten in ihren Werkräumen bastelten und malten.

Oberarzt Urs Baer war ein Schweizer und sah aus wie Mahatma Gandhi. Meist trug er sackartige, orangefarbene Leinenhemden, mit denen er im Garten der Klinik nur schwer von der Kapuzinerkresse zu unterscheiden war. Im Gespräch blieb er stets freundlich und distanziert und verschrieb ein Antidepressivum mit derselben Gleichmütigkeit, mit der er renitenten Patienten eine Spritze in den Hintern rammte.

Die Morgenbesprechung bestand aus einem demokratischen Sesselkreis aus Medizinern, Pflegern und Patienten. Den Anfang machte meist eine zaundünne Kindfrau namens Mimi, die nur die Kanüle in ihrer Vene, mit der sie regelmäßig zwangsernährt wurde, als Patientin verriet. Im Anschluss daran erzählten die Schizophrenen von ihren Bedrohungen, und zum Schluss gelang es Urs sogar, die Stillen aus der Reserve zu locken, wie den Bauarbeiter mit der Temporallappenepilepsie, die ihn von einem Tag auf den anderen in einen Gewalttäter verwandelt hatte. Tom, der Pfleger mit der Statur eines Bud Spencer, saß sicherheitshalber in seiner Nähe.

Tünde fragte, ob dem Bauarbeiter trommeln oder aquarellieren besser half.

Tom sah sie an, als sei sie verrückt geworden. »Seit er krank ist, schlägt er jeden, der mit ihm alleine ist, zusammen. Der erste war dummerweise sein Chef. Dem hat er mit einem Eisenrohr eins übergezogen«, sagte er. »Merke dir: Die beste Therapie ist medikamentös niederbügeln. Eigentlich die einzige.«

»Und was ist mit… reden?«, fragte Tünde zaghaft.

»Reden?« Tom sah sie an, dann seufzte er tief. »Oh je. Noch so eine liebe Jungärztin, die meint, mit Reden werde alles gut. Also pass auf, damit bist du hier fehl am Platz. Hier sind Leute, die sich Plastiksäcke über den Kopf ziehen, wenn man nicht hinschaut, aber auch richtig schwere Jungs. Das Basteln dient ausschließlich zur Beschäftigung. Also gib deine Illusionen schon mal schön schnell auf.«

»Aber kann man denn nichts anderes machen außer Medikamente zu geben?«, fragte Tünde, »Gesprächstherapie und so? Ich meine, es muss doch immer irgendeinen Grund…«

»Das ist unser ständiges Problem hier auf der Psychiatrie«, sagte Urs. »Wo ist die Grenze, wer legt den Filter an? Unsere Hauptaufgabe ist, zu verhindern, dass sich Patienten hier in diesen vier Wänden umbringen. Oder andere. Was sie woanders machen, ist uns Powidl.«

Auf Tündes Tisch stapelten sich die Krankengeschichten, die zu lesen ihr immer schwerer fielen. Kleinigkeiten wie Angstzustände oder Depressionen waren normal; deutlicher waren Folgen von Gewalt, Missbrauch oder Selbstverletzungen beschrieben. Die Selbstmörder waren so gut wie alle sexuell missbraucht worden, viele davon in frühester Kindheit, oft von nahen Angehörigen.

Tünde bemerkte, dass sie die Akten immer oberflächlicher las – und immer öfter dabei weinte. Manchmal musste sie aufstehen und sich bewegen, weil ihr Kopf so schwer an den Schulterblättern zog. Die Nackenschmerzen, die sie seit ihrer Arbeit bei Dr. Bayrisi begleiteten wie ein konstant im Schuh drückender Kieselstein, waren im St. Ehrentraud schlimmer geworden und jetzt nochmals mehr. Ihr war klar, dass sie sich in übertragene Emotionen verstrickte, und dass sie irgendetwas unternehmen musste, um nicht selbst krank zu werden. Sie fragte sich, warum in all ihren bisherigen Turnuszeugnissen Supervision als »absolviert« vermerkt war, obwohl kein Turnusarzt je eine Stunde davon gesehen hatte.

Als die Aufnahmekanzlei Frau Müller-Haven ankündigte, huschte ein Lächeln über Urs' Gesicht. »Ach ja, die Domina«, sagte er.

Tünde blickte ratlos drein. »Eine besonders schreckliche Patientin…?«, fragte sie.

»Nein, nein«, sagte Urs. »Sie ist wirklich Domina. Also von Beruf.«

Frau Müller-Haven tauchte in Begleitung eines jungen Mädchens auf, das gleich wieder im Lift verschwand. Urs reichte seiner Stammpatientin die Hand.

Müller-Haven wirkte viel schmächtiger, als Tünde sie sich vorgestellt hatte. Sie war zierlich, trug eine weiße Lederhose und wirkte auf den ersten Blick sehr gepflegt, doch auf den zweiten sah man, dass ihre Haut hinter dicken Schichten von Schminke versteckt war, mit eintätowierter Lippenkontur sowie Augenbrauen.

»Wie geht es Ihnen?«, fragte Urs.

»Beschissen«, seufzte Müller-Haven. »Schauen Sie mich doch an. Mich und mein verficktes Leben.« Sie war auf dem Sofa in sich zusammengefallen. Urs nahm eine dicke Patientenakte zur Hand und blätterte darin.

»Haben Sie wieder das Gefühl, sich aufzulösen?«, fragte er.

»Ja, komplett«, sagte Müller-Haven. »Ich spüre mich überhaupt nicht.« Tünde hatte eine krimiähnliche Schilderung erwartet, mit wilden Geschichten aus einem fremden Milieu, über das sie wohl woanders nirgends etwas erfahren würde – stattdessen klagte die Patientin, dass ihre Tochter abends zu lange wegblieb und zu wenig auf den Hund aufpasste.

»Und dann habe ich wieder… zu viel geschluckt«, weinte sie. »Ich weiß, ich sollte die Dosis nicht eigenmächtig erhöhen. Aber ich wollte – dem Nichts-Spüren entkommen. Habe ein wenig an meinen Pulsadern herumgeritzt. Aber dann ist zum Glück die Coralie nach Hause gekommen und hat mich hierher gebracht.« Sie hielt die Innenseite ihrer Handgelenke in die Höhe, welche ungeschickte, flache rote Ritzer zeigten.

»Sehr vernünftig, Ihre Tochter«, sagte Urs und nickte. »Wir können auf MAO-Hemmer umsteigen. Der ist weniger antriebssteigernd.«

»Nicht wechseln«, schluchzte die Müller-Haven. »Lieber

nehme ich bei Bedarf wieder Xanor. Obwohl ich dann weniger gut arbeite.«

»Arbeiten Sie denn wieder?«, fragte Urs und schrieb etwas in seine Akte.

»Ja, natürlich, Vollzeit; ich möchte mit Coralie heuer Winterurlaub machen«, schluchzte die Patientin in ein Taschentuch.

»Außerdem lenkt mich die Arbeit ab und macht mir Spaß«, fügte sie, wie um sich zu verteidigen, hinzu.

Urs' Diensthandy läutete, er hob ab und warf Tünde einen entschuldigenden Blick zu. »Ich muss dringend zu einer anderen Patientin«, seufzte er. Und in Richtung Müller-Haven: »Ist es in Ordnung, wenn die junge Kollegin das Gespräch weiterführt?«

Die Patientin nickte abwesend und Urs verschwand durch die Seitentür.

Tünde schluckte. Diese Frau hatte bei Weitem mehr Psychiatrieerfahrung als sie; sie würde in fünf Sekunden durchschauen, dass sie keine Ahnung hatte. Das Einzige, was sie über die Patientin wusste, war, dass sie ihr Geld damit verdiente, Männer auszupeitschen. Sie überlegte, welche Frage sie wählen könnte, um überhaupt mit ihr ins Gespräch zu kommen. Ihr war ihr Dialekt aufgefallen.

»Sind Sie aus Wien?«, fragte sie.

Müller-Haven hob den Kopf und sah Tünde aus ihren ausdruckslosen Augen an. »Nein. Aus Südtirol«, murmelte sie dann.

»Südtirol, wie schön«, sagte Tünde. »Ich war dort mal

Skifahren.« Und als sie merkte, wie dämlich das klang, fügte sie hinzu, »wann sind Sie denn nach Österreich gekommen?«

»Als ich zehn Tage alt war«, sagte Frau Müller-Haven; dann wieder Stille.

Tünde ärgerte sich, dass Urs sie alleingelassen hatte. Sie konnte schlecht vor ihr die Akte durchblättern und sich so schnell ihre Familiengeschichte durchlesen. Die einzige Möglichkeit war, sie erzählen zu lassen, und das machte die Müller-Haven dann auch; als habe Tünde eine Schleuse geöffnet, ergossen sich ihre Worte zwischen ihnen, bis sie so sehr den Raum ausfüllten, dass Tünde kaum noch atmen konnte.

»Meine Mutter ist aus Meran«, sagte sie. »Sie ist von dem Typen schwanger geworden, bei dem sie als Hausmädchen hackeln musste. Sie wollte mich von Anfang an nicht, aber – meine Güte – sie war siebzehn und musste die Geburt irgendwie vertuschen und bei ihm bleiben. Mich hat sie zur Adoption freigegeben. Zu Pflegeeltern. Rauchen Sie?«

Sie zog eine Packung Gauloises hervor und bot Tünde eine an.

»Ääh... soweit ich weiß, darf man im Spital nicht...«

»Scheiß drauf.« Die Müller-Haven blies Tünde eine Rauchwolke ins Gesicht.

»Als ich drei war, hat mich mein Adoptivvater zum ersten Mal missbraucht. Zuerst nur missbraucht, und dann auch vergewaltigt. Sie... kennen den Unterschied?« Sie sah Tünde offen an.

Diese nickte blass.

»Er sagte, Väter, die ihre Töchter lieben, machen das. Er sagte, wenn die Mutter das wüsste, würde sie furchtbar böse auf mich werden, böser noch als meine echte Mutter, die mich ohnehin schon nicht wollte, und würde mich wieder weitergeben, zu einer anderen Familie – und klar hab ich ihm geglaubt. Kinder glauben ja alles.«

Sie blies den Rauch in die Luft.

»Mit zwölf war ich dann schwanger. Kurz davor hatte ich die erste Regel gehabt. Dass es nur von ihm sein konnte, war klar. Ich traute mich nicht, es meiner Adoptivmutter zu erzählen. Und als es dann aufflog, war es schon zu spät, die Kinder wegmachen zu lassen. Es waren Zwillinge. Außerdem hätten sie das in Vorarlberg sowieso nicht gemacht.«

Tünde schüttelte fassungslos den Kopf. »Und was haben Sie dann gemacht?«, fragte sie.

»Sie bekommen«, sagte die Müller-Haven, »was blieb mir anderes übrig. Zwei Buben. Da war ich dreizehn.« Tünde dachte an die Komplikationen, die sie bei Zwillingsgeburten im Spital gesehen hatte. »Haben Sie denn wenigstens einen Kaiserschnitt…?«

Die Müller-Haven schüttelte den Kopf. »Wo kämen wir da hin«, sagte sie. »Mit einem Wöhlchen rein, mit einem Wehchen raus, hat die Hebamme gesagt. Ich hatte keine Ahnung, wovon sie redet. Ich habe das Ganze nur überlebt, weil ich mir während der Geburt mit den Nägeln die Brust aufgeritzt hab, ich schneide mir mein Herz raus, wenn ihr mir nichts gegen die Schmerzen gebt, habe ich geschrien. Ich hatte ja keine Ahnung, dass man bei sowas normalerweise einen

Kaiserschnitt macht. Danach habe ich geblutet wie ein Viech, ich war von vorne bis hinten aufgerissen, und die Blutlache hat mich so an das erste Mal erinnert, dass ich die Kinder nicht sehen konnte. Verstehst, wie ich sie gesehen hab, ist bei mir ein Vorhang runtergesaust und ich wollte nur noch weg. Weil ich noch in die Schule gehen musste, habe ich sie zu Pflegeeltern gegeben. An ein Ehepaar in Vorarlberg. Es war aber so vereinbart, dass sie mich kontaktieren dürfen, wenn sie volljährig sind. Das haben sie auch gemacht. Sie haben immer verstanden, wieso ich sie weggegeben habe. Es sind tolle Burschen geworden; der eine Rechtsanwalt, der andere Arzt. Ich bin sehr stolz auf sie. Leider sehe ich sie so selten.«

»Und dann?«, fragte Tünde.

»Dann wollte ich unbedingt so schnell wie möglich heiraten, um von dem Arschloch wegzukommen. Immerhin hat er mich nach der Geburt monatelang in Ruhe gelassen. Ich bin mir sicher, dass meine Adoptivmutter alles wusste, aber sie hat nie ein Wort gesagt, all die Jahre lang. Wissen Sie, das war das Schlimmste – dass alle so zusammengehalten haben. Und dann habe ich gleich meinen ersten Freund geheiratet, er war zwanzig Jahre älter und hat eine Woche nach der Hochzeit schon seine Sekretärin gepudert. Als ich ihn dabei erwischt habe, hat er mir eine Bratpfanne übergezogen.« Sie deutete auf ihren Rücken. »Doppelter Wirbelbruch. Deshalb habe ich nicht die Abendmatura machen können.«

Tünde schüttelte den Kopf, sie zwang sich, den Schmerz auszuhalten, den die Worte dieser Frau in ihr auslösten. »Und wovon haben Sie in all der Zeit…«

»…gelebt, meinen Sie«, fiel die Müller-Haven ein. »Mal dies, mal das. Zuerst Putzen und so. Aber das hat mein Rücken nicht lang ausgehalten. Als ich dann geschieden war, brauchte ich mehr Geld. Weil da war ich leider schon wieder schwanger.«

»Vom…«

»Ja«, sagte sie. »Von dem Idioten. Das ist sich gerade noch ausgegangen, bevor er die Sekretärin gevögelt hat.«

Sie paffte.

»Macht nichts«, sagte sie plötzlich mit einem Hauch weniger Bitterkeit in der Stimme. »Immerhin habe ich eine wunderbare Tochter. Die ist das Einzige, das mir in meinem Leben wirklich gelungen ist.«

Tünde nickte starr.

»Mein nächster Mann, er hieß Hans, hat mich dann irgendwann mal mitgenommen in die Szene. Dort haben sie mir erzählt, wie viel man in so einem Studio verdienen kann. In einer Nacht mehr als in drei Monaten an einer popeligen Kassa. Wissen Sie, anschaffen wollte ich nie…« – sie sah Tünde ruhig in die Augen – »…nochmal hinhalten für so Wichser, das hätte ich nicht ausgehalten. Da hätt ich wen 'derschossen. Domina war mir lieber. Da konnte ich mich wenigstens ausleben. Man darf keine Hemmungen haben, beim Draufhauen und so. Aber die hatte ich ohnehin nicht.«

Tünde blickte sie an – offenbar eine Spur zu fragend.

»Kindchen…« – Frau Müller-Haven blies den Rauch aus – »…ich musste nur an meinen Pflegevater denken, dann war das nicht so schwer.«

Tünde schwieg beschämt.

»Ich hatte einen solchen Hass auf alle Männer. Am Anfang hat es mich richtig befriedigt, es denen ordentlich zu geben. Die wollen ja, dass du sie richtig demütigst und alles. Nach außen hin Banker, Anwälte, was weiß ich. So Alphatiere, die viel Macht haben, aber nur kommen können, wenn sie die Kontrolle abgeben und gefesselt am Heizkörper hängen. Nachher sind die dann immer ganz gelöst und machen sich den nächsten Termin aus. Wie beim Frisör. Der meiste Andrang ist übrigens zwischen elf und vierzehn Uhr. Die Arbeit fiel mir immer leicht, weil ich meine Klienten so verachte. Aber irgendwann wird alles zur Routine, das ist in meinem Job nicht anders, obwohl er mir immer noch Spaß macht.«

Tünde versuchte, ihre Eindrücke zu sortieren. Die zarte Frau, die ihr gegenübersaß, wirkte auf einmal gar nicht mehr wie ein Opfer, sondern eher wie eine nüchterne Geschäftsfrau.

»Was war mit Ihrer Tochter«, fragte sie. »Ich meine, Sie konnten ihr doch nicht sagen, dass …«

Frau Müller-Haven stieß ein gurgelndes Lachen aus.

»Oh, Coralie weiß alles«, sagte sie. »Natürlich habe ich ihr früher erzählt, dass Mama nachts kellnern geht. Aber jetzt weiß sie Bescheid. Sie ist ein tolles Mädchen. Bald achtzehn. Sie passt gut auf mich auf.«

Ihre Augen wurden feucht.

»Aber in letzter Zeit redet sie nicht mehr mit mir. Sie ist immer bei ihrem Freund. Er ist ja ein netter Kerl. Zum

Glück ist er gut zu ihr. Aber ich bin überfordert. Wenn sie wenigstens regelmäßig mit dem Hund rausgehen würde…«

Tünde war verblüfft. Aus der toughen Geschäftsfrau war in Sekundenschnelle eine geknickte Hausfrau geworden. Frau Müller-Haven fing an zu weinen.

»Ich wollte mich schon zigmal umbringen«, sagte sie. »Manchmal denke ich, nur die Medikamente halten mich am Leben – und natürlich Coralie.«

»Na, das ist ja immerhin etwas, laut Viktor Frankl«, rutschte es Tünde heraus, und sie wusste nicht, wie sehr sie soeben ins Fettnäpfchen gestiegen war, jedenfalls war sie froh, als Urs im Hintergrund sagte, sie solle sicherheitshalber eine Nacht lang bleiben und sie würden die Medikamente neu einstellen und den Lithiumspiegel kontrollieren.

Als sie sich am nächsten Tag verabschiedete, war Tünde gerade bei der Betriebsärztin, nachdem ihr ein Messerstecher den Obstkorb über den Schädel gezogen hatte. Fünf Tage später, als wieder ein Notfall angekündigt wurde, eilte Tünde zum Lift und empfing eine tränenüberströmte Frau Müller-Haven. Sie hatte dick verbundene Handgelenke, fiel Tünde zur Begrüßung um den Hals und stammelte etwas wie »gut, dass Sie da sind – Sie sind die einzige Ärztin, mit der man reden kann.« Tünde wand sich etwas hilflos aus der Umarmung.

»Ich weiß nicht, wieso sie so etwas meint«, sagte sie später in der Teeküche zu Urs, »ich habe sie einfach nur erzählen lassen, ich konnte das gar nicht beurteilen, was sie sagte.«

»Vielleicht liegt es genau daran«, sagte Urs. »Das haben vorher nämlich schon ihr ganzes Leben lang andere getan.«

Die Psychiatrie begann, Tündes Gedankenwelt einzunehmen; im Gegensatz zur Internen war es hier jedoch nicht die Sorge, etwas falsch zu machen, sondern das lähmende Gefühl, vor Heerscharen schwer traumatisierter Menschen zu stehen und überhaupt nichts anderes machen zu können, als sie den Ungeheuern ihrer Krankheiten hilflos auszusetzen.

In der klinischen Medizin war es einfacher gewesen. Der Blinddarm ist entzündet und wird entfernt. Hier in der Psychiatrie hingegen hantelte man sich von Versuch zu Versuch. Mal wurde in der Kindheit gekramt, dann ließ man die Patienten assoziieren; vom chirurgischen Trennen der Gehirnhälften war man bereits abgekommen, das einzige, was immer wirkte, war die Ruhigstellung durch Medikamente. Tünde dachte an den Psychiater Stephen Bergman, der in seinem Roman die Psychiatrie der Siebzigerjahre kritisiert hatte. Er beschrieb »Momente, in denen man zu einem Patienten durchdringt, wie wenn ein Sonnenstrahl durch eine verstaubte Fensterscheibe fällt«, und meinte, dass sich in diesen Momenten etwas zwischen Arzt und Patient zu verändern schien, das man den Ansatz zu einer Heilung nennen konnte… – doch wie erreichte man solche Momente?

»Ich habe die Psychiatrie weit unterschätzt«, sagte sie zu Urs. »Ich kann das nicht als Fachausbildung machen. Es geht mir zu nahe. Ich trage jedes einzelne Leben« – sie griff sich an die Stirn – »mit mir da drinnen herum. Dabei gab es eine

Zeit, da habe ich es geliebt, hinter Fassaden zu schauen; ich habe es geliebt, wenn hinter dicken Schichten der wahre Mensch zum Vorschein kam… doch mittlerweile ertrage ich es nicht mehr.«

»Ich habe es befürchtet«, seufzte Urs. »Die Sensiblen gehen immer. Schade.« Er lächelte bedauernd. »Sie sind hier jedenfalls willkommen«, sagte er leise. »Falls Sie es sich anders überlegen.«

Tünde reichte ihm betreten die Hand, bedankte sich. Sie wusste, dass sie nie mehr wiederkommen würde.

Tünde ergab sich dem Turnusärztedasein mit einer unsagbaren Traurigkeit, die richtige Abzweigung auf ihrem Lebensweg verpasst zu haben. Offenbar war der Anspruch, ihre Sehnsucht nach dem Schreiben auch auszuleben, vermessen; und allein der Versuch bestrafenswerte Hybris.

Sie schob nun wieder den mannshohen Infusionswagen, diesmal durch die Stationen der Onkologie, mit Infusionsflaschen, Blutabnahmen, Spritzen und Medikamenten, die sie zu verabreichen hatte. Wie das Amen im Gebet riefen ständig die Schwestern der jeweils anderen Station an und beschwerten sich, wieso sie noch nicht dort war, und wenn sie den Wagen wie ein Ochse dorthin schob, riefen wiederum die Schwestern der ersten Station an. Der Leiter der Onkologischen Abteilung, Gregor Glatzberger, war in seiner Jugend Saxophonspieler gewesen, ein sensibler, künstlerisch veranlagter junger Mann. In der Teeküche hing zur Freude der Schwestern noch ein Bild von ihm, das ihn als Musiker mit schulterlangen Haaren zeigte, die er mit viel Pomade zur Seite frisiert hatte und die inzwischen einem dünnen Kranz gewichen waren. Es war unklar, wann er begonnen hatte, keine Menschen zu mögen, doch aufgrund des todgeweihten Zustandes seiner Patienten hatte das auch Vorteile. So ersparte er sich das Gequatsche, dieses *Nett-Sein*, das nichts bringt, weil die Patienten dann für ihr Restleben an einem picken wie Grießbrei, wie er sagte. Stattdessen sah er sie lieber noch ein wenig leiden, auch die Turnusärzte natürlich, und daher war das Wichtigste, ihm nicht aufzufallen, was Tünde mit traumwandlerischer Sicherheit verfehlte, als sie ihn im Aufenthaltsraum zur Schwester sagen hörte, »...die kann man nur ignorieren, das ist wirklich die einzige Möglichkeit.«

»Wen denn ignorieren?«, fragte Tünde, und die Schwester, die Glatzberger gegenüber saß, blies ihr eine Rauchwolke ihrer Zigarette ins Gesicht. Sie hatte grünlackierte Nägel und ihr Dekolleté sprengte fast die Blusenknöpfe. »Mit den Dementen«, sagte sie, »mit denen braucht man wirklich nicht unnötig zu reden.«

»Also, ich habe gehört, dass es da eine neue Studie...«, begann Tünde, doch sie kam nicht weiter. Glatzberger drehte sich zu ihr um, sein Kopf fuhr aus dem Nacken und sein Tabakatem, gemischt mit Gastritisdämpfen, warf sie beinahe um, als er ihr, zehn Zentimeter von ihrem Gesicht entfernt, die Worte entgegen spuckte, »schon jemals einen Dementen erlebt, ich meine einen richtig Dementen, wie die Schallenberger auf Zimmer sechs? Das sind Amöben, dezerebriertes

Gemüse, oder hast du etwa mehr Ahnung als ich, Frau Doktor… Tünde Turnusärztin? Dann kennst du meine Abteilung noch nicht«, fügte er leise hinzu, »du wirst schon noch sehen, wie es hier zugeht. Hier wird nicht gekuschelt. Ich bin bekannt dafür… Turnusärzte zu quälen. Ich weiß, du gehörst zu den Schwächeren. Im Übrigen habe ich dich beobachtet. Du schreibst da manchmal so Sachen in ein Buch. Was machst du da?«

»Ich schreibe einen Roman«, sagte Tünde, mit einem Mal von einer selbstzerstörerischen Lust gepackt. »Ich plane ein Mut-mach-Buch für Demente.«

»Welch ekelerregender Schwachsinn«, entgegnete Glatzberger. »Wenn du Zeit dafür hast, kannst du gleich die Nachtdienste von deiner Kollegin Petra übernehmen. Sie ist gut. Sie ist belastbar.«

Tünde schluckte. Sie sah ihren ersten Urlaub mit ihrem Freund Raoul in weite Ferne schwinden, den Urlaub, mit dem Menschen, den sie mehr als alles andere brauchte. Sie dachte an Basias Worte, »du darfst dir nicht auf den Kopf…«, und an Mariellas, »immer, wenn du verzweifelt bist, musst du dir ein Vorbild suchen, irgendjemanden, der dir deinen Beruf sinnvoll erscheinen lässt, denk daran, ein Mensch wiegt hundert Arschlöcher auf«, doch ihr fiel niemand ein. Sie blickte zu seinem Saxophonbild und wie er nun in seinem weißen Mantel steckte wie in einer Zwangsjacke und wusste, dass sie seinen neuralgischen Punkt auf den Millimeter getroffen hatte, und dafür würde sie die nächsten Monate büßen.

Am Schlimmsten an der Onkologie war das viele Sterben. Die Leute starben wie die Fliegen. Es waren nette Omas unter ihnen, die haarlos dem Tod entgegen vegetierten; die junge Mutter mit den Metastasen, die ihr Rückenmark zermalmten, so dass sie zusehen konnte, wie sie langsam querschnittgelähmt wurde, oder der Mittdreißiger mit dem Peniskarzinom, dessen Geschlechtsteil scheibchenweise amputiert wurde. Er klammerte sich an letzte Hoffnungen wie Homöopathie oder den indischen Zen-Meister, von dem er ungeheilt in Richtung Endstation zurückkam. Ein kleines Mädchen kam zum Stützpunkt, drückte Tünde einen Teddybären in die Hand und bat, ihn zu ihrer Großmutter dazuzulegen, wenn sie ins Kühlhaus kam, und Tünde gab die Bitte direkt an die Stationsschwester weiter, ohne Glatzberger zu informieren, um nicht wieder eine Zielscheibe für Spott zu sein. Nie war ihr die Endlichkeit ihres eigenen Lebens so bewusst geworden wie hier. Die eine Frage, die wichtigste, brannte in ihrem Herzen, hämmerte auf sie ein: »Was würdest du tun, mit dem Rest der Zeit, wenn du nur noch ein paar Monate zu leben hättest?« Sie wusste die Antwort. Aber sie wusste auch, dass sie hier niemals rauskommen würde. Ihr Leben war vorgezeichnet: Turnusarzt, Assistenzarzt, Facharzt – und am Ende eine hübsch aufgeräumte Ordination mit einer Bananenstaude, je höher der Status, desto größer die Pflanze, doch kein Entkommen vor der Verzweiflung.

Die Vierundzwanzigstundendienste zusätzlich zur Arbeit schienen bereits ihr Hirn bloßzulegen, das auf die geringsten Irritationen mit gequältem Aufschrei reagierte. Ein ratloser

Orthopäde hatte ihr gegen die Nackenschmerzen eine Halskrause angelegt, mit der sie bei Glatzberger um Urlaub ansuchte, nur die eine Woche, die ihr zustünde. »Du darfst laut dem Primarius nicht in Krankenstand gehen, nie wieder«, sagte er und sah sie mit lustvoll glitzernden Augen an. »Aber es ist so…«, hob Tünde an, »ich habe fürchterliche Nackenschmerzen. Und seit einiger Zeit so ein taubes Gefühl in den Fingern, das aufsteigt, zuerst rechts, jetzt auch links.« Glatzberger fing an zu schreien. »Hast du einen Schuss«, schrie er, »du weißt doch, dass wir keine Kollegen mehr haben, weil alle ins Ausland abhauen. Frag das nicht nochmal, sonst fliegst du aus dem Turnus raus, und dann gute Nacht, denn die Stadt Wien nimmt dich dann nie wieder.« Und er zerriss ihren Urlaubsantrag; »na bitte, geht doch«, sagte er. »Und geh ruhig zum Primarius, wenn du ein Problem hast.«

Sie stieg in den Lift und kam ein Stockwerk höher im Stehen schlafend an. Petra fing sie bei der Lifttür auf. »Hey, was ist los?«, fragte sie und nahm Tünde bei den Schultern. »Ich weiß es nicht«, antwortete diese. »Ist auch scheißegal, ich gehöre eh nur zu den Schwächeren.«

»Glatzi?«, fragte Petra sanft. »Nimm's nicht persönlich, das sagt er zu allen. Ist sein Schmäh. Noch nicht bemerkt?« Tünde starrte sie an und schüttelte den Kopf. »Er mag dich wohl nicht, weil du deine Bluse nicht weit genug für ihn öffnest. Weißt du, er wollte selbst immer Künstler sein. Du hast dein Schreiben, deine innere Welt, auch wenn die rundherum untergeht. Er hat nur diesen Moloch hier. Klar, dass er dich nicht leiden kann. Frag nochmal den Primarius. Vielleicht bekommst du deinen Urlaub ja doch.«

Doch der Primarius sah Tünde wütend an.

»Wissen Sie...« – brach es aus Tünde hervor, »...ich bin mir mittlerweile gar nicht mehr sicher, ob ich in diesem Beruf an der richtigen Stelle bin. Und mit den Schmerzen...« – sie deutete auf ihre Halskrause. Der Primarius schüttelte seinen Kopf. »Wie können Sie so etwas sagen, wissen Sie denn nicht zu schätzen, wie viel Geld Ihre Ausbildung den österreichischen Staat gekostet hat«, rief er. »Wenn Sie Probleme haben, lassen Sie sich von einem guten Chiropraktiker einrenken.«

Tünde sackte zusammen, als habe man sie geschlagen. Nicht nur, dass ihr Oberarzt sie verachtete, sie den Kollegen keine Stütze war; jetzt war auch noch der österreichische Staat böse auf sie. Eigentlich konnte sie sich gleich ins Grab legen und den Deckel schließen.

***

Wie von ihrer Schwester prophezeit, brach mit der Schwangerschaft eine Flut an Ratschlägen über Melinda herein. Es war, als sei das millimetergroße Wesen in ihrem Bauch ein öffentliches Gut mit einer Liste, in die jeder etwas eintragen konnte; Namenswünsche, Stilltipps, Geburtsvorschläge.

Gertrude überreichte ihr einen knallgelben Ratgeber, ein Standardwerk, das ihre beste Freundin, eine Tiroler Hebamme, geschrieben hatte. In unzähligen blauvioletten Nächten tigerte sie schlaflos durch die Wohnung und Robert fand sie zwischen drei und fünf Uhr früh regelmäßig in Tränen aufgelöst vor dem gelben Buch, drohend, sich gleich aus dem Küchenfenster zu werfen.

»Ich bin keine gute Schwangere«, schluchzte sie. »Ich muss noch stricken lernen, weil man von Windeln einen allergischen Schock bekommt, aber ich bekomme Ausschlag von Schafwolle, und habe mir bei den Dampfsitzbädern die Hämorrhoiden verbrannt, und das mit der Achtsamkeit schaffe ich auch nicht…«

»Komm ins Bett«, brummte Robert, doch Melinda lag schon weinend mit ihrem Oberkörper auf dem Küchentisch.

»Auf Seite fünfzig steht, dass man keine Angst vor der Geburt haben darf, weil die Kinder ja früher auch auf die Welt gekommen sind – also es gab eine Zeit, als jedes zweite gestorben ist, aber das haben die Frauen halt in Kauf genommen und heutzutage sind sie so feige und wollen gleich einen Kaiserschnitt...«

Robert kratzte sich an der Schläfe, das waren irgendwie Dinge, bei denen er sich nicht auskannte, und griff zu seinem Handy, um Tünde anzurufen.

»...und später würden die Kaiserschnittkinder bei ihrer Psychotherapie durch anusförmige Löcher kriechen, um ihr Geburtserlebnis nachzuholen, und könnten keine Liebe entwickeln und ich werde an allem schuld sein!«

Sie blickte Robert tränenverschmiert an, während er ihr das Handy ans Ohr hielt, an dessen anderem Ende sich Tünde verschlafen meldete.

»Tu mir einen Gefallen und schmeiß die Ratgeber aus dem Fenster«, sagte sie.

»Ich werde dreimal täglich Stoffwindeln auskochen müssen«, winselte Melinda. »In einem Marmeladenkochtopf – doch ich habe noch nie in meinem Leben Marmelade eingekocht – und glaubst du, werde ich neben alldem irgendwann wieder dazu kommen, ein Bild zu malen?«

»Du wirst müssen, weil ich dir den Pinsel höchstpersönlich in die Hand drücken werde«, rief Tünde, »und jetzt geh schlafen und versprich mir, dass du keinen einzigen Ratgeber mehr liest.« Melinda heulte, »sag es mir, Tünde, du warst doch schon auf der Geburtenstation; wie machen es diese jungen Mütter, dass sie immer glücklich sind? Aber du musst mir die Wahrheit sagen«, und Tünde sagte, »natürlich, immer nur die Wahrheit«, und zum ersten Mal hatte sie überhaupt kein Problem damit, dass sie log.

Melindas Baby wurde ihr im Mai aus dem Bauch geschnitten und es gab niemanden, der glücklicher darüber war als sie. Es war bis zum Schluss verkehrt herum gelegen und Gertrude bot an, die Tiroler Hebamme zu rufen, um das Kind mittels Räucherstäbchen in die geburtsgerechte Lage zu drehen, um die von der Mutter übertragene Geburtsangst zu durchbrechen, doch Melinda hatte auf ihrer Angst bestanden und war sehr froh darüber, denn die mehrfach um das Kind gewickelte Nabelschnur wäre für die Geburt zu kurz gewesen.

Während Melindas Bauch zugenäht wurde, drückte Robert das kleine Bündel, eingewickelt in ein rotes Handtuch, an seine Brust, und als Nathalie aufwachte, fing sie sofort an zu schreien. Vielleicht habe sie Hunger, sagte Melinda, geben wir ihr doch was, und die Schwestern legten sie auf ihre Brust und drückten ihr Melindas Brustwarzen in den Mund, »ausgeschlossen«, sagten sie, »in den ersten vierundzwanzig Stunden nach der Geburt sind die Kinder satt.«

Melinda hätte ihr Leben eingetauscht gegen einen kurzen Schlaf, nur ein paar Stunden, um danach fit zu sein für ihr Kind, doch als sie darum bat, sah die Schwester sie an, als würde sie Nathalie zur Adoption freigeben. »Das Kind muss in Ihrem Arm liegen«, sagte sie, »wegen des Bondings, sonst klappt das mit dem Stillen nie.« Wenn Melinda mit taubem Arm dem Erschöpfungsschlaf entgegendämmerte, kam ständig jemand vom Personal, um ihrem Kind die wunde Brustwarze in den Mund zu stopfen, was die Kleine mit noch zornigerem Schreien quittierte.

»Wahrscheinlich wird es ein Schreibaby«, sagte die Schwester, »wegen des Kaiserschnitts«, und schon senkten sich die Vorwürfe schwer auf Melinda, was war sie doch für eine feige Mutter, sie hatte versagt, vielleicht hätte sie es in Kauf nehmen sollen, dass das Kind sich strangulierte, und vor Verzweiflung weinte und weinte sie, vor lauter Weinen hatte sie nicht einmal mehr die Kraft, Nathalie auf ihrem Bauch, von dem sie immer wieder hinunterrutschte, festzuhalten; das Gebrüll ihres Kindes bohrte sich wie eine unaufhörliche Folter in ihre Hirnwindungen, sie konnte sich vor Rückenschmerzen nicht aufsetzen und fragte sich, wie sie die nächsten Tage überleben sollte, die nächsten Wochen, ihr ganzes restliches Leben.

Da öffnete sich die Tür einen Spaltbreit und eine ältere, rundliche Dame trat zu ihrem Bett.

»Sie brauchen Schlaf«, sagte sie ohne Umschweife und Melinda blickte in ein faltiges Gesicht mit mitfühlenden Augen.

»Ich bin Schwester Jana«, sagte sie. »Was halten Sie davon, wenn ich die Kleine ein wenig ins Kinderzimmer mitnehme? Sie müssen sich erholen, Sie sind völlig erschöpft, und wenn man erschöpft ist, spürt man die Schmerzen vielfach verstärkt und hat nur unnötige Angst. Ich kümmere mich um die Kleine und wenn sie Hunger bekommt, bringe ich sie unverzüglich zum Stillen wieder zurück. Einverstanden?« Sie hielt Melinda eine grobgeäderte Hand hin.

»Kinderzimmer?« Melinda starrte Jana an wie eine gute Fee. »Ich… wusste ja nicht, dass es so etwas gibt… ich – ich weiß gar nicht, wie ich Ihnen danken soll…« Sie brach in Tränen aus.

Sie hörte noch, wie Nathalies Bettchen aus dem Zimmer geschoben wurde, dann fiel sie in einen komatösen Schlaf, aus dem sie nach drei Stunden, von Liebe und Dankbarkeit überwältigt, wieder erwachte. Sie tastete nach der Klingel.

Jana rollte das Bettchen mit Nathalie, die dank ein paar Tropfen Kunstmilch wie ein Engel schlief, ins Zimmer zurück und zwinkerte Melinda zu. »Eigentlich darf ich das nicht«, sagte sie, »wir sind hier ein sogenanntes ›babyfreundliches‹ Krankenhaus. Aber hin und wieder müssen wir auch mal mütterfreundlich sein. In Ausnahmefällen.«

Am nächsten Tag schwollen Melindas Brüste an wie zwei Melonen, die geweiteten Gefäße zeichneten sich wie Flüsse einer Landkarte darauf ab und die Schwestern waren begeistert.

»Das ist der Milcheinschuss, die meisten freuen sich ja darüber, nicht wahr, und auch manche Ehemänner«, und sie zwinkerten Melinda zu, die durch die krummgezogene Wirbelsäule kaum noch den Kopf drehen konnte und der sich ein ständiger Schmerz zwischen ihre Schulterblätter bohrte, während ihre Brüste wie zwei um den Hals gehängte Bleikugeln in Richtung Bauchnabel baumelten, aus denen nur schlechte Milch herauskam; denn kaum war Nathalie aufgewacht, brüllte sie wieder.

Melinda weinte den zweiten Tag lang, offenbar machte sie ihr Kind jetzt schon unglücklich, sie, die unfähige Mutter, wahrscheinlich liebte sie sie nicht genug, wahrscheinlich war es, weil sie während der Zeugung an Milan gedacht hatte und nicht an ihren Ehemann, und nun war alles die gerechte Strafe dafür, und am dritten Tag legte Jana das Baby auf die Waage und stellte fest, dass es viel zu viel abgenommen hatte.

Sie runzelte die Stirn. »Hat Ihnen eigentlich jemand gesagt, warum sie so schreit?«, fragte sie.

Melinda schüttelte sich in Weinkrämpfen.

»Ja – weil sie so schnell in der Welt angekommen ist…«, hob sie an. Jana schüttelte stumm den Kopf, ging hinaus und kam mit einem Milchfläschchen wieder zurück. »Haben Sie das schon probiert?«, fragte sie.

Melinda schüttelte den Kopf. »Ich durfte nicht«, sagte sie. »Wegen der Bindung… oder so.«

Jana schüttelte den Kopf. Sie nahm das brüllende Baby fachgerecht in ihre Arme, hielt ihr das Fläschchen zum Mund und Nathalie riss die Augen auf, wie nicht einmal nach ihrer Geburt, packte den Gumminippel mit ihren kleinen Lippen und trank und trank, wie ein Automat, mit verzücktem Gesichtsausdruck trank sie in einem Zug die ganze Flasche aus, es war, als würde sie zum ersten Mal nach drei Tagen etwas zu trinken bekommen. Dann ließ sie das Fläschchen aus ihren Lippen gleiten, rülpste geräuschvoll, ließ die Augen zu und den Kopf zur Seite fallen und schlief zum ersten Mal in ihrem Leben sechs Stunden lang.

»Vergessen Sie den ganzen esoterischen Kram«, sagte Jana zu Melinda. »Das Kind hatte schlicht und einfach Hunger.«

Melindas Körper löste das Problem, indem er es nicht schaffte, genügend Milch zu produzieren, obwohl Gertrude von Kräutertee bis Melkmaschine alle Geschütze auffuhr, inklusive der demütigenden Prozedur des Milchabpumpens. Melinda hatte das Gefühl, als sei ihr Körper eine kaputte Maschine, die nur noch durch ihr Nichtfunktionieren definiert war. Das nächtliche Aufstehen im Zweistundenrhythmus verwandelte sie in ein hohläugiges Wrack, das sich wie ein Drogensüchtiger nur nach dem einen, das ihr verwehrt wurde, nämlich Schlaf, sehnte. Eine Träne tropfte in ihren Malzkaffee und mischte sich mit der Milch, saurer Milch, und sie wünschte sich, auch die Milch in ihren Brüsten möge sauer werden, sauer wie Essig, dann würde sie sich diesen Mühlstein vom Hals schaffen und verschwinden können, am liebsten mit Milan, und ihm ihre tropfenden Brüste darbieten, zum Liebkosen, anstatt dem ewig hungrigen Mund ihres Kindes.

Nur die Hochzeit ihrer Schwester Tünde machte den Sommer etwas heller. Sie fand am Neusiedlersee statt, so wie Tamás es sich gewünscht hätte, und Robert verfolgte das Fest mit zusammengebissenen Zähnen, immerhin waren sie die älteren. Doch an das Nachholen ihrer eigenen Hochzeit war nicht zu denken. Immerhin schlief Nathalie jetzt zumindest drei, vier Stunden am Stück, seitdem Melinda die Melkmaschine in die Mülltonne gestopft hatte und ihrer Tochter das Fläschchen gab, das die Kleine begeistert trank. Melinda hätte sich nun erholen können, doch stattdessen schwand ihre Energie in den nächsten Wochen Schritt für Schritt dahin, bis sie nicht einmal mehr für Alltagstätigkeiten reichte. Sie fühlte sich nicht imstande, zu kochen, zu duschen oder sich morgens anzuziehen, blieb den ganzen Tag im Pyjama und außer dem Sterilisator standen alle Geräte in der Küche, die zunehmend von einer Staubschicht überzogen waren, still.

Die Krise, in die Melinda ihre Mutterschaft gestürzt hatte, stand in krassem Gegensatz zur Flut an Glückwunschkarten, die sie bekam. Nie hätte sie gedacht, dass ihr ihre Rolle so schwerfallen würde, dabei war die Liebe durchaus da; sie blitzte in den unerwartetsten Momenten hervor, wenn Nathalie schlief, leise quakende Geräusche von sich gab oder die schlafverschwitzten Haare abstanden wie der Flaum eines Entenkükens. Dann hätte Melinda sie am liebsten sofort an sich gedrückt; alleine, diese unendliche Liebe war nicht ständig da, sie kam und ging, doch davon war nichts in den Büchern gestanden und die Gewissheit, eine schlechte Mutter zu sein, brachte sie fast um.

»Mach dir nicht ins Hemd, jede Liebe wächst mit der Zeit«, sagte ihre Volksschulfreundin Ruth, »auch einen Partner liebst du ja nicht immer gleich. Ich habe Laura auf natürlichem Weg bekommen und mich dennoch vor der Geburt am meisten davor gefürchtet, dass ich die Wohnung jetzt mit einem fremden Menschen teilen muss, und als ich das erste Mal mit ihr nach Hause gekommen war, hat mich einen Moment lang tiefe Verzweiflung gepackt, dass ich nie wieder ohne Kind sein würde, mein ganzes Leben lang.

Diese ständigen Schuldgefühle, die sich Frauen einander einreden, sind ein großes Bedürfnis, einander klein zu halten. Deshalb die ständigen Wettbewerbe, wer kann mehr Schmerzen aushalten, wer erträgt mehr Schlafentzug, kann mehr Kilos tragen, gibt mehr Liter Milch, das ist wie bei der Zuchtstutenparade«, sagte sie und Melinda hielt sich den Bauch vor Lachen.

»Du musst mir versprechen«, sagte Ruth, »dass du Nathalie von Anfang an beibringen wirst, auf ihr eigenes Gefühl zu hören und nicht auf das, was man ihr einzureden versucht. Das ist das Wichtigste für ein Mädchen, denke ich. Sowohl im Beruf, als auch in der Liebe«, und Melinda wiederholte, natürlich, gerade dort, doch dabei regte sich schon ihr schlechtes Gewissen, denn in der Liebe ist es am schwersten, wer kann schon immer auf sein Gefühl hören, und sie ertappte sich dabei, dass sie wieder an Milan dachte, der nie gemerkt hatte, wie nahe sie dran gewesen war, Robert zu verlassen und zu ihm überzulaufen, ihre ganze Familie ins Unglück reißend wie ein desertierender Soldat.

Der Alltag gerann zu einem zähen Brei, der sie in seiner Eintönigkeit zur Verzweiflung brachte. Sie schaffte das Breikochen nicht, die Äpfel wurden braun und die Zucchini verfaulten im Kühlschrank und schließlich griff sie, heimlich wie eine Kindsmörderin, im Supermarkt nach der fertigen Gläschenkost, die sie im Kinderwagen versteckte, bevor Nathalie sie begeistert verschlang.

»Ich dachte, du bist so froh, dass du zu Hause sein kannst«, sagte Tünde verblüfft, »ich dachte, du wolltest malen«, und Melinda jaulte, »nicht ich bin froh; Gertrude ist froh! Und Robert! Ob Nathalie froh ist, kann ich nicht beurteilen, aber ich glaube nicht, dass sie froh ist, wenn sie mich weinend am Küchentisch sieht; manchmal, wenn sie mich so altersweise anblickt, habe ich den Eindruck, dass sie genau merkt, wie unglücklich ich bin, so wie wir es bei unserer Mutter gemerkt haben, all die Jahre. Im Grunde hat sie ihren Traum vom Künstlerdasein uns Kindern geopfert, und ich habe mich immer so schuldig gefühlt. Wie oft habe ich mir gewünscht, sie hätte ihr Atelier eröffnet, denn dann hätte ich mich nicht verantwortlich fühlen müssen; die Schuld ist wie ein Rucksack, der ständig weitergegeben wird, nichts ist leichter, als sie dem Kind umzuhängen, anstatt sich selbst mit seinen Bedürfnissen zu beschäftigen.«

»Das stimmt«, nickte Tünde. »Ich hätte es ihnen nicht einmal übel genommen, wenn sie sich scheiden hätten lassen. Statt dieser kalten Ablehnung am Schluss…«

»…dabei hat ihre Geschichte so romantisch begonnen«, antwortete Melinda. »Ich glaube, sie hätten es schaffen können, wenn sie nicht alles für uns aufgegeben hätten… aber wir werden sie nicht los, die Muster, die über Generationen vererbt werden wie ein Krebsgeschwür«, murmelte sie.

Melinda hob den Kopf und sah Tünde an.

»Weißt du eigentlich, dass Nathalie bei ihrer Geburt gar nicht verkehrt herum gelegen ist?«, fragte sie. »Ich habe es nur allen erzählt, weil ich nicht hören wollte, dass ich ein

Feigling sei wegen des Kaiserschnitts… ich wollte mir ein Gemetzel wie bei unserer Mutter ersparen und so, wie sie dann lag, mit der Nabelschnur dreimal um den Schenkel, stellte sich heraus, dass meine Entscheidung richtig war.«

»Das habe ich geahnt«, sagte Tünde, »immer schon, und du bist nicht feige, du hast immerhin das Muster durchbrochen, während ich aus meiner falschen Wahl nicht mehr herauskann.« Sie seufzte. »Weißt du, manchmal glaube ich, es gibt nur selten die wirkliche Freiheit der Entscheidungen. Jede beruht auf der jeweils vorigen; wie wenn du mit einem Pferd auf ein Hindernis zureitest und irgendwann ist es zu spät auszuweichen, dann kann man nur versuchen, den Sprung halbwegs unbeschadet zu überstehen; es gibt auch nicht zwei gleichzeitige Sprünge, keine Doppellieben – immer nur eine Entscheidung, die man fällen kann oder verpassen und wenn sie einmal gefällt ist, führt kein Weg mehr zurück.«

Melinda sagte nichts und dachte an Milan, so wie sie jeden Tag an ihn dachte, sich beim Einschlafen fragte, wonach die Haut an seinem Hals wohl schmecken mochte und in der Früh mit einer wohligen Nässe zwischen den Beinen erwachte, die sofort verdunstete, sobald Robert sie in die Arme nahm.

»Wenigstens musst du nicht auch noch arbeiten«, sagte Gertrude.

Melinda hatte keine Ahnung, ob sie überhaupt jemals wieder arbeiten würde. Sie stimmte zu; ja, vermutlich hatte die Natur es richtig vorgesehen, dass Mütter zu Hause bleiben sollten, und sie sagte es vor sich selbst hin wie ein Mantra, auch als ihre Schwester sie besuchte.

»Was macht ihr heuer zu Silvester?«, fragte Melinda und Tünde sah mit steingrauem Blick durch sie hindurch. »Ich möchte nur noch meine Schmerzen loswerden«, sagte sie und dachte an all ihre Patienten, die in exakt demselben Tonfall dasselbe gesagt hatten, jahraus, jahrein, und erst jetzt verstand sie sie wirklich.

»Robert hat einen Thermentag für uns gebucht«, sagte Melinda, »er möchte mich ausführen, damit ich auf andere Gedanken komme, und hat vorgeschlagen, Nathalie einen Tag lang bei Gertrude zu lassen.«

»Wie schön«, sagte Tünde und zuckte bei der Bewegung ihres Kopfes zusammen.

»Ich freue mich aber nicht«, sagte Melinda und blickte zu Boden; »ich betrüge Robert, schon lange. Seit der verunglückten Hochzeit habe ich ständig das Gefühl, wir hätten das Schicksal nicht herausfordern, es gar nicht erst versuchen sollen. Wir passen nicht zueinander, wir hätten niemals auf diese Reise fahren und Nathalie bekommen sollen. Ich dachte damals, ein Kind könne die Beziehung retten, aber ich habe mich geirrt.«

»Du betrügst ihn? Mit wem denn?«, fragte Tünde erschrocken und Melinda senkte den Kopf, »also eigentlich nur in Gedanken«, sagte sie, »es war nie etwas zwischen uns, und jetzt ist er verschwunden, ich habe mich erst kürzlich nach ihm erkundigt, aber er arbeitet nicht mehr in Wien und ich weiß nicht, ob ich es Robert sagen soll; ich habe das Gefühl, als hätte ich ihn bereits betrogen; als könnten mir alle meine Untreue an der Nasenspitze ansehen; am liebsten würde ich es sagen, es würde die Last von meinen Schultern auf seine mitverteilen, verstehst du?« Und sie blickte ihre Schwester verzweifelt an.

»Auf keinen Fall«, sagte Tünde entschieden, »deine Gedanken sind frei und im Übrigen wärest du nicht die erste, du solltest mal die Männer dazu fragen.«

»Aber was soll ich tun, um ihn aus meinen Gedanken zu bekommen«, seufzte Melinda, »er arbeitet nicht mehr in der Bank, sondern ist nach Südfrankreich gezogen und widmet sich nun der Malerei. Tünde lächelte. Also war es doch dieser Bankmensch, wie Lenka angedeutet hatte, sie hielt es für eine kindliche Spinnerei, niemals hätte sie gedacht, dass es Melinda so ernst war, dass sie tatsächlich überlegt hatte, sich von Robert zu trennen.

»Was war es denn, was dir an ihm gefallen hat?«, fragte sie, obwohl sie wusste, dass sie die Antwort nie erfahren würde, doch sie kannte Robert. »Kann es sein, dass du dich in Eigenschaften verliebt hast, die dir selbst fehlen?«, fragte sie sanft; »dass du das Gefühl hattest, als seiest du einem fehlenden Teil deiner selbst begegnet?«, und Melinda griff den Gedanken auf und auf einmal blitzte eine Idee durch, so hell wie eine Bleistiftzeichnung, doch vielleicht war hier der fehlende Puzzlestein aus ihrer Ehe, vielleicht hatte sie das Muster ihrer Eltern weitergetragen, indem sie sich einen Partner gesucht hatte, dem sie mehr in Freundschaft als in Leidenschaft verbunden war, weil sie geglaubt hatte, dass ihr nicht mehr zustand. »Aber ich komme zurecht, hervorragend sogar«, sagte sie, bis zu dem Tag, an dem sie völlig erschöpft Nathalies Kinderwagen durch die Gassen schob und beim Blick in eine Schaufensterscheibe eine verwirrte Frau sah, die noch ihre karierte Pyjamahose trug. Gegenüber ging eine andere Frau vorbei, im Businesskostüm und mit hohen Absätzen und plötzlich packte Melinda eine solche Sehnsucht, dass sie sich mitten auf der Straße auf den Randstein fallen ließ und weinte. Erst beim zehnten Klingeln merkte sie, dass irgendwo in der Kinderwagentasche ihr Mobiltelefon läutete und als sie sah, dass es nicht Gertrude war, sondern Adam, ihr seltsamer, weltfremder Bruder, hob sie dankbar ab.

***

Als Adam auffiel, dass er das Buch »Der Affe in uns« – eine wichtige Grundlage zu seiner aktuellen Studie über den Kreationismus – zu Hause vergessen hatte, war es bereits Mittag. Kurz hatte er überlegt, sich einen Imbiss aus einem der vielen Kebabläden zu ordern, die gerade in der Nähe der Innenstadt aus dem Boden sprossen, doch wer konnte schon sagen, wie sauber die waren, und beim Gedanken an die von unsauberen Händen an einen Essenskarton gebrachten Bakterien schüttelte es ihn. Unweigerlich fiel sein Blick auf seine eigenen Hände, deren Haut gerötet war und schuppte, eine Tatsache, die Lenka offenbar noch gar nicht aufgefallen war, so wenig sahen sie einander an. In letzter Zeit vermied er auch gemeinsame Mahlzeiten, wie alles, wobei er seine Hände verbergen musste, ebenso wie seine Schuld. Doch das Buch brauchte er, und deshalb eilte er durch die Ingolstädter Fußgängerzone, auf der sich bereits Herbstlaub sammelte, nach Hause, schloss die Eingangstüre auf und nahm im Treppenhaus zwei Stufen auf einmal. Wenn er Glück hatte, würde er das Buch holen können, noch bevor Lenka mit den Buben zu Mittag aß.

Er hörte ihre Stimme schon im Stiegenhaus. Sie war durch eine dunkle Gestalt verdeckt, die den Türrahmen der Wohnungstür füllte, als gehöre sie dorthin. Von der Person ging ein strenger Geruch nach Bratfett und Fleisch aus.

Lenka nahm dem Mann soeben einen gefüllten Plastiksack aus der Hand und er hielt ihr seine Wange hin, die sie zögernd küsste, doch so, als sei er ihr vertraut. Der Fremde drehte sich erst um, als Adam direkt hinter ihm stand.

»Störe ich?«, fragte Adam in schärferem Ton als erwartet und Lenka zuckte zusammen.

»Adam!«, rief sie. »Ich habe nicht erwartet, dass du um diese Zeit nach Hause kommst.«

»Nun, hier bin ich«, sagte Adam finster und blieb hinter dem Fremden stehen, als würde er erst von der Stelle weichen, wenn sich dieser bei ihm vorstellte.

Lenka, die rot geworden war, übernahm dies für ihn.

»Das ist... also... Slavko«, sagte sie. »Ich habe Essen bei ihm bestellt.«

Der Fremde machte eine gespielt anmutige Verbeugung, die ob seiner massiven Statur nur lächerlich wirkte, und entblößte einen Goldzahn.

»Ich freue mich«, sagte er, nahm Adams Hand und quetschte seine Finger so heftig, dass Adam scharf die Luft einzog. »Bis zum nächsten Mal. Auf Wiedersehen.«

Mit einem Seitwärtsschritt wollte er sich an Adam vorbeischieben, doch dieser machte ebenfalls einen Schritt zur Seite.

»Essen?«, fragte er zweifelnd und deutete auf den Plastiksack. »Für die Kinder? Haben Sie einen angemeldeten Betrieb?«

Slavko stutzte. »Selbstverständlich«, sagte er dann gedehnt. »Gleich neben der Maria-Victoria-Kirche.«

Lenka drehte sich mit gespielter Eiligkeit um und verschwand in der Wohnung, während Adam sich sagen hörte, »…die Lebensmittelbehörde…«

»…die kennt mich sehr gut, Professor«, sagte Slavko mit drohendem Unterton. »Sie können gerne nachfragen. Wenn Sie glauben, etwas über mich wissen zu müssen, vergessen Sie aber nicht, dass ich im Gegenzug etwas über Sie weiß. Ingolstadt ist klein«, fügte er hinzu.

Dann verschwand er im dunklen Stiegenhaus.

»Was soll das, Lenka?«, rief Adam wütend, ging ihr in die Küche nach und warf die Wohnungstür zu.

»Du lässt dich von deinem Exfreund beliefern, der im Gefängnis sitzt?«

»Saß«, korrigierte Lenka. »Er hat jetzt einen Kebabladen in der Stadt eröffnet, gleich gegenüber von dir. Ich habe ihn dort einmal zufällig gesehen und da ich es heute nicht geschafft habe zu kochen, habe ich...« – sie zögerte. »Ja. Also. Ich habe die Nummer herausgesucht. Ich habe ihm ein bisschen geholfen.«

»Geholfen!«, schrie Adam und seine Stimme überschlug sich fast. »Er hängt in der Stadt herum und verbrät dein… nein, mein Geld mit dubiosen Geschäften… bist du noch zu retten, dass du ihn unterstützt?«

»Ich dachte, dass es für die Buben gut sein könnte, eine Vaterfigur zu haben«, sagte sie jetzt – »…nachdem du nie zu Hause bist…«

»Gut?«, schrie Adam, »das nennst du ›gut‹? Mir gaukelst du vor, dass du unbedingt eine Tochter willst und dann triffst du dich heimlich mit deinem versoffenen Ex-Mann...«

»Ich möchte wirklich eine Tochter«, rief Lenka. »Was glaubst du, wieso ich all das Zeug mache, die Yogakurse, die die Organe stabilisieren sollen, aber was verstehst du denn schon davon, du bist ja nicht mal…«

»…imstande, ein Kind zu machen«, seufzte Adam. »Ich weiß genau, was du sagen willst.«

Seit dem Vorfall mit Agi hatte Adam sie nie wieder gesehen und er vermisste ihr Lachen und ihren Honigduft; immer, wenn er an sie dachte, wenn er das Bedürfnis hatte, sie anzurufen, spürte er auch den Zwang, sich minutenlang die Hände zu waschen. Und in seinem Kopf machte sich ein neuer Gedanke breit.

Wenn es ihm nicht gelingen würde, Lenka ihren Herzenswunsch zu erfüllen, dann würde sie sich vielleicht von ihm trennen und er wäre frei für eine neue Partnerin. Es wäre die beste Lösung für alle, er brauchte nur ein entsprechendes ärztliches Attest, und vielleicht gab es ja einen Doktor, der ihm Zeugungsunfähigkeit bescheinigen würde. Lenka wäre endlich weg und er würde noch einmal mit Agi sprechen können und ihr erklären, dass sein Versagen an jenem Nachmittag viel früher begründet war, nämlich schon als er Lenka geheiratet hatte, mit ihrem dicken blonden Bauernzopf, der ihm nie gefallen hatte, um genau das zu verhindern, dass er zu schnell Lust empfinden würde und alles vorbei sein könnte, bevor noch die Frau zufrieden war. Und vielleicht würde sie dann bei ihm einziehen und vielleicht, vielleicht würde er sogar noch ein goldbraunes Haselnusskind bekommen statt Lenkas rosiger Schweinchenkinder. Und bei diesem Gedanken ging er schnell wieder zum Waschbecken und drehte den Wasserhahn auf, als es an der Türe klopfte und er zu seiner unendlichen Erleichterung hinter der Milchglasscheibe Agis dunkle Locken sah.

Doch nicht ihren Körper, denn statt der zarten Agi schob sich eine große, gestreifte Kugel durch die Tür, der zwei Beine im Watschelgang folgten.

»Agi!«, rief er und sprang auf, beim Anblick ihres Körpers spürte er einen Stich der Eifersucht, anscheinend hatte sie schnell Ersatz für ihn gefunden.

Obwohl er vor Kurzem noch am liebsten seine Nase in ihren Haaren versenkt hätte, kam ihm nun keine Gratulation, kein nettes Wort über die Lippen. Sie setzte sich behäbig auf den kleinen Fauteuil, der vor dem Bücherregal stand, und sagte, dass sie schwanger sei.

»Das ist ja nicht zu übersehen«, entgegnete Adam mit gespielter Großzügigkeit. »Haben Sie also doch geheiratet, nun, vielleicht ist es besser…«

Zu seiner Verwunderung schüttelte sie den Kopf.

»Nein«, sagte sie, »ich habe nicht geheiratet und ich werde es auch nicht. Zumindest nicht meinen Freund. Das kann ich auch wohl schwer verlangen«, fügte sie nicht ohne Bitterkeit hinzu, und er erwartete irgendeine Geschichte über Eifersüchteleien, doch zu seiner Überraschung sagte sie, »es ist ja auch nicht sein Kind.«

Er zog die Augenbrauen hoch. Offenbar hatte sie gar niemanden geheiratet, vielleicht war sie eine von den armen

Geschöpfen, die so leicht einem Dampfplauderer zum Opfer fielen.

»Es tut mir leid«, sagte er, nicht ohne eine gewisse Befriedigung. »Wenn ich Ihnen irgendwie…«

»Fünftausend Euro sofort in bar wären gut. Und fair. Und natürlich regelmäßig«, sagte sie mit einem undefinierbaren Ausdruck in den Augen, vor dem er erschrak, ebenso wie über ihre Unverfrorenheit, ihn einfach so zu besuchen und um Geld zu bitten, zumal er nicht das Geringste…

»Moment mal«, sagte er. Hektisch überschlug er im Kopf die vergangenen Monate. Es konnte nicht sein, weil es nicht sein durfte. Und dennoch… fieberhaft rechnete er nach. Das verhängnisvolle Treffen mit Agi war ungefähr sieben Monate her.

»Sag bloß«, flüsterte er und stellte fest, dass er seinen Verdacht nicht einmal aussprechen konnte, es war zu bedrohlich, wenn er es aussprach, wurde es am Ende wahr. »Bist du dir sicher?«, flüsterte er, »hast du nicht in der Zeit auch noch…«

Ihre Augen blitzten ihn fuchsteufelswild an. »Wie kannst du das sagen!«, rief sie, »mein Freund und ich, wir waren da schon getrennt«, und auf einmal war es auch bei ihr da, das freundschaftliche »Du«, auf einmal war er nicht mehr der Herr Professor, distanziert in seiner Würde, sondern er war wie einer ihrer ganz normalen Kollegen, mit dem Unterschied, dass er mit ihr – nein, nicht einmal mit ihr geschlafen hatte, sondern einfach nur am Schreibtisch, und noch dazu unsachgemäß und mit den katastrophalsten

Folgen, die er sich nur hatte ausmalen können. Auf einmal war er froh, dass sein Vater tot war, dass er wenigstens das nicht erleben musste.

Er wünschte sich, die Zeit zurückdrehen zu können, nicht nur um den einen Tag, sondern um all die Tage, nachdem er Agi kennengelernt hatte. Es war eine Sünde, die er nicht einmal beichten konnte, keine Gebete würden ausreichen, diese Sünde von ihm zu nehmen. Er ballte die Fäuste und merkte, dass er Agi gegenüber nur noch Hass empfand, ›vielleicht überfährt sie die Straßenbahn‹, dachte er, ›oder es fällt irgendwo ein Ziegelstein vom Dach und erschlägt sie mitsamt dem Kind‹, und er schämte sich, dass er ein Mörder war, wenn auch nur in Gedanken, und dennoch musste er zugeben, dass er das Kind sehen wollte, wenn es da war, dass er ein ganz kleines bisschen neugierig war, wie das Kind aussehen würde, sein Sohn, oder seine Tochter, ob es sein Kinn, seine Augen haben würde, oder auch ein ganz klein wenig seine Worte.

Als das Mobiltelefon in seiner Manteltasche klingelte und er auf dem Display den Namen seiner Schwester las, hob er sofort ab.

»Wie geht es dir?«, fragte Adam und erschrak, als er Melindas Stimme hörte.

Sie klang abwesend und sprach langsam, als habe sie große Mühe, Sätze zu formulieren.

»Ehrlich? Furchtbar«, flüsterte Melinda. »Ich bin kurz davor, mich vor das nächste Auto zu legen.«

»Wo bist du?«, fragte er und sie sagte, »ich sitze auf dem Bordstein auf der Lainzer Straße, habe meine karierte Pyjamahose an wie eine Bettlerin«, und sie dachte an die Frau im Businesskostüm, wie schaffte die es, sich morgens anzukleiden, eine Bluse zu bügeln, wie machte sie das?

»Aber... du hast doch jetzt Nathalie«, sagte Adam verblüfft. »Wie schläft sie denn?«

»Immer besser«, sagte Melinda, »entgegen der Prophezeiung der Schwestern... aber ich selbst kann nicht mehr schlafen, ich weine jede Nacht... weißt du, manchmal befällt mich nackte Angst. So, als könne ich meinem Schicksal nicht entkommen, als sei mein Leben unwiderruflich vorbei, und alle sagen, ›sei doch froh, du musst wenigstens nicht arbeiten gehen‹, aber was ist die Alternative, ich will nicht so enden wie unsere Mutter, die ihr Leben lang traurig war, weil sie nicht das geworden ist, was sie eigentlich wollte, und jetzt ihre Werke verschenkt; glaube mir, ich habe ihre Traurigkeit jeden Tag gespürt; gewiss, sie hatte uns, doch ist das ein Ersatz für einen Lebenstraum? Und jetzt sagen mir alle, ich solle die Zeit genießen, da sie so schnell vorübergeht, doch ich empfinde ganz anders; ich habe das Gefühl, sie geht überhaupt nicht vorüber, niemals; und das Schlimmste ist, dass ich mit niemandem darüber reden kann, denn eine Mutter, die traurig ist, obwohl sie sich ein Kind gewünscht hat, ist schlimmer als eine Mörderin. Aber du verstehst das nicht«, fügte sie hinzu, »du bist ja ein Mann.«

»Ich verstehe das sehr gut«, begann Adam, doch Melinda unterbrach ihn, »wie willst du das verstehen, Lenka hat die

Kinder vor eurer Hochzeit bekommen, und vielleicht war das der größte Vorteil eurer Ehe…«

Wie konnte Adam seine Schwester unterbrechen, wenn sie einmal in Fahrt war, und sagen, dass er auch ein Problem hatte, noch viel größer als ihres, denn während sie mit Dingen haderte, die sich ändern konnten, hatte er sein Leben zerstört und das seiner Frau und seiner Kinder dazu und auch das des neuen Kindes, und da war das Leben der anderen Frau noch gar nicht eingerechnet, und vor lauter uneingerechneter Konsequenzen wurde ihm schwindlig.

»Ich verstehe dich sehr gut«, sagte er, und sie antwortete, »nein, du verstehst gar nichts, du glaubst immer nur an den Scheiß mit der Heiligen Familie…«

»Melinda!«, rief er, »das stimmt nicht, hör zu, ich habe bald keine Familie mehr, ich bekomme noch ein Kind. Aber mit einer anderen Frau.«

Auf der anderen Seite der Leitung war es still.

»Wie… mit einer anderen Frau«, fragte Melinda verblüfft, »habt ihr eine Leihmutter engagiert, ich weiß, bei uns ist das verboten, aber du brauchst keine Gewissensbisse zu haben, Lenka hat sich das bestimmt gut überlegt und vielleicht gibt es in der Slowakei…«

»Du verstehst immer noch nicht«, flüsterte Adam.

Als er an diesem Abend nach Hause kam, fand er die Kinder in ihrem Zimmer und auch Lenka bereits schlafend im Bett. Aus unerfindlichen Gründen hatte sie sich die Haare dunkel gefärbt, und Adam erschrak immer noch, wenn er sie sah, als müsse er in seinem Kopf zwei Teile eines Ganzen zusammenfügen, die nicht zueinander passten. Ganz sachte ergriff er sie an der Schulter. »Lenka«, sagte er. »Ich muss dir etwas sagen.«

Sie fuhr hoch und sah ihn erschrocken an. »Ist was mit den Kindern?«, fragte sie, offenbar bemerkte sie nicht einmal sein sorgenzerfurchtes Gesicht.

»Nein, nein, aber mit mir – mit uns«, sagte er, setzte sich an die Bettkante und rieb seine Stirn mit der rechten Hand. »Ich hätte es dir schon viel früher sagen sollen. Verzeih mir.«

»Ich habe es ohnehin geahnt«, fiel ihm Lenka leise ins Wort, »aber weißt du, es macht nichts, ich kann damit leben«, und er horchte auf, was meinte sie damit, es war doch nicht möglich, dass sie so einfach akzeptierte, was er angerichtet hatte.

»Wir können eine andere Lösung finden, die Buben kommen auch so zurecht«, und er fragte sich, was zum Kuckuck sie meinte.

Eine leise Hoffnung glomm in ihm auf, irrational zwar, aber dennoch, vielleicht könnten sie alle zusammenleben, sie und Agi, und das Kind, und für Slavko wäre auch noch Platz, dann wäre auch der Sex gerecht verteilt und die Kinder könnten alle zusammen in einem Garten spielen, und jetzt brach es aus Lenka heraus, »ich habe mich damit abgefunden, ich weiß, dass du ganz einfach krank bist.«

›Krank im Kopf‹, dachte er verblüfft, wahrscheinlich hatte sie recht und er war krank im Kopf, das würde erklären, wieso er solche Angst hatte, bei Frauen, die ihm gefielen, so schnell zum Orgasmus zu kommen, dass er sich lebenslang nicht getraut hatte, eine Freundin zu haben, die ihm gefiel, und stattdessen eine geheiratet hatte, die ihm nicht gefiel, und dies nie wieder würde ändern können, denn was Gott verbunden hat, soll der Mensch nicht trennen; und es wäre vor allem gut, denn dann träfe ihn keine Schuld, und sie sagte, »aber wir können uns immer noch Hilfe holen.«

»Meinst du, soll ich zu einem Psychiater?«, fragte Adam zögernd, und sie sagte, »ja, warum nicht, oder in eine spezielle Klinik, in Osteuropa gibt es Frauen, die man buchen kann, bestimmt kann man das bei den Männern auch, vielleicht kann man sich eine ähnliche Statur aussuchen und ganz bestimmt auch die Haarfarbe«, und er starrte ihr verblüfft ins Gesicht, »um Himmels willen, Lenka, wovon redest du da?«

»Von einer Samenspende«, schluchzte sie, »wahrscheinlich bist du ja doch unfruchtbar und warst heimlich beim Arzt und hast dich testen lassen, doch glaube mir, man kann den Wunsch nach einem Kind auch so erfüllen, wir könnten ein Mädchen adoptieren, es macht nichts, hörst du«, und er sank zusammen und barg sein Gesicht in den Händen.

»Hör mal, Lenka, es ist etwas anderes«, stammelte er, »aber du sollst wissen, es hat nichts mit dir zu tun«, und er hasste sich für seine Worte, er klang genauso wie die Männer in den Filmen, die er immer verachtet hatte, und sie starrte ihn mit großen Augen an, erstaunt von seinem Gesichtsausdruck, und er sagte, »ich weiß nicht, wie ich es dir sagen soll, aber du irrst dich, ich bin nicht unfruchtbar, ich bekomme ein Kind.«

Nie hätte er gedacht, dass Lenka so schnell aus seinem Leben verschwinden würde, gemeinsam mit den Kindern, und das war das Bitterste, dass sie sie einfach mitgenommen hatte, als handle es sich um einen Hausrat, der nur ihr gehörte. Der Gedanke, dass sie wieder mit Slavko leben könnte, quälte ihn, doch er hatte nicht einmal das Recht nachzufragen, stattdessen starrte er die Türen der leeren Kinderzimmer an wie tote Augen.

Um sich abzulenken, begann er, Spuren seiner Familie auszulöschen, drehte Fotos mit dem Bild nach unten, stapelte Lenkas Nippes in einen Schuhkarton. Dabei fiel ihm die Postkarte in die Hände, die er damals nach dem Tod seiner Großmutter in deren Wohnung gefunden hatte. Es war ein widerspenstiges Stück Karton gewesen, das da aus der Kiste herausgeragt war im Wohnzimmer der Budapester Wohnung, und er hatte es herausgezogen und sofort die stark geneigten Buchstaben seiner Mutter erkannt, die so anders waren als die meisten runden Frauenschriften. »Morgen heirate ich und wir gehen nach Wien«, hatte sie geschrieben, im fernen Jahr 1968, und was nicht dazu gepasst hatte, war die Abschiedsformel gewesen: »In Liebe, Erika.«

Die Karte war an einen gewissen Béla Regöczi adressiert gewesen, der ihr Lehrer auf der Kunsthochschule gewesen war.

Nachdenklich drehte Adam die Karte in den Händen; auf der Bilderseite war ein Strauß roter Nelken zu sehen, das Symbol der sozialistischen Solidarität. Auf einmal kam ihm ein Gedanke und er trat zum Bücherregal und suchte nach einem ganz bestimmten Buch, einem Buch über Pflanzen, doch er fand es nicht gleich, da sich seine Regalbretter vor theologischen Büchern und alten, von seinem Vater geerbten Bibeln bogen.

Er setzte sich an seinen Computer und gab »Blumensprache« in Google ein. Unter »rote Nelken« stand da, neben »sozialistischer Solidarität« auch »unerfüllte Liebe«. Nachdenklich drehte er die Karte hin und her. War es ein Zufall gewesen, dass seine Mutter ihrem alten Freund ausgerechnet diese Karte schicken wollte, die sie jedoch nie auf die Post gebracht hatte, oder hatte sie tatsächlich auch einen anderen Mann geliebt?

Die Erkenntnis traf ihn so hart, dass er sich hinsetzen musste, die Erkenntnis, dass er nicht alles wusste über seine Mutter; sogar sie trug ein Geheimnis mit sich herum, ein bitteres Geheimnis, eines von der Sorte, das Frauen nur ihren Töchtern erzählen. Sein Vater hätte sich umgebracht, hätte Erika ihn jemals verlassen. Sie hatte ihn heiraten müssen, doch wer hätte ahnen können, dass sich dahinter noch etwas verbergen würde, ein kleines Geheimnis, das er ohne die Postkarte nie erfahren hätte, und auf einmal fühlte er sich schuldig, weil er versucht hatte, beides zu haben, Agi und Lenka, während der Rest seiner Familie immer dazu verdammt gewesen war, sich zwischen zwei Möglichkeiten zu entscheiden, Ehefrau oder Geliebte, Mutterschaft oder Beruf, Priester oder Familienvater, Ärztin oder Schriftstellerin; alle hatten sie Doppellieben und zerbrachen daran, letzten Endes auch er und seine Schwestern. Und ausgerechnet er, der immer die höchsten moralischen Ansprüche gestellt hatte, hatte sich nun das unverschämteste Recht herausgenommen, ein zweites Leben zu wollen. Und dann wusch er sich die Hände, bis sie bluteten.

***

Schon als sie die Christophklinik betreten, spürt Melinda Roberts Zögern. Er hat Spitäler noch nie gemocht, er findet Orte bedrohlich, an denen Tag und Nacht das Licht brennt. Sie hasten an den Ambulanzen vorbei, Erste Interne, Zweite Interne, die Zahlen erscheinen ihr wie Geheimcodes, an denen nur Eingeweihte teilhaben dürfen.

Offenbar ist Tünde schon zur Operation geholt worden.

»Raoul ist nicht mehr hier«, sagt Melinda enttäuscht, »immer kommen wir zu spät«, und Robert versteht es sofort als Vorwurf, »was kann ich dafür, wenn Stau auf der Autobahn ist«, sagt er, »und außerdem ist auch Adam nicht hier, obwohl er immerhin ihr Bruder ist.«

Melinda zieht ihn zurück auf den Gang, »streiten wir doch nicht hier, vor dem Personal«, zischt sie, und Robert entgegnet, »ich streite doch gar nicht, du streitest.«

Jetzt eilen sie einen Gang entlang, an dessen Ende ein großes Schild mit der Aufschrift Dermatologie hängt; davor mehrere Patientensessel, und auf dem hintersten eine zusammengekrümmte Gestalt, die ihr bekannt vorkommt. Von Ferne erkennt sie ihn nur an der Art des Sitzens, immer schon hat er ausgesehen wie ein in der Mitte abgeknickter Stab, auch als Jugendlicher schon. Vor ihm gestikulierend zwei Männer in weißen Mänteln, sie sehen wie Psychiater aus oder so, wie sie sich Psychiater vorstellt, sie verdecken das

Gesicht des Mannes. Es ist Adam, es muss Adam sein, jetzt hebt er seine Hände mit den Handflächen nach außen, als wolle er den Ärzten etwas zeigen, er zeigt seine Hände her, und selbst aus der Entfernung erkennt Melinda ein rotes, blutig-schuppiges Ekzem.

Sie verlangsamt ihren Schritt, um ihm nicht aufzufallen, und versteckt sich gleichsam hinter dem Rücken der Ärzte, geht ganz langsam vorbei, um ihre Gesprächsfetzen aufzuschnappen. »Wie oft waschen Sie sich denn die Hände?«, fragt der eine, und Adam antwortet, »keine Ahnung – wahrscheinlich fünfzigmal, aber es ist nie genug«, und der andere Mann in weiß sagt, »eben. Deshalb habe ich den Psychiater konsultiert.«

Melinda bleibt stehen und zwischen den Rümpfen der beiden Ärzte erkennt sie das Gesicht ihres Bruders aus der Nähe, er starrt ins Leere, und seine Augen verraten neben Schmerz auch Verwunderung, wie er hierher geraten ist.

»Adam«, sagt sie, »bist du auch hier?« Er fährt zusammen, versucht, seine Hände zu verstecken, blickt sie in Panik an. »Was macht ihr hier? Ich dachte, ihr seid in der Therme?«, sagt er.

»Dasselbe könnte ich dich fragen!«, ruft Melinda. »Wolltest du nicht bei Tünde Weihnachten feiern?«

»Wollen schon, aber sie hat nicht abgehoben…«

Melinda verdreht die Augen. »Weil sie soeben operiert wird, hier auf der Neurochirurgie«, sagt sie, »wusstest du das nicht?«, und Adams Gesicht verzieht sich vor Erstaunen.

»Operiert?«, fragt er. »Ich hatte keine Ahnung! Was ist denn mit ihr passiert?«

»Das erzähle ich dir, wenn du mit mir einen Kaffee trinken gehst«, sagt Melinda und Adam sagt, er müsse erst die Ambulanzschwester fragen, und dann watschelt er zum Tresen, mit seiner Krankengeschichte unter dem Arm, wie ein gehorsamer Schüler, und Melinda denkt, wie ähnlich doch alle im Spital aussehen, egal, ob Professor oder Patient. Etwas später sitzen sie in der Krankenhauskantine, rühren in ihren Kaffeetassen, beide haben den stärksten Kaffee bestellt, nur dass Adam sehr viel Milch dazugießt und Melinda stattdessen Zucker in ihre Tasse schaufelt.

»Also – sag bloß, du hast es nie mitbekommen, wie schlecht es Tünde zuletzt ging… dass sie sich sogar einen Unfall wünschte, nur um eine Pause vom Spital zu bekommen?«

Adam schweigt. »Nun, sie hat doch immer ausgeharrt…«

»Wie wir alle in der Familie«, sagt Melinda bitter. »Lieber ausharren und krepieren als im letzten Moment aus dem Goldfischteich zu springen, nur damit die Nachbarn nicht schimpfen, der Papst oder der Oberarzt – und wenn du das mit Tünde nicht wusstest, was machst du dann eigentlich hier im Spital?«

»Das ist eine lange Geschichte«, sagt Adam und senkt den Kopf. »Bevor ich sie dir erzähle – hast du von unserer Mutter jemals etwas Näheres über Béla Regöczi erfahren?«, fragt er und Melinda taxiert ihn sekundenlang, schweigt ein klein wenig zu lange und dann schüttelt sie langsam den Kopf,

»nein, nichts Näheres«, sagt sie, »nur das Übliche, dass er ein Bekannter von ihr war, sie mochte ihn sehr gerne.«

Und dies ist genug Wahrheit für ihren Bruder, der selbst keine Wahl hat, denkt sie, und auf einmal ist es ihr auch klar, denn wie hätten ihre Eltern ihren Kindern vermitteln sollen, dass man seine eigenen Wege gehen kann, dass man die Wahl hat, sie selbst hatten sie ja nicht gehabt, niemals, hatten immer nur den nächsten Schritt gehen können, der ihnen vorgegeben war; und Melinda kann jetzt nur erahnen, wie Erika es bereut haben musste, Béla nicht geheiratet zu haben, obwohl sie im sicheren Wien gewesen war und drei Kinder gehabt hatte, doch Kinder können ein privates Unglück nie aufwiegen; sie hatte die Liebe ihrer Mutter nie in Frage gestellt, aber doch immer die dunkle Traurigkeit gespürt, die aus den fröhlichen Ytongengeln gesprochen hatte; und dann, irgendwann, war Béla an irgendeinem schnellwachsenden Krebs gestorben; und so sind die Leben einer Familie miteinander verknüpft, verwoben wie in Palibácsis altem Wandteppich, für den immer alle dankbar sein mussten, bis keiner mehr genau gewusst hatte, wieso; und so können wir nicht hinaus, können nicht schnell mal da oder dort eine Masche auftrennen oder uns an eine andere Stelle setzen, dass der Platz sich wechsle, selbst wenn wir es noch so wollen, denn die Knoten rundherum halten uns fest auf unserem Platz und manche Dinge können nicht anders geschehen, weil davor zu viel passiert ist.

»Weißt du – ich bin wirklich nicht verrückt«, sagt Adam und setzt seinen Kaffeebecher ab.

»Ich auch nicht«, entgegnet Melinda. »Stell dir vor, Milan hat mir seine freie Stelle hinterlassen. Die Bank suchte eine PR-Managerin, und auf einmal wusste ich, dass es genau das ist, was ich machen will, für den Rest meines Lebens, denn dabei kann ich eigenes Geld verdienen und auch mühelos meine eigenen Bilder unterbringen. Ich fange so bald wie möglich damit an. Weißt du, ich denke, wir können uns nicht immer auf das Schicksal unserer Eltern hinausreden, wir sind erst erwachsen, wenn wir uns aus solchen Knoten lösen.«

Adam blickt sie verblüfft an. »Hast du ihn nicht sehr gemocht, diesen Milan?«, fragt er.

Melinda zuckt die Achseln. »Man muss im Leben nehmen, was man kriegt. So gesehen war er eine Bereicherung.«

Adam horcht auf, während eine leise Idee an seinem Horizont schimmert. Vielleicht wartet sie auch auf ihn, eine Bereicherung, von der er noch nicht weiß, ob sie seine Haare haben wird, seine Nase, seine Finger, und auch nicht, ob sie ihn hassen wird bis ans Ende seines Lebens, aber er kann daran arbeiten, es ist eine Aufgabe für den ganzen Rest seiner Zeit.

Anfang

Tünde erwacht vom leisen Surren der Geräte und ihr erster Gedanke ist, »Gott sei Dank, ich bin nicht tot.« Sie weiß, wo sie ist, sie ist an der Halswirbelsäule operiert worden, die Angst, die Todesangst, liegt in ihrer Wahrnehmung nur eine Sekunde zurück. Wie lustvoll ist es, denken zu können, zu wissen, wo man ist; immerhin, das Hirn bewegt sich noch. Sogar ihr letzter Gedanke von vor dem Schlaf ist wieder greifbar; der Gedanke, dass sie nichts mehr vom Schreiben abhält, wenn sie das unbeschadet übersteht. Müdigkeit zieht sie zurück ins Dunkel, aber sie hat Angst, sich fallen zu lassen, vielleicht kann sie doch noch sterben, irrtümlich, einfach so. Sie spürt ein weiches Material um den Nacken, wie von einer Halskrause, und fragt sich, ob sie jetzt gelähmt ist, ob das Schlimmste eingetreten ist oder nicht. Sie weiß, dass sie ruhig liegen soll, sie ist auf der Intensiv-Aufwachstation, doch sie kann nicht anders, muss es wissen, muss wissen, ob sie sich noch bewegen kann oder in ihrem Körper eingemauert ist für den Rest ihres Lebens. Ganz vorsichtig bewegt sie die Finger der rechten Hand, es funktioniert, welch Erleichterung, links auch, ungläubige Freude durchflutet sie. Hat sie sich jemals so gefreut, ihre Finger bewegen zu können, über ein Leintuch, Klaviertasten, warme Haut? Was ist mit den Füßen, sie weiß noch genau, wie sich Gras unter den Fußsohlen anfühlt, warmer Sand oder die Steigbügel. Auf all das würde sie verzichten, überflüssiges Beiwerk, wenn sie nur das Gehen nicht verloren hat, das einfache, simple Gehen. Vorsichtig bewegt sie die rechten Zehen, es funktioniert, zum Glück, dann links, ebenso; was für ein Glück, Dankbarkeit überflutet sie, was auch immer in den letzten Stunden geschehen ist, ihr Rückenmark ist nicht durchtrennt. Tränen der Freude fließen über ihr Gesicht, ein Pfleger tritt an ihr Bett, »haben Sie Schmerzen?«, fragt er.

»Danke«, krächzt Tünde, und muss gleichzeitig lachen, weil es grotesk ist, dass sie sich so freut, dass sie spürt, spüren kann, dass sie auf die Toilette muss. Sie erkennt die Leuchtziffernanzeige einer Uhr, sie hängt schräg über ihr, es ist Punkt Mitternacht, ein neues Jahr beginnt. Die langsamen Takte des Donauwalzers dringen aus dem Nebel, der sie umgibt, es ist der Silvesterwalzer, der immer zum Jahreswechsel im Radio gespielt wird.

»Stört es Sie, wenn wir tanzen?«, fragt der Pfleger, er ist gemeinsam mit der Schwester an Tündes Bett getreten, und Tünde muss lächeln, »bitte, tanzen Sie«, sagt sie, »stellen Sie die Musik ruhig lauter, ich tanze im Geiste mit«, und während des ganzen Walzers fließen Tränen der Freude über ihre Wangen.

»Vier große Sequester haben wir entfernt, es ist gut, dass Sie hergekommen sind«, sagt der Neurochirurg, am nächsten Tag, als seine Worte sie wieder erreichen, und Tünde erschrickt, ganze vier; sie hätten ihr Rückenmark immer mehr gequetscht, bis ihr ganzer Körper gelähmt gewesen wäre, und sie kann es immer noch nicht fassen; das erste Mal, dass sie nicht auf die Oberärzte gehört hat in dem kleinen Vorstadtspital; und das hat ihr das Leben gerettet.

Vorsichtig beugt Tünde den Kopf nach hinten, der Stromschlag ist weg, nach vorne, auf die Seite, alles funktioniert, und wenn sie Glück hat, werden auch die Schmerzen verschwinden, eines Tages überschrieben werden von neuen Erfahrungen, und wenn sie noch mehr Glück hat, werden auch die restlichen Symptome verschwinden, die Gefühllosigkeit in den Fingern und im Arm.

Doch noch etwas ist anders, nicht nur das Pflaster, das auf ihrem Hals klebt, die Bedrohung hat eine Schneise in Tündes Leben geschlagen, hat wie ein Schneepflug alles auf die Seite geräumt, das Wichtige auf eine Seite, das Unwichtige auf die andere. Sie erinnert sich, was sie gedacht hat, kurz bevor das Licht ausgegangen ist, kurz bevor sie in Narkose gefallen ist, angesichts der Gefahr wusste sie plötzlich ganz genau, was ihr wichtig ist, und endlich kann sie es auch aussprechen, »ich möchte nicht mehr im Spital arbeiten, ich möchte auch keine Praxis, ich möchte Schriftstellerin werden, denn das Leben ist kurz und wir wissen alle nicht, wann der letzte Vorhang sich senkt.«

Ratlos wie immer ist ihre Familie, »jetzt hast du so viel geopfert, was werden die Kollegen sagen«, und Tünde kann es nicht mehr hören, dieses ganze Gerede vom Opfern, vom Sich-selbst-opfern, zuerst opfern wir uns für die Zukunft, dann für den Beruf, den Partner, die Kinder sowieso, für einen guten Platz im Himmel, keine Ahnung, wofür noch; es ist das Denken, mit dem ihre Familie aufgewachsen ist, mit dem sie selbst aufgewachsen ist, doch eigentlich sollte man das Leben nützen, sonst kann es passieren, dass man nach einem aufgeopferten Dasein dem Tod ins Auge blickt und plötzlich zweifelt, ob sich das Opfern gelohnt hat.

Gibt es jemanden, um dessentwillen sie in die Spitalsarbeit zurückkehren würde, irgendjemanden, für den es sich lohnen würde, ihren Lebenstraum zu opfern und ein Leben lang mit der Sehnsucht nach etwas anderem zu leben, wie ein zerrissenes Yin-Yang-Zeichen? Fieberhaft denkt sie nach, gab es irgendein Vorbild in diesem Gewimmel an Vorgesetzten, irgendjemanden, dem sie nacheifern, von dem sie etwas lernen könnte, weswegen es sich lohnen würde, wieder in die Tretmühle einzusteigen; die scheinheiligen Gnadenengel im St. Ehrentraud, die wenigen Idealisten, von denen so etwas wie Menschlichkeit hervorschimmerte, die sich jedoch ebenfalls nicht aufzubegehren trauten, wie Mansfeld, oder Choleriker wie Dragotic; dann die Verbitterten, Gebrochenen, in den Schrecklichkeiten des Lebens Ausgenüchterten wie der dicke Eggenbart, oder Sadisten wie Glatzberger; sie überlegt krampfhaft, doch so sehr sie auch nachdenkt, außer ein paar blassen Gestalten im Hintergrund ihres Erinnerns ist niemand da, der sie auf diese Seite zurückziehen würde, die sie schon verlassen hat.

Zu ihrer Überraschung kommt Verständnis von einer Seite, von der sie es am wenigsten erwartet hätte. »Ist doch klar«, sagt der Neurochirurg, »sie ist eine Künstlerseele, sie gehört nicht in ein Spital«; und Tünde staunt über die glasklare Diagnose; kann es sein, dass es unter Ärzten doch noch ein paar wenige gibt, die auch andere Sprachen verstehen, denn letztlich ist es das, was den Patienten am meisten hilft, und sie muss an Mariellas Worte denken, nach denen ein Mensch hundert Arschlöcher aufwiegt; und das versöhnt sie irgendwie mit der Medizin, selbst wenn sie, wenn, dann nur halb zurückkehren wird; die eine Hälfte von ihr gehört etwas anderem, und sie würde es ewig bereuen, wenn sie sie zurückließe, das ist ihr klar geworden; Doppellieben, manche Menschen haben Doppellieben, und daran ist nichts Verwerfliches, es wird nur ein Problem, wenn man eine Hälfte von sich vergisst, im Keller der unerfüllten Träume einsperrt, und wer weiß, wo sich die beiden Hälften später noch begegnen können, denn das Leben ist lang und macht viele Schleifen und die Seele sucht sich immer einen Weg. Vielleicht verschlägt es sie nochmal in den Arztberuf, die Hauptsache ist, keine Hälfte zurückgelassen zu haben, wenn man sich fragt, wie schmal der Grat zwischen Leben und Tod ist. Und während sie in ihr Kissen sinkt mit dem unendlich erleichterten Gefühl, vielleicht gar nicht wählen zu müssen, vielleicht mehrere Leben haben zu können für den Rest der Zeit, fühlt sie sich einen Augenblick lang unendlich reich.

Aus ganzem Herzen danke ich:

meiner Mutter Elisabeth, ohne die dieses Buch nicht zustande gekommen wäre
meinem Vater István, der nie daran gezweifelt hat, dass eines meiner Bücher einmal den Weg in "seine" Bibliothek schafft
Paul, meinem besten und schärfsten Kritiker
Valentina, von der ich so viel lernen darf
Karoline Cvancara und dem Wortreich Verlag - du machst aus 32 Jahren Sehnsucht einen einzigen Augenblick
meinem Lektor Johann Auer für seine Akribie und Gelassenheit
meinem Literaturagenten Martin Brinkmann, der von Anfang an an dieses Projekt geglaubt hat
Dr. Camillo Sherif für eine Rettung in letzter Minute
Khatrin, Ewa, Madeleine, Veronika, Vera, Thomas, Frantisek, Sophie, Renat, Martin, Christian
und allen anderen, die mich inspiriert und begleitet haben.

Bernadette Németh

geboren 1979 in Wien, wuchs sie zweisprachig auf und wurde zuerst Journalistin und Ärztin, bevor sie sich immer stärker der Schriftstellerei widmete. Seit ihrem 6. Lebensjahr schreibt sie Geschichten, mit 21 gewann sie beim Kurzgeschichtenwettbewerb der WIENERIN den zweiten Platz. Parallel zu ihrer medizinischen Ausbildung folgten Veröffentlichungen von Prosa und Lyrik in diversen Anthologien und bei Wettbewerben. Zahlreiche Veröffentlichungen von Kurzgeschichten und Gedichten, sowie ein Kinder- und Jugendbuch 2013.

Volker Kaminski
Rot wie Schnee
Roman / Hardcover mit Schutzumschlag
ISBN 978-3-903091-18-4
248 Seiten

In seinem spannend und temporeich erzählten Roman zeigt Volker Kaminski die Kunst als akribische Forschungsarbeit, als Grenzwanderung zwischen Rationalem und Irrationalem und als große Reise ins eigene Herz.

»Tom war sich sicher, dass der Junge nach ihm rief. Er glaubte seine helle Stimme zu hören, während er den Flur zwischen Küche und Atelier durchquerte. Er knipste das Neonlicht an und betrat das Atelier. Mach dich nicht verrückt, dachte er, es ist doch nur ein Bild.«